스마트폰을
떨어뜨렸을
뿐인데

스마트폰을 떨어뜨렸을 뿐인데

시가 아키라 장편소설 | 김성미 옮김

BOOK PLAZA

일러두기

본문 속의 주석은 모두 옮긴이 주입니다.

목　　차　　스마트폰을 떨어뜨렸을 뿐인데

제 1 장
제 2 장
제 3 장
제 4 장
제 5 장
제 6 장
해설

제 1 장

A

가방 속에서 벨소리가 울렸다.

오전의 조용한 PC방 안이라는 점을 감안하면, 소리는 꽤나 시끄러웠다. 남자는 당황해 가방을 가슴으로 끌어안고 엘리베이터 앞까지 이동한다. 그러면서 가방 안에서 울부짖고 있는 스마트폰을 꺼내 착신 버튼을 누르려고 했지만, 대기화면을 본 순간 손가락이 멈칫하지 않을 수 없었다. 화면 속에는 처음 보는 한 쌍의 남녀 사진이 있었기 때문이다. 여자는 옆으로 긴 눈과 검은 머리칼을 가진 미인으로 자신의 이상형이고, 여자와 함께 있는 남자는 히죽거리는 미소를 짓고 있다.

이 스마트폰은 대체 누구의 것인가?

어젯밤에 택시를 탔을 때, 이 스마트폰을 가방에 넣은 것이 떠올랐다. 그때는 취했던 탓인지 틀림없이 자기 것인 줄 알고 넣었는데, 이제 보니 다른 사람의 동일 기종 스마트폰을 주워온 것이다.

그 와중에도 벨소리는 무언가를 재촉하듯 계속 울려댄다.

과연 이 전화를 받아야 할까?

다시 화면을 보니 '이나바 아사미'라는 이름이 표시되어 있다.

그렇다면 이 핸드폰의 대기화면에 나타난 흑발의 미인이 이나바 아사미일까?

그렇게 생각하니 갑자기 흥미가 생겼다. 남자는 주위에 아무도 없음을 확인한 뒤, 살짝 스마트폰을 터치한다.

『여보세요?』

역시, 젊은 여성의 목소리였다.

"…여보세요."

『…여보세요?』

"여보세요."

『…여보세요?』

"…여보세요."

『당신, 누구예요?』

처음에는 부드러웠던 목소리가, 뚜렷한 경계심을 드러내는 앙칼진 목소리로 변해 있었다. 그런데 이 질문에 뭐라고 답해야 할까?

"전화를 걸고서는 불쑥 이름을 묻는 것도 예의에 맞는 것 같지는 않네요."

이쪽에서 다소 불쾌한 것처럼 그렇게 말해본다.

『그쪽이 들고 있는 전화는 도미타 마코토의 전화 아닌가요?』

도미타 마코토?

그렇군, 이 대기화면에서 히죽거리는 미소를 짓고 있는 주인공이 도미타 마코토인가보군. 이런 미인이 여자 친구라니 솔직히 좀 질투 난다.

"글쎄요, 이 스마트폰 주인 이름은 모르겠지만 당신이 이나바 아사미 씨라는 건 알겠네요."

일부러 빈정거린 것은 아니다. 지금 가진 정보로 이 스마트폰의 주인을 알아내려면 그렇게 대답할 수밖에 없었던 것뿐이다.

『어, 어떻게, 내 이름을 아는 건가요?』

불쑥 성과 이름을 모두 말하자, 이나바 아사미 씨는 상당히 동요한 듯했다.

"하하…."

그 말투가 귀여워서 무심결에 웃음이 나고 말았다.

『뭐가 웃긴가요?』

결국 상대의 목소리에 노기가 담겼다. 기분이 무척 상한 듯 당장이라도 싸움을 걸어올 듯한 기세이다.

"아니, 실례했습니다. 어떻게 당신 이름을 아는가 하면 이 스마트폰의 화면에 그렇게 표시되어 있기 때문입니다. 그러니까…, 이 스마트폰을 아까 주워서 말이지요. 파출소에 가져다주는 게 좋을지, 좀 생각하던 참이에요."

순간적으로 그런 거짓말이 튀어나왔다.

학교에서도, 금방 그만둬 버린 회사에서도, 이 남자는 그럴듯한 거짓말을 둘러대는 탁월한 재능을 선보였다.

『아, 아, 아, 정말 실례했습니다. 도미타의 스마트폰을 주워주신 분이군요. 정말 감사합니다. 좀 전에는 죄송했습니다, 이것저것 결례되는 말을 해 버려서….』

"하하하, 아뇨, 아뇨, 신경 쓰지 않으셔도 괜찮아요. 결론적으로, 이 스마트폰은 당신 남자 친구 것이군요?"

『엇, 네네. 그럴지도…, 몰라요.』

왜 『네, 그렇습니다.』라고 답하지 않는 것일까?

어쩌면 아직 이나바 아사미와 이 스마트폰의 주인이 연인관계가 아닐 수도 있다.

"그런데 이 스마트폰은 어떻게 할까요? 파출소에 갖다 주는 게 좋겠지만, 그렇다 해도 이 스마트폰이 남자 친구분께 바로 전달되는 것은 아닐 테니…, 차라리 어딘가 주소로 보내드릴까요?"

『어, 그렇게까지 부탁드린다면 제가 너무 죄송스러워서….』

"그렇습니까? 혹시 새로운 스마트폰을 다시 구입하실 요량이시라면 이 스마트폰은 제가 알아서 처분하겠습니다. 대신 이 스마트폰은 바로 정지해 주세요."

뭐, 멀쩡한 스마트폰을 버리라고 할 사람은 없을 테지만 한번 슬쩍 떠본다.

스마트폰을 새로 사면 돈도 드는 데다, 그랬다간 스마트폰 속 데이터를 옮길 수 없기 때문에 역시나 예상한 반응이 되돌아온다.

『아니요, 데이터도 들어 있고, 뭣보다 그렇게 하기엔 돈이 아깝습니다.』

"아아, 그렇지요? 그러면 어떻게 할까요?"

『…그럼 정말 죄송하지만 착불로 보내주셔도 좋으니까 제가 알려드리는 주소로 보내주실 수 있을까요?』

"뭐, 좋아요. 이미 시작한 일이니까요. 연락처를 가르쳐 주시겠어요?"

택배를 착불로 보내려면 거기에 내 연락처를 적어야 했던가? 그런 점이 조금 신경 쓰였지만, 택배비를 미리 선불로 이쪽에서 내면 내 연락처를 쓰지 않아도 된다. 뭐 그리고, 애초에 이런 약속 따원 여차하면 깨버리면 그만이다.

『스마트폰 주인에게 주소를 물어보고 다시 전화 드리겠니다. 혹시 본인이 직접 받으러 가겠다고 할지도 모르니까요.』

"아아, 그래주시면 고맙겠네요."

이나바 아사미라면 모를까, 이 히죽거리는 남자는 만나고 싶지 않다. 일이 그렇게 전개되면 이 스마트폰은 그냥 버려버리자. 남자는 그렇게 생각하면서 전화를 끊었다.

그건 그렇고, 정말 본인 취향의 괜찮은 여자다. 남자는 전화를 끊을 때 다시 대기화면에 떠오르는 이나바 아사미의 사진을 보며 정말 그렇다고 느꼈다.

특히 이 길고 탐스러운 흑발에 매력을 느꼈다. 여자의 성격은 머리카락에 드러나게 마련이다. 끝이 갈라진 푸석푸석한 머리칼이 아닌, 길고 윤기 나는 머리칼을 유지하는 것은 그 나름대로 엄청난 노력이 필요하다. 나이는 서른 전후일까? 전화상으로는 기가 좀 셀 듯한 느낌이 들었는데 실제로는 어떨까? 어떤 회사에서 근무하고 있고, 어떤 곳에 살고 있고, 그리고 가족 구성은 어떨까?

그런데 어떻게 해서라도 이 흑발의 미인과 가까워질 수 있는 방법은 없을까?

스마트폰이 요구하는 네 자릿수 비밀번호에, 시험 삼아 「1234」를 입력해 본다. 어떤 통계에 따르면 스마트폰 비밀번호로 이 번호가 가장 많이 사용된다고 한다. 덧붙여 다음으로 많이 사용되는 것이 「1111」이라고 한다.

그러나 부우, 하는 금속음과 함께 진동 기능 때문에 스마트폰이 작게 떨릴 뿐이었다.

이 스마트폰은 어떻게 설정되어 있는지는 모르겠지만, 아이폰은 비밀번호를 10번 잘못 입력하면 저장되어 있는 데이터가 전부 삭제되어 버릴 가능성이 있다. 스마트폰을 돌려준다고 해도 그런 상태로 돌려줬다가는 본전도 못 찾을 것이다.

그 직후, 손에 들고 있던 그 스마트폰이 다시 울리기 시작했다. 이나바 아사미가 다시 걸어온 것이라고 짐작했는데, 화면에는 「영업 3부」라고 표시되어 있다.

「영업 3부」에 속한 이 스마트폰의 주인이 걸어온 것일까?

아니면, 「영업 3부」에서 일하는 스마트폰 주인의 지인이 이 스마트폰 주인에게 걸어온 것일까? 순간 응답 버튼을 누를지 말지 망설였지만, 이나바 아사미가 다시 전화를 걸어주겠다고 약속한 마당에 굳이 지금 이 전화를 받아서 성가신 대화를 만들 필요는 없다.

엘리베이터 홀에서 다시 실내로 돌아오자 갈색 앞치마를 한 접수대의 아르바이트 직원이 한가한 듯 스마트폰을 만지작거리고 있었다. 이 「레인보우」라는 PC방은 프랜차이즈 PC방이 아닌 만화방 개념의 PC방이어서, 만화책 구성도, 점원 교육도, 그리고 고객의 출입현황 체크도 전부 엉성했다.

남자는 그 아르바이트 직원 앞을 지나서, 입구 옆에 있는 드링크 바로 발길을 옮긴다.

커피메이커의 버튼을 누르자 김이 피어나는 검은색 액체가 종이컵에 따라진다. 다시 한번 접수대를 쳐다봤다가, 크게 하품을 하던 아르바이트 직원과 눈이 마주쳤다. 남자는 겸연쩍은 듯 눈을 피하는 직원을 바라보며, 김이 모락모락 피어오르는 싱거운 커피를 한 모금 마셨다. 그러고 나서는 한 손에 커피를 들고 개인실로 돌아와 푹신한 검정색 회전 의자에 등을 기댔다.

다시 한번 스마트폰의 홈 버튼을 눌러 본다.

10:32라는 시간표시와 함께 아까 그 두 사람이 찍은 사진이 화면에 나타난다. 오른쪽으로 화면을 넘기니 역시 네 자릿수 비밀번호 입력 화면이 뜬다.

보통은 자기 생일, 그렇지 않으면 가족이나 애인의 생일을 설정하는 사람이 많을 것이다.

그런가, 혹시 애인 생일이라면…?

남자는 개인실 책상의 컴퓨터로 인터넷 포털 사이트에서 「이나바 아사미(稲葉麻美)」라고 검색해 본다.

상위에 노출된 검색 결과에 「이나바 아사미의 프로필/facebook」이라는 문구가 뜬다. 다시 그것을 클릭하자 이나바 아사미라는 이름을 한 사람들의 프로필 사진이 죽 늘어선다.

이 중에 좀 전에 통화한 그 이나바 아사미가 있을까?

얼굴에 힘이 잔뜩 들어간 사진을 올린 사람, 애완동물 사진으로 프로필 사진을 대신하고 있는 사람, 비스듬히 옆으로 찍은 모습만 프로필 사진으로 올려놓은 사람…. 프로필 사진은 다양하지만 일단 지금 찾고 있는 흑발 미인 이나바 아사미로 추정되는 사진은 없다.

만약 이 프로필 사진들 중에 남자가 찾고 있는 「이나바 아사미」가 없다면, 이나바 아사미의 후보군이 자신의 프로필 사진을 올리지 않은 사람들로 좁혀진다. 사진을 올리지 않은 사람들 중에서 한자가 다른 이나바 아사미(因幡麻美)와 이나바 아사미(稲葉亜沙美)를 빼고, 다시 지방에 사는 이나바 아사미를 제외하자, 순식간에 7명만 남았다.

이쯤에서 남자는 자신의 페이스북 ID로 로그인을 했다. 그리고 그 7명 각자의 페이지에 올라온 앨범 사진을 체크하기 시작한다.

첫 번째 이나바 아사미는 학생인 듯했다. 테니스 동아리 모임의 단체 사진으로 보이는 사진이 한 장 있는데 나이대가 조금 다른 듯했다.

두 번째 이나바 아사미를 체크한다. 거기에는 활짝 웃는 여성의 사진이 여러 장 올라와 있지만 상당히 통통한 느낌이어서 역시 남자가 찾는 이나바 아사미가 아니다.

세 번째와 네 번째 이나바 아사미는 구성(舊姓)이 병기되어 있기 때문에 아마도 아닐 것이다. 그들은 결혼 후에 성이 이나바로 바뀐 사람들이기 때문이다.(일본은 결혼 후 대체적으로 여성이 남성의 성을 따른다.-옮긴이)

다섯 번째 프로필을 보니 도쿄에 거주 중이라는 사실과 R대학을 졸업한 사실까지 알 수 있었다. 하지만 사진 앨범에는 풍경 사진 몇 장뿐이고, 본인의 얼굴 사진은 어디에도 올라와 있지 않다. 다시 기본정보란을 보니 주소는커녕 생년월일조차 없다. 이 이나바 아사미는 SNS상에서 개인정보를 드러내는 것에 상당히 신중한 타입인 듯했다.

인터넷 세상으로부터 안전하게 격리되어 살고 싶다면 그녀처럼 하는 것이 옳다. 남자는 SNS상에서 개인정보를 드러내는 것은 자살행위와 같다고 생각했다.

이 「이나바 아사미」는 보안 의식이 투철한 인물인 듯했지만,

안타깝게도 그녀가 교류하는 「친구」의 보안 의식은 좋지 않았다.

이 「이나바 아사미」에게는 페이스북상에 35명의 「친구」가 있었다.

남자는 그중에서 그 히죽거리는 미소를 짓고 있는 도미타 마코토를 발견했다. 이것으로 이 페이지는 아까 전화로 이야기를 나눈 그 「이나바 아사미」의 것임이 분명해졌다.

이번에는 그 「도미타 마코토」의 페이지로 링크를 타고 넘어가본다. 도미타 마코토는 꽤 자주 페이스북을 이용하고 있었다. 타임라인에는 최근에 올린 사진도 많이 있고, 이것저것 공유한 다른 콘텐츠도 상당히 충실했다.

남자는 바로 사진 앨범을 체크해 본다.

둘만 찍은 사진은 없었지만, 동료들과의 회식이나 여행지에서 찍은 듯한 단체 사진 몇 장 속에 이나바 아사미가 찍혀 있다. 브이 사인을 하며 생긋 미소를 짓는 이나바 아사미는 역시 무척 아름답다.

보통 본인의 페이지라면 예쁘게 나온 것만 엄선해서 올릴 것이다. 그래서 「친구」가 올린 사진은 그보다 못한 사진이 있게 마련이다. 그런데 「친구」가 올린 사진이 이 정도로 아름답다면, 그녀는 틀림없이 실물이 더욱 아름다울 것이다. 게다가 이 길고 탐스러운 검은 머리칼. 이제 남자는 이나바 아사미에게 홀딱 빠져그녀의 팬이 되어 있었다.

그렇게 되자, 그녀 옆에서 즐거운 듯 웃고 있는 도미타 마코토가 너무나 아니꼽다. 정말 이 두 사람은 사귀는 사이일까?

그녀에 비해 도미타 마코토는 개인정보 관리에 무심했다.

도미타의 기본정보란을 보니, 도내의 N고교, 그리고 H대학을 졸업하였다. 현재는 도쿄에 거주 중, 혈액형은 B형, 그리고 1985년 12월 4일생인 것을 알아냈다. 왜 사람들은 마이넘버(2016년에 시작된 개인 식별 번호, 한국의 주민등록번호와 비슷하다.-옮긴이) 등 정부가 개인정보를 관리하는 것에는 이상하리만큼 경계심을 나타내면서, 정작 자신의 프로필은 이렇게 쉽게 드러내는 것일까?

남자는 시험 삼아 스마트폰 비밀번호에 「1204」를 입력해 본다. 그러자 실로 시원하게 잠금은 해제되어 버렸다.

B

아사미는 통화를 끊고 나서, 도미타의 스마트폰을 어떤 주소로 받아야 할지 생각해 보았다. 집으로 보내라고 할까, 아니면 회사로 보내라고 할까? 둘 다 대략적인 주소는 알고 있지만 자세한 번지수까지는 모른다.

그런데 스마트폰을 주워준 사람이 친절한 사람이라서 다행이다.

도미타의 스마트폰에 전화를 걸었는데, 모르는 사람이 불쑥 허스키한 목소리로 아사미의 이름을 말했을 때는 심장이 멎는 줄 알았다.

그런데 생판 남을 위해 일부러 택배기사를 불러서 스마트폰을 보내주겠다니, 아사미는 아직 세상이 훈훈하다고 생각했다.

아사미는 스마트폰을 어떤 주소로 돌려받든 우선은 본인에게 연락하는 것이 가장 중요하다고 생각했다. 도미타에게 전화를 걸기 위해 무의식적으로 발신번호 내역 맨 위에 있는 도미타의 이름을 터치했다. 곧바로 통화화면으로 바뀌고 스마트폰은 상대를 호출한다.

아차, 난처하다, 큰일이다!

아사미는 자신의 멍청한 행동을 후회하면서 전화를 재빨리 끊었다. 그대로 전화가 걸리면 좀 전에 통화한 남성에게 다시 전화가 연결되고 말 것이다.

그러면 그 남자는 스마트폰을 제대로 관리하지 못하고 잃어버린 주인이나, 그의 여자 친구나 둘다 모두 멍청하다고 생각할 것이다. 까닥했으면 그 허스키한 목소리의 주인공에게 두 사람 다 완전히 바보 취급당할 뻔했다.

그러고 보니, 아사미는 지금 자신이 난처한 상황에 놓여 있음을 깨달았다. 아사미나 도미타의 집에는 유선전화가 없기 때문이다. 게다가 아사미의 스마트폰에 저장되어 있는 전화번호부에는 도미타가 근무하는 회사의 부서 직통 번호가 없다. 그렇다면 라인LINE(일본에서는 카카오톡 대신 네이버의 라인이 일반화되어 있다.-옮긴이)으로 연락할까도 생각해 봤지만, 도미타가 스마트폰을 가지고 있지 않은 이상 아사미에게 라인 메시지를 보낼 수도 없다.

벽시계를 보니, 오전 10시 30분을 가리키고 있었다.

이 시간이라면 회사에 출근은 했지만 아직 내근 중이지 않을까? 그렇다면 별로 내키지는 않지만 도미타의 회사에 전화를 걸어볼 수밖에 없을 것이다. 도미타는 직원이 몇천 명이나 되는 대기업 가전제품 회사에서 근무하고 있었다. 도미타가 다니는 곳이 대기업이다 보니, 회사의 대표 전화를 컴퓨터로 금방 검색해서 알 수 있었다. 그러나 문제는 도미타가 속한 부서명이다. 아사미는 또래의 다른 미혼 여성들처럼 남자들이 다니는 회사 자체에는 관심이 있었지만, 그가 무슨 부서에서 일하는지에는 별로 관심이 없었다.

다시 시계를 보니, 분침이 5분 정도 더 진행되어 있었다.

아사미는 계속 고민해봤자 소용없다고 결심하고, 스마트폰으로 회사의 대표 번호를 눌렀다.

『어느 부서의 도미타입니까?』

당연히 그렇게 물어올 거라는 생각은 하고 있었다.

"영업 관련 부서인 건 분명합니다만…"

"영업은 1부부터 3부까지 있고, 그 외 영업추진부, 영업사업부, 영업기획부, 그리고 전략영업부가 있습니다만."

도미타는 올 4월에 막 인사이동을 한 참이었다. 그때 「어디어디 영업에서 영업 어디로 이동한 것뿐이니까.」라는 말을 들었던 기억이 나지만, 그 기억만으로 도미타가 어느 부서에 속해 있는지 대답할 방도가 없다.

"죄송합니다. 영업 관련 부서라는 것밖에 모릅니다만. 이름은 마코토입니다. 도미타 마코토."

『…그렇습니까? 잠시만 기다려주세요.』

스마트폰에서 대기음이 흘러나왔다.

분명 교환원은 도미타 마코토라는 직원이 어떤 영업부에 있는지 알아보고 있을 것이다.

『죄송합니다. 지금 도미타는 외출 중으로 자리를 비우고 있습니다.』

교환원이 3분이나 걸려 찾아낸 영업 3부로 전화가 연결되자, 영업부 사원인 듯한 어떤 여성의 목소리가 들려왔다.

"아, 그렇습니까?"

『급하신 용건인가요?』

"네, 뭐 그렇다고 할 수 있지요."

『그러면 도미타에게 연락드리라고 할까요?』

"엇, 그렇게 할 수 있나요?"

『네, 도미타의 휴대폰에 전화를 해서 다시 걸도록 전하겠습니다.』

상대는 역시 영업부 사원인 데다, 대기업인 만큼 전화 응대도 철저하다. 아사미의 직장에는 전화 응대를 이렇게 깔끔하게 하는 사원이 없다.

"아니요, 그렇게까지 급한 용건은 아니에요."

만약 지금 전화를 받고 있는 영업부 사원이 도미타의 휴대폰에 또 전화를 했다가는 그 허스키한 목소리의 남성이 다시 전화를 받고 만다. 게다가 최악의 경우에는 도미타가 휴대폰을 잃어버린 사실이 회사 안에 퍼질지도 모른다.

"도미타 씨가 회사로 돌아오고 난 후에 전해 주셔도 괜찮으니까 이나바가 전화를 했었다고 전해주세요."

『알겠습니다. 그런데 어떤 이나바 씨라고 전해드리면 되겠습니까?』

뭐라고 답해야 할까? 엄밀하게 말하자면 친구, 라고 대답해야 옳겠지만 개인적인 전화라는 걸 들키면 도미타에게 뭔가 폐를 끼치게 될지도 모른다.

"하나야마 상사의 이나바라고 전해주세요."

아사미는 계약직으로 근무하고 있는 회사의 이름을 읊었다.

벽에 걸린 시계 바늘이 오후 5시에 가까워져 있었다.

아까 교환원과 통화를 나눈 후, 몇 번이나 스마트폰을 체크했지만 도미타의 전화는 걸려오지 않았다.

아사미는 전화를 끊은 직후부터 조금 불안하기는 했다. 어쩌면 도미타는 하나야마 상사라는 회사가 아사미가 계약직으로 근무하는 회사라는 인식이 없을지도 모른다. 왜냐하면 아사미는 다소 촌스러운 듯한 회사 이름('하나야마'는 직역하면 '꽃동산'이라는 의미-옮긴이)을 도미타에게 언급한 적이 별로 없었기 때문이다.

더구나 하나야마 상사가 여자 친구인 이나바 아사미가 다니는 회사임을 알아챘더라도, 하나야마 상사의 전화번호를 모르면 회사로는 전화를 걸 수가 없을 것이다. 물론 아사미 개인 스마트폰으로 전화를 걸면 되겠지만, 이 시간까지 아사미의 스마트폰이 울리지 않는 것을 보면 도미타는 아사미의 전화번호를 외우거나 적어 두지는 않았다는 뜻이다. 번호는 아마도 스마트폰에 저장되어 있을 테지만 현재 도미타에게 스마트폰이 없으므로 아사미에게 아무리 연락을 하고 싶어도 어쩔 도리가 없다는 뜻이리라.

다시 벽시계를 보니, 정확히 오후 5시를 가리키는 참이었다.

이 이상 아까 그 스마트폰을 주운 남자에게 전화를 안 할 수 없는 상황이 되었다. 아사미는 분명히 자신이 다시 전화를 걸겠다고 말했었고, 연락이 없으면 그 허스키한 목소리의 남자도 마음이 변해서 어딘가에 스마트폰을 버려버릴지도 모른다.

한편으로는 도미타 스스로 자기 스마트폰에 전화를 걸어서 그 남성과 이야기를 끝냈을 가능성도 있다는 생각이 들었다.

아사미는 책상 위를 정리한 후, 스마트폰을 들고 일어났다.

복도 맨 끝으로 이동하면서 발신번호 내역에서 도미타의 번호를 다시 터치한다. 주변을 신경 쓰면서 전화를 걸었지만, 스마트폰을 귀에 대니 호출음 소리가 또렷이 들린다.

『여보세요?』

오늘 아침에 들었던, 그 허스키한 남성의 목소리가 흘러나왔다.

"여보세요, 이나바입니다만."

『아아, 이나바 씨. 이제야 전화를 걸어주셨네요.』

지금 이 남성과 이야기를 할 수 있다는 것은 아직 도미타가 이 스마트폰을 정지시키지 않았다는 뜻이었다. 그건 그나마 다행이라고 생각했지만, 보안 측면에서는 괜찮을까?

"죄송합니다. 결국 그 스마트폰 주인이랑 연락이 되지 않아서요…."

『그렇습니까? 그거 참 유감스럽네요.』

"혹시 도미타가 그 스마트폰에 전화를 걸어오지 않았나요?"

『글쎄요, 몇 번인가 전화가 울리기는 했지만요, 어디서 온 전화인지 몰라서 받지 않았습니다. 게다가 이나바 씨가 다시 전화를 걸어주신다고 말씀하셨기 때문에….』

몇 번 울렸다는 그 전화가 바로 도미타가 건 전화인지도 모른다. 아사미는 남자가 차라리 그 전화를 받았더라면 일이 이렇게 성가시게 되지 않았을 거라 생각했지만, 남자에게 그런 내색을 할 수도 없었다.

"그렇습니까?"

『그런데 어떻게 할까요? 이 스마트폰을 어디로 보내면 될까요?』

"글쎄요…."

아까 인터넷 검색으로 도미타가 다니는 회사 주소는 적어두었다. 거기로 보내면 결국 도미타에게 전달은 되겠지만, 지금 택배로 보내서는 도미타에게 도착하는 데 다시 며칠이 걸릴 것이다.

"지금 어디에 계신가요? 저는 지금 마루노우치에 있는데, 혹시 근처에 계시다면 지금 제가 가지러 가겠습니다."

아사미는 과감히 그렇게 제안했다.

아사미가 이 남성에게서 직접 스마트폰을 돌려받아 도미타의 아파트로 가져다준다. 우편함에 편지와 함께 스마트폰을 넣어두면 이 일은 마무리될 것이다. 그렇게 하는 편이 이 친절한 사람에게 감사 인사도 할 수 있고, 도미타도 바로 스마트폰을 사용할 수 있다. 역시 이것이 가장 좋은 방법일 것이다.

『마루노우치인가요…? 저는 지금 요코하마(도쿄의 위성도시 중 하나-옮긴이)에 있어서요.』

"요코하마에 계신가요? …도쿄에서 스마트폰을 주우신 거 아닌가요?"

『그렇긴 합니다만, 오늘은 외근 중이거든요…. 이나바 씨, 어느 방면에 사십니까? 저는 지금부터 도쿄로 돌아가기 때문에 방향이 맞으면 그쪽을 경유해서 돌아가도 상관없습니다만.』

아사미는 순간 주저했다.

아사미는 도요코선 지하철역 근처인 유텐지에 살고 있었다. 이 남성이 지금 요코하마에 있고 도쿄로 돌아온다면, 도요코선 지하철 어딘가의 역에서 만나는 것이 딱 좋다. 만약 집에서 가까운 역에서 만날 수 있다면 시간도 절약할 수 있고 편리하다.

그러나 일면식도 없는 남성에게 자신이 사는 동네가 어디인지 이야기해도 괜찮을까?

이렇게 친절한 사람을 두고 그런 걱정까지 하는 것은 기우일까?

"그러면…, 저는 도요코선 지하철을 타고 퇴근하니까, 가령 도요코선 노선 지하철역 중 하나인 지유가오카역 같은 데서 만날 수 있을까요?"

아사미는 자신이 사는 동네가 어떤 지하철역 노선 근처인지 정도는 다른 사람에게 알려져도 괜찮을 거라고 판단한 것이다. 그 정도 정보만으로는 아사미의 집에서 가장 가까운 역인 유텐지역을 들킬 리도 없었다. 또 알려진다고 해도 그 주변에는 어차피 혼자 사는 미혼여성의 원룸 주택이 수없이 많다. 게다가 집이 달동네 근처라면 그것을 알리는 것을 다소 망설였겠지만, 도요코선 지하철 노선 주변은 번화하고 이미지가 좋기 때문에 다른 사람에게 이야기해도 부끄럽지 않다.

『약속 장소로 어디 좋은 곳은 없을까요? 저는 그 주변 지리를 잘 모르거든요….』 남자가 물었다.

아사미는 지유가오카역 앞 커피전문점 이름을 말했다. 시간은 한 시간 후로 정했는데, 마무리해야 할 일을 감안하면 상당히 빠듯한 시간이었다.

A

　남자는 실제로 이나바 아사미를 만날 수 있게 되자, 머리를 굴리기 시작했다.

　이대로 스마트폰을 돌려주고 '착한 사람'으로 끝나면 나에게는 무엇이 남는가?

　남자는 도미타 마코토의 스마트폰 대기화면 속 이나바 아사미의 사진을 보면서, 이 기회를 그냥 날려버리기에는 아무래도 아깝다는 생각이 들었다.

　비밀번호를 뚫어버린 도미타의 스마트폰은 이제 알몸이나 마찬가지였다.

　전화번호부, 사진, 각종 앱, 그리고 SNS 통신내용까지, 하나부터 열까지 모두를 볼 수가 있었다. 당연히 그중에는 도미타가 이나바 아사미와 라인으로 대화를 나눈 것도 있다. 그것은 상당히 흥미로웠기 때문에 남자는 그 두 사람의 대화를 하나하나 읽어나갔다.

　그러자 재미있게도 두 사람의 교제 궤적을 어렴풋하게나마 알 수 있었다.

　이나바 아사미는 지금 다른 회사에 파견을 나가 계약직 사원으로 일하고 있지만, 2년 전에는 도미타와 같은 무척 유명한 대기업에서 일했었다. 두 사람은 사귄 지 1년 정도 됐지만 가루이자와와 오키나와, 하코네 등을 둘이서 여행한 적도 있다. 평소에는 토요일에 만나, 그대로 도미타의 집에서 주말 내내를 보내는 경우가 잦았다. 사귄지 1년째 되는 커플의 전형적인 모습이라고 할 수 있었다.

사진 앱도 살펴보았다.

사진은 글자와는 또 다른 정보를 준다.

스마트폰으로 찍은 사진 속에는 해제 설정을 해두지 않는 한 그 사진을 촬영한 위치 정보가 자동으로 저장된다. 그것을 모르고 SNS에 사진을 올려서 집 주소를 노출시키는 등의 문제가 발생해 최근에는 SNS 운영자 측에서 위치정보를 삭제하는 경향이 있다. 그러나 스마트폰 카메라 설정이 초기 상태이면, 스마트폰 내의 사진에는 여전히 위치정보가 저장되어 있다.

지오태그(지오는 지리적 위치를 가리킴-옮긴이)라 부르는 이 위도와 경도의 수치는 GPS상의 핀 포인트로 그 사진이 촬영된 장소를 가르쳐준다.

실내 사진이 집중된 몇 지점이 있었다. 거기에는 두 사람이 같이 찍은 사진을 비롯해 친구들과 찍은 사진도 있었다. 아마도 거기가 도미타의 집일 것이다. 장소는 도요코선 노선의 도립대학역과 메구로선의 오오카야마역 사이 주변이다.

시부야, 다이칸야마, 나카메구로, 유텐지, 지유가오카…. 이나바 아사미가 찍힌 사진은 비교적 도요코선 노선이 많았다. 콕 집어 이나바 아사미의 집인 듯한 사진은 없었지만, 아사미가 도요코선 노선 근처에 살고 있다고 한 말은 일단 믿어도 될 것이다.

사진 앱에는 도미타가 스마트폰으로 찍은 사진이 시간 순서대로 남아 있었다.

남자는 문득 떠오르는 생각이 하나 있어 작년 여름 사진을 체크하자, 오키나와에서 찍은 듯한 이나바 아사미의 검은색 비키니 차림의 사진을 발견했다. 잘록한 허리, 예쁜 배꼽, 적당하게 솟은 가슴, 그리고 아름답고 긴 검은 머리칼. 남자라면 누구나 이 몸을 손에 넣고 싶다고 생각할 것이다.

거듭 놀랍게도, 스마트폰 안에는 이나바 아사미의 가장 생생한 사진도 있었다.

유두는 물론이고 깨끗하게 손질한 음모, 나아가서는 더욱 소중한 부분까지 보이는 것도 있다. 게다가 촬영된 그녀는 싫어하는 모습도 없이 카메라를 향해 생긋 미소 짓고 있다.

그 흑발을 봤을 때 청초하고 보수적인 여자일 거라고 생각했는데, 성에 관해서는 꽤 개방적인 생각을 가진 건지도 모른다. 아사미의 투명하고 하얀 피부. 그것과 대조적인 검은 음모. 그것은 흑발 도착증인 이 남자의 음흉한 욕정에 불을 붙였다. 그 검은색 수풀을 자신의 이 손으로 만져보고 싶다.

이 사진을 찍은 후에 두 사람은 사랑을 확인했을까? 아니면 정사 후의 기념 촬영일까? 결국 이렇게 되면 이 두 사람 사이에 육체관계가 있다는 것은 인정할 수밖에 없다.

이 정도의 미인이 이런 남자에게.

지금까지도 많은 미인을 알아왔지만, 이 이나바 아사미의 아름다움은 특별하다고 생각했다.

어떻게든 두 사람의 관계에 금이 가게 만들어 이 여자가 자신을 향하도록 할 수는 없을까?

이미 이나바 아사미의 전화번호는 적어두었다.

라인 계정도 알게 됐고, 페이스북도 알아냈기 때문에, 슬며시 매일매일의 행동을 관찰할 수 있다. 하지만 그래서는 멀리서 바라볼 뿐이고 손끝 하나 만질 수 없다.

이따가 지유가오카에서 이나바 아사미와 만난다 해도 그렇게 쉽게 그녀와 친해질 수는 없을 것이다. 적어도 이나바 아사미는 R대학을 졸업한 재원이다. 상대인 도미타도 대학을 나와서 일류 기업에 근무하는 엘리트 샐러리맨이다. 자신 같은 은둔형 외톨이 성향이 있는 오타쿠와는 애초에 급이 다르다.

역시, …그 방법을 써볼까?

남자는 자신의 노트북을 켜고 어떤 프로그램의 아이콘을 클릭한다.

그것은 스마트폰 조정 프로그램이었다. 아이폰은 클라우드 등에 동기화시켜 백업 데이터를 보존할 수 있지만, 안드로이드는 그런 기능이 없기 때문에 스스로 데이터를 백업해야 한다. 그런데 이 프로그램을 사용하면 스마트폰 내용을 자신의 노트북에 손쉽게 백업할 수 있었다. 나아가 라인 등의 SNS상에서 나눈 메시지까지 백업할 수 있고, 그것들을 노트북에서 볼 수도 있다. 그것이 이 유료 프로그램의 판매 포인트였다. 사실 자기 스마트폰의 라인 메시지를 본인이 노트북으로 볼 일은 별로 없을 것이다. 이 프로그램은 스마트폰에 남아 있는 외도의 흔적을 찾아내기 위해 이용되고 있는 것 같았다.

사실 이 스마트폰 조정 프로그램은 모 인기 탤런트의 라인 계정이 유출되었을 때 인터넷상에서 화제가 되었던 것이다. 몇 가지 조건만 갖추어지면 언제 어디서든 그 스마트폰의 SNS의 대화를 원하는 대로 볼 수 있다. 스마트폰의 현재 위치 정보도 실시간으로 파악할 수 있고, 스마트폰으로 찍은 사진을 노트북 같은 다른 장치로 볼 수 있다.

그렇다고 해서 이 프로그램이 위법은 아니었다. 아이가 성인용 SNS나 앱에 접속하지 못하도록 하거나, 독거 노인이 여차해서 길을 잃어버렸을 때 그 위치를 찾게 해주는 등 이 원격 조정 프로그램의 존재 이유는 다양했다. 참으로 그럴싸한 선전 문구를 통해 유료로 판매되고 있었다.

물론 스마트폰의 비밀번호를 복잡하게 설정해두면 이 앱이 저절로 심어질 염려는 없다. 그러나 도미타의 스마트폰처럼 보통 사람이 흔히 설정해두는 비밀번호 따위는 함께 생활하는 가족이나 연인이 마음만 먹으면 의외로 쉽게 뚫어버릴 수 있으므로, 이 프로그램이 스마트폰 주인도 모르게 스마트폰에 깔릴 가능성이 열려 있는 것이다.

남자는 도미타 마코토의 스마트폰을 노트북에 연결하고 비밀번호 「1204」를 입력한다. 그리고 스마트폰 조정 프로그램을 가동한 다음, 스마트폰 안에 있는 내용을 모두 백업시켜 그것을 전부 자기 노트북으로 옮겼다. 나아가 스마트폰에도 원격 조정을 위한 프로그램을 깔았다.

B

정말로 그 허스키한 목소리의 주인공이 이 가게에 나타날까? 약속시간이 벌써 10분 이상 지났다.

사실 아사미도 본인이 정한 이 커피전문점에 5분 정도 늦게 도착했다. 틀림없이 허스키 보이스의 남자가 먼저 와서 기다리고 있을 거라 생각했는데, 가게 안을 둘러봤지만 그 사람으로 추정되는 인물은 없었다. 할 수 없이 아이스라떼를 주문하고 입구가 잘 보이는 자리에 앉았다.

혹시 아사미가 고작 5분 지각한 것에 화가 나서 가버린 것일까? 아니면 급한 일이 생겨서 못 오게 된 것일까?

아니, 애초에 스마트폰을 돌려주겠다는 것 자체가 장난질은 아니었을까?

아이스라떼를 한 모금 마시며 냉정하게 생각해 보자, 아사미는 불안한 기분이 들었다. 일면식도 없는 타인을 위해 그렇게까지 친절해질 수 있는 사람이 과연 존재할까? 열리지 않는 입구를 쳐다보고 있으니 그런 생각이 뇌리를 스쳤다.

"실례합니다. 이나바 아사미 씨지요?"

아사미는 누군가가 불쑥 자기 이름을 불러서 놀라 돌아보았다. 말을 건 사람은 녹색 앞치마를 두른 그 커피전문점의 남자 점원이었다.

"네. …그렇습니다만."

왜 이 점원이 자신의 이름을 아는 것일까?

"가게에 전화가 걸려 와 있습니다."

그 점원은 그렇게 알리고 카운터 맞은편 쪽을 가리켰다. 아무래도 이 가게의 유선전화를 통해 아사미 앞으로 전화가 걸려 온 것 같다.

역시 그 허스키 보이스 남자가 갑자기 못 오게 되어 버린 것일까?

아사미는 일어나서 점원이 재촉하는 대로 카운터 안쪽으로 들어갔다. 거기에는 식기와 골판지 상자가 어수선하게 놓여 있고, 그것들에 파묻힌 것처럼 갈색 유선전화 한 대가 놓여 있었다.

"여보세요, 이나바입니다만…."

아사미는 건네받은 수화기에 대고 그렇게 말했지만 응답은 없었다. 수화기에서는 통화가 끊어진 후의 기계음만 들려왔다.

"실례합니다. 이거 끊겼는데요?"

"엇, 어라, 이상하네. 방금 전까지 연결되어 있었는데 말이지요."

점원은 수차례 수화기를 자기 귀에 대보더니 의아한 표정을 지으면서 그 사실을 확인한다.

"누가 걸었었나요?"

"글쎄요, 이름은 특별히 밝히지 않았는데요."

무슨 일일까? 아사미는 고개를 갸우뚱했다. 그러나 아사미가 이 시간에 이곳에 있는 것을 아는 사람이라고는 그 허스키한 목소리를 가진 남자밖에 떠오르지 않는다.

"그리고 이 스마트폰을 빨간 스웨터를 입은 이나바 아사미 씨께 전해드리라고 했는데, 당신이 이나바 아사미 씨 맞지요?"

그 남자 점원은 그렇게 말하더니, 아사미에게 익숙한 검은색 스마트폰을 건넸다.

스마트폰 시작 버튼을 누르자, 아사미와 만면에 미소를 짓고 있는 도미타가 같이 찍은 사진이 나타났다. 이런 사진을 대기화면으로 쓰고 있었을 줄은 지금까지 몰랐다.

"이 스마트폰은 당신이 아는 사람 건가요?" 그 점원이 물었다.

"아, 네."

이 점원은 이 대기화면을 보았을까? 그렇다면 좀 창피하다.

"저, 정말 고맙습니다."

아사미는 고개를 숙여 그 점원에게 인사를 하고 급히 자리로 돌아온다. 하지만 정말로 감사 인사를 전해야 하는 그 허스키 보이스의 남성은 어떻게 된 것일까?

왜 여기에 나타나지 않은 것일까?

급한 일이 생긴 데다 아사미가 늦었기 때문에 기다리지 못했던 것일까?

아니, 카운터 전화기 앞까지 불러내서 확실하게 건네주려고 했던 것을 보면 다른 의도가 있는 듯했다. 어쩌면 감사 인사 같은 걸 받는 것이 싫어서 일부러 점원에게 스마트폰을 건네고 먼저 나갔는지도 모른다. 아사미는 유라쿠초역 앞에서 산 양과자 종이봉투를 보며 그렇게 생각했다. 감사의 표시로 줄 이것을 사느라 약속 시간보다 조금 늦고 만 것이다.

그런 것까지 걱정하는, 정말로 좋은 사람이었는지도 모른다. 어떤 사람들은 불쌍한 아이들에게 많은 기부를 하면서도 결코 자기 이름은 드러내지 않는다. 가끔 그런 전설 같은 인물이 있는데, 그 허스키 보이스의 남성은 혹시 그런 독지가가 아니었을까, 아사미는 멋대로 상상해본다.

그렇게 생각하자 잠깐이라도 어떤 사람인지 봤으면 좋았을 거라는 조금 아쉬운 마음도 든다.

오늘 하루 여러모로 좌충우돌했지만 어쨌든 무사히 스마트폰이 돌아와서 정말로 다행이었다. 아사미는 어깨의 짐을 내려놓은 듯 갑자기 마음이 편해졌다.

자, 그러면 이 과자를 어떻게 할까? 혼자 먹기에는 너무 많지만 이걸 도미타에게 먹이는 것도 부아가 치밀었다. 그러나 어쨌든 도미타를 만나서 이 스마트폰을 돌려주어야 한다. 내키지 않지만 다시 한번 도미타의 회사에 전화를 걸어보자. 그리고 도미타의 아파트 우편함에 던져 둘까, 아니면 아사미의 집으로 가지러 오라고 할까?

그때였다. 낯선 벨소리가 아사미의 바로 근처에서 들려왔다.

아사미의 스마트폰 벨소리가 아니라서 살짝 혼란스러웠지만, 도미타의 스마트폰이 벨소리를 내며 책상 위에서 진동하고 있었다. 발신번호를 보니 「영업 3부」라고 표시되어 있다.

『여보세요?』

스마트폰에서 익숙한 목소리가 들려왔다.

"여보세요?"

『…여보세요?』

스마트폰의 주인은 이 상황을 잘 이해하지 못하는 듯하다.

"여보세요?"

『여보세요?』

"여보세요?"

『여보세요, 혹시 아사밍이야?』

"그래."

『왜왜왜왜, 왜 아사밍이 내 스마트폰을 가지고 있는 거야? 나 아침에 허둥대다가 전화기를 집에 두고 온 줄 알았는데.』

A

 남자는 아사미가 지정한 커피전문점에 들어가, 자리에 앉아 카페라떼를 한 모금 마시고 비어 있던 옆자리에 도미타의 스마트폰을 살짝 올려놓았다.

 그러고는 자신의 스마트폰에 전화가 온 척 일어나서 천천히 가게 밖으로 나간다. 그리고 미리 파악해둔 이 커피전문점의 유선전화 번호를 스마트폰으로 터치한다.

 "죄송합니다. 안쪽 자리 의자에 제 스마트폰을 깜빡 두고 나왔는데요."

 『지금 확인해 볼 테니 잠시 기다려주세요.』

 남자는 가게 밖에서 스마트폰을 가지러 가는 점원의 뒷모습을 지켜보면서 시계를 흘긋 본다. 이제 곧 약속 시간이었다. 지금 이 순간에 이나바 아사미가 오면 모처럼 세운 계획이 엉망이 되고 만다.

 『있습니다. 검은색 스마트폰이지요?』

 "네. 그렇습니다. 이따가 가지러 갈 테니 잠시 맡아주실 수 있을까요?"

 『네. 알겠습니다.』

 남자는 그렇게 답한 점원의 바로 앞을 지나 다시 가게 안으로 돌아와, 카페라떼가 놓인 아까 그 자리에 다시 앉는다.

 그 순간, 이나바 아사미가 긴 흑발을 날리며 씩씩하게 걸어들어왔다.

정지사진 속의 아사미는 여러번 봤지만 실제로 걷는 모습은 처음 보았다. 그녀는 빨간 서머 스웨터에 청바지를 입은 극히 심플한 차림이었지만, 그런 스키니진이 잘 어울리는 일본인은 드물다. 다리가 길고 날씬해서 모델이라고 해도 통할 것 같다.

잠시 아사미의 미모에 눈길을 빼앗기고 있던 남자는 그녀가 가게 안을 둘러보는 바람에 당황한 나머지 신문을 읽는 척한다. 그 후로도 흘긋흘긋 아사미를 훔쳐보았지만 상상 이상의 아름다움에 눈길을 뗄 수 없다. 그러나 계속해서 넋을 잃고 있을 수는 없다. 남자는 정신을 차리고 다시 스마트폰을 꺼냈다.

"좀 전에 스마트폰을 잃어버렸다고 전화한 사람인데요, 좀 바빠서 가지러 못 가게 되었습니다. 대신 다른 사람이 가지러 갈 테니 건네주시겠어요?"

『네. 알겠습니다. 가지러 오시는 분의 성함이 어떻게 되나요?』

"긴 흑발에 빨간색 스웨터를 입은 여성입니다. 이름은 이나바 아사미라고 합니다. 혹시 벌써 가게에 와 있을지도 모르겠어요."

점원이 한 손에 전화를 들고 주위를 둘러보는 모습이 보인다.

『아아, 저 분인지도 모르겠네요.』

"그렇습니까? 그럼 전화 받고 계신 카운터까지 잠시 불러 주시겠습니까?"

이윽고 점원이 이나바 아사미에게 말을 걸자, 남자는 그것까지 확인한 뒤 전화를 끊었다. 그리고 신문 너머로 그 모습을 살폈다.

곧 이나바 아사미는 의아한 듯한 표정을 지으며 자기 자리로 돌아왔다. 그 손에는 분명히 그 검은색 스마트폰이 들려 있었다.

스마트폰을 건네는 일은 무사히 계획대로 끝낸 것 같다. 남자는 일단 안심하고 식어버린 카페라떼를 한 모금 더 들이켰다.

그때 이나바 아사미의 테이블 위에 있던 스마트폰의 벨소리가 가게 안에 울려 퍼졌다.

그녀는 당황하며 전화를 받더니, 처음에는 주위를 신경 쓰면서 입을 손으로 가렸지만 곧 즐거운 듯 웃기 시작했다. 그리고 이제는 주위를 신경 쓰는 기색도 보이지 않는다.

남자는 신문을 읽는 척하던 것을 그만두고, 이나바 아사미의 아름다운 옆모습을 뚫어지게 쳐다본다. 긴 흑발을 쓸어 올리며 재잘거리는 동작은 마치 괜찮은 영화의 한 장면을 보는 듯했다.

그 후 이나바 아사미는 통화를 끊고, 아이스라떼를 홀짝홀짝 다 마시더니 총총히 일어섰다. 그리고 가게 안을 돌아보지도 않고 빠른 걸음으로 역으로 사라졌다. 남자는 그 뒷모습을 배웅하고 천천히 일어나서 방금 전까지 이나바 아사미가 앉아 있던 자리로 이동한다. 앉아보니 이나바 아사미가 앉았던 엉덩이의 따스함이 아직 고스란히 남아 있었다.

도미타 마코토의 스마트폰은 이나바 아사미에게 돌려주고 말았지만, 그 안에 원격조정 프로그램을 깔아 놓았다. 남자가 태블릿 PC를 꺼내 전원을 켠다. 노트북이 가동되자 바탕화면으로 설정한 이나바 아사미의 수영복 사진이 나타났다. 그 섹시한 사진을 바라보며 크게 팔짱을 낀 채 생각한다.

자, 지금부터 어떻게 하면 이 바탕화면의 여자에게 접근할 수 있을까?

도미타의 스마트폰에 있던 데이터와 정보는 전부 이 노트북에 보존되어 있다. 그 데이터를 다시 화면에 띄워본다. 그리고 다시 한번 도미타가 아사미를 비롯해 도미타의 친구들과 라인으로 나눈 대화를 읽어나간다. 하나하나 보면 분명 시시한 대화지만 전체를 보면 거기서 어렴풋하게나마 도미타 마코토의 인간관계가 보인다. 이 남자에게 뭔가 비밀은 없을까? 바람기라든가, 즉석만남 사이트라든가, 유사성행위 업소 출입이라든가, 남자라면 적지 않게 수상한 구석이 있을 것이다.

그리고 이나바 아사미 본인에게도 뭔가 약점은 없을까?

바로 얼마 전에 도미타가 무슨 이유인지 아사미에게 돗토리에 가고 싶다는 말을 꺼낸 적이 있었다. 그때 나눈 라인 대화를 통해 이나바 아사미의 본가가 돗토리인 것을 알아냈다. 아무래도 그녀는 대학 입학과 동시에 도쿄로 상경했지만, 본가에는 거의 가지 않는 것 같다. 그 이유는 아마 아버지는 이미 돌아가셨고, 시골에 남아 있는 엄마와는 별로 사이가 좋지 않아서인 듯했다.

이나바 아사미의 집은 아마도 유텐지나 나카메구로로일 거라고 생각했다. 도미타가 찍은 이나바 아사미의 사진 촬영 지점의 분포를 통해 그것을 예측할 수 있었다. 무엇보다도 라인의 대화 내역을 보니, 두 사람이 유텐지와 나카메구로의 역 앞 커피전문점을 자주 약속 장소로 삼고 있었기 때문이다.

그리고 현재 도미타의 스마트폰 위치, 즉 이나바 아사미의 현재 위치 정보를 찾아본다. 이나바 아사미가 현재 지니고 있는 그 스마트폰은 예상대로 도요코선 지하철을 타고 시부야를 향해 이동하고 있었다. 그녀는 이대로 집으로 돌아가는 것일까? 아니면 도미타의 집으로 향하는 것일까?

그 결론이 나올 때까지는 아직 좀 더 시간이 걸릴 것 같았다. 남자는 주위를 둘러보고 자기 뒤에 아무도 없는 것을 확인한 뒤, 바탕화면에 있는 사진 폴더 아이콘 하나를 클릭했다. 그리고 도미타의 스마트폰에서 복사한 이나바 아사미의 사진 폴더를 다시 열고, 그중에서 특별히 마음에 드는 사진을 클릭한다.

적당한 크기의 모양 좋은 가슴. 그리고 톡하고 위를 향한 핑크색 유두가 무방비하게 찍혀 있다. 검은색 머리칼을 쓸어 올리며 허리에 손을 올린 사진에서는 잘록하니 멋진 허리를 강조하고 있다. 그리고 한쪽무릎을 바닥에 대고 있는 사진에서는 검은 음모와 그 주변을 뚜렷하게 볼 수 있다. 덧붙여 그녀의 쭉뻗은 아름다운 두 다리의 연결 부위에는 조금 큰 점이 있었다.

몇 번을 봐도 멋진 여자다.

차라리 이 누드 사진을 인터넷에 뿌려줄까?

문득 그런 충동이 일었지만 그런 짓을 해도 아무런 득이 될 것이 없다는 생각에 자제한다.

슬슬 됐으려나 싶어 남자는 다시 도미타의 스마트폰 위치정보를 알아본다. 도미타의 스마트폰은 현재 유텐지역 근처에서 멈춰 있었다. 남자는 그동안 사진의 지오태그 등으로 도미타의 집을 도립대학역과 오오카야마역 사이로 추정하고 있었다. 그런데 현재의 위치정보가 가리키는 유텐지역 근처와 도미타의 집으로 추정되는 곳은 조금 떨어져 있다.

그렇다면 아마도 이곳이 바로 이나바 아사미의 집일 것이다.

남자는 혼자 소리 없이 미소를 짓고, 완전히 식어버린 카페라떼를 다 마셨다.

그리고 문득 그녀의 긴 흑발이 근처에 떨어져 있지 않을까 하는 생각이 들어 테이블 주위를 찾아봤다. 유감스럽게도 그것으로 추정되는 것은 발견하지 못했다.

C

"그래서 사체를 처음 발견한 사람은 누구였지?"

가나가와 경찰서 형사부의 부스지마 토오루는 한 발 빨리 현장으로 달려온 후배 카가야 마나부에게 그렇게 물었다.

"근처에 사는 70대 여성이 산나물을 뜯으러 왔다가 발견했습니다. 계곡을 따라 숲길을 대략 800미터는 내려온 지점이니까 보통은 누구도 이런 곳까지 내려오지 않습니다. 다만 산나물은 이런 곳에 날지도 모르겠네요."

고사리나 고비 따위의 산나물을 쉽사리 뜯을 수 있는 계절이었다. 카가야 마나부 같은 젊은 사람이 볼 때 이곳은 초목이 무성한 그냥 산이겠지만, 70대 여성에게는 보물 산이었는지도 모른다.

"아얏."

"카가야, 왜 그래?"

"아니, 아무것도 아닙니다. 이 풀 가시에 좀 찔린 것뿐입니다."

부스지마가 뒤를 돌아보니 카가야가 아픈 듯 손을 흔들고 있다.

"엉겅퀴야. 이 엉겅퀴 가시는 우습게 볼 수 없어. 바지 위에서 찔러도 아플 정도니까 아무튼 만지지 않도록 조심해."

"알겠습니다."

가나가와 현의 산이라고 해서 우습게 봐서는 안 된다. 숲길을 벗어나 이런 산속에 발을 들이면 자연이 송곳니를 드러내고 도 전해온다.

"사체는 땅속에 묻혀 있었다지?"

"네. 30센티미터 정도의 땅을 파고 묻혀 있었답니다. 두개골 외에는 전부 거기에 묻혀 있었다네요."

카가야가 가리킨 곳 앞에는 노란색 출입금지 테이프가 쳐져 있었다. 거기서 분주히 작업 중인 감식반의 뒷모습이 보인다. 부스지마와 카가야 두 사람은 혹시 유류품이라도 떨어져 있지 않은지 숲길이 나지 않은 현장 주변을 걷고 있었다.

"그런데 그 할머니는 왜 백골화가 진행된 두개골만 발견한 거지? 나머지 신체 부위는?"

"아무래도 야생동물이 파헤친 것 같습니다. 시신 전체를 물고 움직이는 것은 아무래도 무리였기 때문에 두개골만을 물고 이동한 것 같습니다. 그 두개골은 여기서 계곡을 따라 50미터 정도 내려간 곳에서 발견되었습니다."

"의복과 유류품 등 신원을 알 만한 건?"

"수색중이지만 현재까지는 발견되지 않았습니다. 사체는 알몸으로 묻혀 있었답니다."

"알몸?"

"네, 그렇습니다."

"그런데 사체의 추정 나이는?"

"20~30살. 키는 150센티미터에서 160센티미터 정도. 사후 3개월에서 1년이 지났답니다."

카가야는 검은 수첩을 보며 그렇게 말했다.

"성별은 여자였지?"

"네, 그렇습니다."

"최근 행방불명된 사람들과의 명단 대조는?"

"이미 시작했습니다."

부스지마는 피해자가 젊은 여성이라면 실종신고서가 제출되었을지도 모른다고 생각했다. 피해자의 신원만 파악되면 수사는 꽤 쉬워진다. 피해자의 애인과 가족, 그리고 그 교우관계를 따라가면 사건은 의외로 빨리 해결될지도 모른다.

"부스지마 선배님? 이건 당연히 살인사건이지요?"

형사과에 배속된 지 얼마 되지 않은 카가야는 알쏭달쏭한 표정으로 부스지마에게 묻는다.

"그렇다고 봐야겠지. 단순한 사체유기라면 일부러 땅을 파고 알몸으로 만들면서까지 묻지 않을 테니까. 흙이 드러난 땅은 비교적 파기가 쉬울 것 같지만 그래도 나무뿌리나 풀이 있어서 30센티미터 파는 것도 힘들어. 그렇게까지 해서 사체를 버렸으니 역시 그 나름대로 이유는 있겠지."

부스지마는 그렇게 말하면서 발밑의 흙을 발로 파 본다. 주변 일대에 수목과 잡초가 무성하지는 않았지만, 검은흙 밑에는 분명 나무뿌리가 빼곡히 뻗어 있어서 삽과 괭이 같은 도구가 없으면 도저히 팔 수 있을 것 같지 않다.

"게다가 저 아랫배를 봐."

"네."

언론에는 아직 숨기고 있지만, 사체는 아랫배를 마구 찔려 있었다.

"아마도 성적인 것이 얽힌 범행이겠지? 범인은 어떤 종류의 변태성육자일 거다."

"범인은 여기까지 차를 이용해서 사체를 옮겼겠지요?"

"뭐, 그렇겠지. 숲길에 차를 주차하고 사체를 여기까지 옮겨서 묻었어. 땅도 그때 팠다면 상당한 시간이 걸렸을 거야. 교통량이 별로 없는 도로야. 1년 정도 전일지도 모르지만 누군가가 수상한 차를 봤을지도 몰라. 그 차의 목격자를 찾는 게 우선이야."

"그러네요."

"범인은 설마 땅속에 묻은 사체를 야생동물이 파낼 줄은 몰랐겠지."

가나가와 현이라고는 해도 '단자와' 산의 서쪽 숲속에는 야생동물이 흔히 서식한다. 이 산에는 사슴과 멧돼지, 흰코사향고양이는 물론, 원숭이와 곰도 살고 있다.

실제로 부스지마와 카가야가 이 산에 발을 들인 후에도 새인지 뭔지 알 수 없는 야생동물의 울음소리가 끊임없이 나고 있었다. 거기다가 모기인지 파리인지 모를 작은 벌레들이 계속 들러붙어 부스지마는 오른손으로 계속해서 그것들을 쫓아버리느라 분주하다.

"아, 부스지마 선배님! 잠깐 움직이지 말아 보세요."

카가야는 그렇게 말하며 부스지마의 뒤로 돌아가서 부스지마의 목 뒤를 강하게 후려 팼다.

"뭐야?"

"부스지마 선배님 옷깃에 거머리가 들러붙어 있었어요. 아까 나무 위에서 떨어졌는지도 모릅니다. 이제 괜찮습니다. 지금 털어냈습니다."

부스지마는 몸을 비틀며 양손으로 얼굴과 목덜미, 양손, 양다리 등 온몸을 만져 거머리가 또 달라붙어 있지 않은지 확인한다.

"다음에 올 때는 거머리 퇴치제를 바르고 와야겠어."

"그러네요."

"이런 거머리가 나오는 산속이야. 사체를 버리기에 나쁘지 않은 곳 같지만, 더 깊이 팠어야 했지. 그랬으면 야생동물이 파내는 일도 없고, 들키는 일은 없었을 거야. 범인의 발상은 좋았지만 마무리가 좀 허술했군."

"발상요?"

"어어. 카가야, 우리 경찰이 가장 수사하기 힘든 사건이 뭔지 아나?"

카가야는 걸어가면서도 고개를 갸웃하고 생각해 본다.

"글쎄요?"

"사체가 발견되지 않는 사건이야. 사체가 발견되지 않으면 사건 자체가 존재하지 않아. 그렇게 되면 우리 경찰은 손댈 방도가 없어."

"그러네요. 사체가 없으면 수사본부도 설치할 수 없으니까요."

"그래. 어이, 카가야, 경찰에 신고된 행방불명자만 연간 몇 명인지 알고 있나?"

"7만 명이었나요?"

"8만 명이야. 매년 8만 명이 넘는 실종신고서가 제출된다. 대개는 노인이 길을 잃어버렸거나, 가족이나 애인의 단순 가출로 밝혀지지만, 그중 5퍼센트 정도는 명쾌한 이유를 알 수 없는 미해결 행방불명자야."

"5퍼센트라고 해도 무려 4천 명이네요."

"그 연간 4천 명 정도의 미해결 행방불명자 중에서 사체가 발견되지 않는 살인사건에 연루된 사람이 얼마나 많겠어?"

"그렇게 생각하면 좀 무서운 이야기네요."

"우선 사체만 발견되지 않으면 몇 명을 죽이든 붙잡히지 않아. 사체를 땅속 깊이 묻어버린다는 것은 연쇄살인범들이 써먹는 전형적 방법이면서도 범행을 들키지 않을 수 있는 가장 확실한 방법이다. 10~20센티미터만 더 깊이 묻었으면 야생동물도 파내지 못해. 그렇게 되면 산나물을 채취하러 온 할머니한테 들킬 일도 없었고, 우리 경찰이 이런 산속에 오는 일 자체도 없었을 거야."

"정말 그러네요."

"근래 살인사건이 연간 천 건을 밑돌만큼 줄어서 화제가 되었지만, 반대로 생각하면 그저 사체를 발견하기 힘들어졌을 뿐이라고도 생각할 수도 있어."

부스지마는 혼잣말처럼 그렇게 말하더니 안주머니에서 담배를 꺼냈다. 최근에는 어디나 금연이지만 이런 산속에서는 흡연 사실이 발각될 리 없었다.

"알몸으로 묻혔다는 게 좀 신경 쓰이는데."

부스지마는 입가를 손으로 막고 바람을 피하면서 라이터로 재빨리 불을 붙인다.

"그 말씀은?"

"이게 단순히 변태성욕자의 충동적인 범죄라면 별 문제가 아니야. 결국 탄로가 나서 범인도 찾을 수 있을 거야."

"변태성욕자가 아니라면요?"

"그렇다면 성범죄가 아닌 다른 이유로 살인을 저지른 후에 신원을 알 수 없도록 꾸민 계획적인 범행일지도 몰라. 게다가 알몸으로 묻었을 정도니까 이 주변에서 딱히 피해자의 유류품을 남기는 실수는 안 했겠지?"

"네, 역시 현재까지 유류품 같은 것은 발견되지 않았습니다."

"그렇게 되면 꽤 성가신 사건이 될지도 모르겠어."

부스지마는 크게 연기를 토해냈다. 숲을 빠져나가는 바람이 순식간에 그 연기를 멀리 뒤쪽으로 옮겨버린다. 너도밤나무 거목이 말라 죽어 있는 곳의 반대편에 사가미 만(灣)의 빛나는 수면이 보였다.

"카가야, 피해자의 모발은 발견되었나?"

"네, 물론입니다."

"그래? 그럼 DNA감정은 할 수 있겠군."

"네. 덧붙여 피해자는 길고 아름다운 흑발을 가지고 있었던 것 같습니다."

제 2 장

A

『레이디 가가(미국의 유명가수-옮긴이)의 공연 티켓 어떻게 좀 안 될까?』

『여러 지인한테 물어봤는데 역시 이젠 힘들대. 아사밍이 아는 사람 중에 누구 티켓 산 사람 없어?』

『나는 틀렸어. 역시 어려우려나? 도미타가 아는 사람 중에 매스컴 쪽에서 일하는 사람 없어? 관동 TV가 주최하는 것 같아.』

컴퓨터로 도미타 마코토의 라인 메시지를 보고 있던 남자는 두 사람의 그런 대화에 주목했다. 그리고 곧바로 인터넷 옥션 사이트를 통해 알아보니, 공연 날짜가 가깝기도 해서 정가의 10배가 들긴 하겠지만 암표로라도 티켓을 구할 수는 있을 듯했다.

도미타의 과거 라인 메시지를 다시 거슬러 올라가서 봐도 여러 인맥을 동원해 티켓을 손에 넣으려 하는 모습을 엿볼 수 있었다.

정말 콘서트에 가고 싶어 하는 쪽은 이나바 아사미인 것 같았다.

『대학 동기 중에 야마다 히로시라는 녀석이 관동 TV에 취직했는데 혹시 연락처 알아? 관동 TV가 주최하는 레이디 가가의 콘서트 티켓을 꼭 갖고 싶은데.』

도미타는 그런 메시지도 라인을 통해 다른 친구들에게 보내고 있었다. 그러나 아쉽게도 야마다 히로시의 연락처를 아는 사람은 아무도 없는 듯했다.

이 소재는 언젠가 써먹을 수 있을지도 모르겠다.

남자는 페이스북에 로그인해서 도미타의 페이지를 체크한다.

죽 늘어선 도미타의 「친구」들 중에 관동 TV의 야마다 히로시가 없는 것을 다시 확인한다.

그리고 페이스북 안의 검색창에 「야마다 관동 TV」를 입력한다. 야후나 구글에서 검색되는 것을 싫어하는 사람이라도 페이스북 내에서의 검색까지 제한하는 사람은 별로 없다. 그것마저 불허하는 설정도 가능하지만, 그렇게 되면 「친구」를 맺기 전까지는 페이스북을 하고 있는지조차 아무도 알 수 없기 때문이다.

그럼에도 불구하고 관동 TV의 야마다 히로시가 검색되어 나오지 않는 것으로 볼 때, 그는 페이스북에 아예 가입하지 않았거나 페이스북 안에서의 검색도 불허한 듯했다.

남자는 혼자 싱글벙글하더니, 바로 야마다 히로시로 행세할 페이지 제작에 돌입했다.

그 사람 행세를 한다는 것이 특별히 기술적으로 어려운 것은 아니다. 흔히 하는 것처럼 페이스북에 가입한 뒤, 이름과 메일주소, 그리고 비밀번호만 설정하면 된다. 그러나 남자는 더 그럴듯하게 만들기 위해 hiro-ktv-yamada라는 문자열이 들어간 메일을 인터넷 포털 사이트를 통해 새로 만들어 페이스북에 기입했다. 나아가 프로필 사진도 관동 TV 공식 홈페이지에 접속하여 얻은 방송국 마스코트 캐릭터 사진으로 업로드했다. 남은 것은 자세한 프로필인데 'H대학 졸업', '관동 TV 근무'라고만 입력한다.

그리고 도미타에게 「친구 신청」을 했다.

여기까지 작업했을 때 문득 카페라떼가 마시고 싶어졌다. 냉장고에서 우유팩을 꺼내 꽃무늬 커피 잔에 인스턴트 믹스커피를 넣으려고 뚜껑을 연다. 그러나 점보 사이즈의 인스턴트 믹스커피 병 속에 그렇게 많던 커피가 거의 남아 있지 않다.

이 방에 살기 시작한 지 몇 달이나 지났을까?

전자레인지로 카페라떼를 데우는 동안에는 특별히 할 일도 없기 때문에 우선 방에 있는 TV 전원을 켰다. 가볍게 기지개를 켰을 때 꽃무늬 수납장이 눈에 들어온다.

그리고 아래쪽 서랍을 열어본다.

거기에는 조그맣게 접은 흰색, 빨강, 베이지, 그리고 검은색의 다양한 팬티가 들어 있었다. 남자는 그중에서 가장 마음에 드는 베이지색 팬티 한 장을 꺼내서 자기 얼굴에 살짝 대 본다. 니시노 마나미의 좋은 냄새가 희미하게 난다.

이 방의 원래 주인이었던 마나미의 개인 물건은 일절 처분하지 않았다.

작게 접은 이 팬티는 물론, 프릴이 달린 브래지어, 수납장이 빵빵하게 부풀어 오를 때까지 밀어 넣은 옷, 신발장에 다 들어가지도 않는 펌프스힐 구두, 명품가방…, 이 모든 것이 남자가 좋아하는 것이고 소중한 수집품이었다.

남자는 니시노 마나미의 속옷과 옷을 자기 몸에 걸치는 것을 좋아했다.

그걸 입고 밖에 나가고 싶다는 생각은 하지 않았지만, 니시노 마나미의 속옷과 옷을 몸에 걸치면 마나미와 한 몸이 된 듯한 기분이 들어 성적으로 맹렬하게 흥분됐다. 자신에게 여장하는 취미가 있는 건가 싶었지만 그건 아닌 것 같았다. 좋아하는 여자의 속옷과 옷에만 관심이 생겼다. 혹시나 해서 시험 삼아 상점에서 파는 여성용 속옷을 사서 입어 본 적도 있었지만, 전혀 흥분되지 않아서 바로 버려버렸다.

침대도 소중한 전리품이었다. 꽃무늬 침대에 누우면 마치 마나미와 함께 자고 있는 듯해서 뭐라고도 형언할 수 없는 행복한 기분이 들었다. 주방에 있던 조리도구와 접시도 마찬가지였다.

TV는 정보수집이라는 차원에서 빼놓을 수 없었다.

『어제, 가나가와 현 단자와 숲속에서 젊은 여성으로 보이는 반백골 사체가 발견되었습니다. 연령은 20~30세 정도. 키는 150센티미터에서 160센티미터. 경찰 조사에 따르면 피해자가 사망한 지 3개월에서 1년이 경과한 것으로 파악되고 있습니다. 사체는 땅속에 묻혀 있었는데 야생동물이 파헤쳤고, 나물을 채취하러 온 근처 주민이 그 두개골 부분을 발견해 경찰에 신고하였습니다. 경찰은 현재 살인사건일 가능성도 열어두고 수사를 진행하고 있습니다.』

그런 뉴스가 흐르고 있었다.

처음에는 귀를 의심했다. 어떻게 야생동물이 그 사체를 파헤칠 수 있었을까? 하지만 들켰다면 어쩔 수 없다. 여러 가지로 사체를 유기하기에 안성맞춤인 산이었지만, 남자는 이렇게 된 이상 그 산은 더 이상 이용할 수 없겠다고 생각했다.

그리고 이 집도 조만간 떠나야 할 것이다.

아깝지만 니시노 마나미의 가구와 생활용품은 전부 처분한다. 그렇게 하면 이사업체를 고용할 필요도 없다. 보증금을 포기하면 관리인과 얼굴을 마주하지 않고 이곳에서 나갈 수가 있다.

안전을 생각하면 지금 당장이라도 그렇게 해야 한다. 그 후에는 꼼짝 않고 시골에 있는 자신의 집에서 얌전히 숨어 지내야 할 것이다.

그렇지만 할 수만 있다면 멋진 수집품으로 둘러싸인 이 집에서 더 지내고 싶다. 남자는 마치 동거라도 하고 있는 듯한 현재의 생활환경을 정말 좋아했다. 게다가 자기 같은 사람은 사람이 적은 시골보다 도시에서 숨기가 쉽다. 또, 이 집에 살면 우편물이 손에 들어온다. 아무리 인터넷을 활용해도 실제로 움직이는 물건만큼은 이 곳에 살지 않는 이상 손에 넣을 수 없다.

땡, 전자레인지가 다 됐다.

『친구 신청 고마워. 친구가 되자마자 너무 미안하지만, 관동 TV가 주최하는 레이디 가가 공연 티켓, 어떻게 좀 안 될까?』

남자가 뜨거운 머그잔을 손에 든 채 컴퓨터 화면을 보자, 도미타가 보낸 「친구 승인」 메시지가 벌써 도착해 있었다. 남자는 낚시를 해 본 적이 없지만 물고기가 미끼를 문 순간에 낚시꾼이 느끼는 쾌감이 지금 자신의 기분과 비슷할 것이라고 상상했다.

그리고 남은 일은 천천히 신중하게 미끼를 문 물고기를 낚아 올리는 것뿐이었다.

『사업부에 좀 물어볼게.』

『잘 부탁해.』

득달같이 돌아오는 그의 메시지에 도미타가 필사적이라는 것이 느껴졌다.

만약 여기서 바로 답을 보내면 도리어 현실성이 없다. 남자는 야마다 히로시 행세를 한 페이스북 페이지에서 일단은 한 번 로

그아웃한다.

남자는 자기 자신의 진짜 페이스북 페이지는 없었지만, 상당 수의 가짜 페이지를 가지고 있었다. 너무 오래 아무런 활동도 없이 방치해두면 만일의 경우 의심받을 수도 있다. 그래서 남자 는 페이지 관리를 위해 각각의 가짜 페이지에 로그인하여 「좋아 요!」를 적당히 누르고 다녔다. 그런 다음 몇 개의 어련무던한 내 용을 올리고 그럴듯하게 위장을 했더니 시간이 빠르게 흐르는 것 같았다.

가볍게 기지개를 켜고 스마트폰 시계를 확인한다. 좀 전에 도 미타에게 메시지를 보내고 나서 벌써 1시간 정도는 지났을 것이 다. 남자는 딱 적당한 때라고 생각하고 관동 TV 야마다 히로시 의 가짜 페이지에 로그인해서 새로운 메시지를 쓰기 시작한다.

『레이디 가가 말인데, 오늘 기재석이 추가 개방되어서 딱 두 장이라면 구할 수 있을지도 몰라. 잡아둘까?』

『정말이야? 꼭 좀 부탁해.』

메시지를 보낸 지 1분도 지나지 않아서 답이 왔다.

『알았어. 티켓을 지금 바로 잡아두려면 네 신용카드 번호와 보안코드, 그리고 유효기간이 필요해. 선착순이기 때문에 만약 그 사이에 먼저 신청한 사람이 있으면 포기해야 해.』

그러자 도미타가 바로 카드 정보를 보냈다.

이것으로 당초 목적은 달성했기 때문에 이대로 티켓을 보내지 않고 무시해 버려도 그만이었지만, 남자는 인터넷 옥션에서 티 켓을 입찰해 도미타에게 보내주기로 했다. 사이버 범죄를 성공 시키기 위한 철칙은 상대가 보안이 뚫렸다는 낌새를 알아채지

못하게 하는 것이었다. 컴퓨터 바이러스와 웜 등의 악성코드를
누군가의 컴퓨터에 심을 때에도 들키지 않는 가장 좋은 방법은
몰래 타깃의 주변에 그것들을 심어 놓으면서도 당장은 그것을
작동시키지 않는 것이었다. 그 때문에 도미타에게도 이 같은 초
기투자가 필요하지만 이 정도 금액이라면 금방 회수할 수 있다.

　남자는 티켓이 수중에 들어오면 도미타에게 우편으로 보내
주겠다는 의사를 전하고, 동시에 집 주소도 보내라고 메시지를
보냈다. 물론 도미타는 금세 집 주소와 스마트폰 전화번호를 보
내왔다.

B

"역시 직접 본 가가님은 대단했어."

"응, 엄청났어. 의상이 대체 몇 번이나 바뀌었을까? 게다가 어떻게 옷을 갈아입은 거지?"

"그러게. 마지막에는 가슴이 보일 것 같은 의상이었어. 심하게 움직이면 위험한 거 아닌가 싶은 게 내가 안절부절못하겠더라고. 그래서 노래가 귀에 들어오질 않았어."

"진짜, 이 변태!"

아사미와 도미타는 도쿄돔에서 콘서트를 본 후 그 흥분이 가시기 전에 가까운 선술집에서 한잔하기로 했다.

"그런데 전부 다 도미타가 티켓을 구해준 덕분이야. 정말 고마워. 도미타 마코토, 정말 잘했어."

도미타는 오랜만에 아사미의 칭찬을 듣고 마치 강아지처럼 기뻐했다.

"헤헤, 뭐 다른 사람도 아닌 아사밍 님을 위해서니까. 그런데 페이스북은 정말 편리하네. 그렇게 여러 곳에 부탁했었는데 어떻게 신기하게도 그때 관동 TV 녀석이 친구 신청을 해서…, 그래서 일사천리로 티켓을 얻었으니까 말이야."

"호오, 페이스북은 그렇게 편리하구나."

아사미는 가벼운 식전 안주거리를 입에 가득 넣으며 그렇게 말했다.

"응. 그냥저냥 아는 지인이지만 라인으로 대화할 만큼 친하지는 않다, 하지만 막상 급할 때는 뭔가를 부탁하고 싶다. 그런 관계인 사람들과 엷게 연결해두는 것치고는 상당히 편리한 SNS가 아닐까?"

"그렇구나. 나는 한동안 방치한 상태라서 잘 모르겠는데."

"아사밍도 좀 더 페이스북을 제대로 하는 게 좋을 것 같아. 그 나름대로 편리하니까 말이야."

"흐음, 그렇구나."

"그게 말이지…, 오늘 공연 티켓도 결국 정가로 손에 넣었어. 인터넷 옥션에서 암표로 사면 10배는 드는데 말이지."

"와아, 그건 대단하다. 그럼 나도 다시 할까?"

점원이 맥주와 풋콩을 난폭하게 테이블에 놓고 바로 떠나려고 한다. 아사미는 그 틈을 타 점원을 불러 세운다.

"주문해도 되나요? 닭고기 꼬치구이, 닭고기 파꼬치, 다리살, 닭고기 경단꼬치, 염통, 메추라기 알, 닭 날개, 전부 2개씩, 그리고 오징어 통구이, 그리고 도미타도 뭐 먹을래?"

점원이 허둥지둥 메모지를 꺼내 연필을 휘갈긴다.

"저는 감자 샐러드 주세요."

보통 커플과 달리 둘의 관계는 남녀 역할의 역전! 둘이 있을 때는 뭐든 아사미가 주도했다. 아사미는 이렇게 자신이 주도하는 것이 편했고, 도미타도 그 편이 성향에 맞는 듯했다.

"일단 이렇게 주세요. 아, 그리고 재떨이도 하나 주세요."

"이야, 그런데 아사밍…! 요전에는 정말 고마웠어. 그대로 스마트폰 데이터가 없어졌으면 중요한 단골 거래처 한 곳을 잃어버릴 뻔했어."

도미타는 양손을 마주하고 아사미에게 공손히 절했다. 아사미는 이미 거의 잊어가고 있던 「도미타 마코토 스마트폰 분실사건」이 생각난다.

"정말 감사 인사 받고 싶어. 왜 내가 당신 스마트폰을 받으러 가야 하는 거야? 그걸 주워준 사람한테 결국 건네지는 못했지만 그 사람 주려고 특별히 과자 상자까지 샀었어."

"정말 고마워. 이 답례는 다음 생일 때 꼭 할게."

"10배로 갚아. 그런데 말이야, 이번에 뭐가 가장 실망스러웠는가 하면 도미타가 내 전화번호를 기억하지 못했다는 거야."

아사미의 그 한마디에 도미타의 표정이 순식간에 일그러진다.

도미타는 평소 희로애락의 표정이 풍부한 편이었는데, 아사미는 도미타가 곤란해하는 표정을 즐겼다. 그래서 함께 있으면 자기도 모르게 괴롭히고 싶어진다고 했다. 실제로 싫은 소리와 맹랑한 말을 거침없이 하고 나면 도미타는 무척 당황스러워했는데, 아사미는 그런 모습이 재미있었다. 도미타가 이마에 땀을 흘리며 필사적으로 변명하는 모습을 보면 분노는 어느새 사라져 웃음을 참기가 힘들었다. 혹시 자신에게 사디스트(sadist; 가학적 성애자-옮긴이)의 기질이 있는 건가 생각해 봤지만, 오히려 도미타가 전형적인 마조히스트(masochist; 상대에게 가학당함으로써 쾌감을 느끼는 사람-옮긴이) 기질인 듯했다.

"아니아니, 그건 정말 면목이 없어. 나도 이번에 내가 그동안 스마트폰에 지나치게 의지하고 살아왔다고 반성했어. 하지만 이제 걱정 없어. 아사밍의 휴대폰 번호는 봐, 여기에 제대로 메모했거든. 이제 절대 연락이 안 되는 일은 있을 수 없어."

도미타는 그렇게 말하더니 자신의 운전면허증을 내밀었다. 놀랍게도 그 뒤에 아사미의 스마트폰 번호가 적혀 있었다.

"이게 뭐야? 이런 데다 낙서해도 돼?"

"별로 좋지는 않겠지만 면허증은 항상 가지고 다니니까 혹시 또 스마트폰을 잃어버리더라도 아사밍이랑 꼭 연락할 수 있잖아."

"그건 그렇지. 그렇지만 말이야, 다음에는 이 면허증을 잃어버리면 어떻게 해. 또 주운 사람이 나한테 전화를 걸어오는 거 아니야?"

"아, 그런가. 하지만 그건 그것대로 괜찮잖아. 왜냐면, 면허증은 주소까지는 쓰여 있지만 전화번호는 안 쓰여 있잖아. 그런데 그렇다고 해서 거기에 내 전화번호를 써두면, 거기에 있는 주민등록번호나 주소 같은 다른 정보들과 합쳐져서 이것저것 악용될 것 같아 무섭잖아, 하지만 아사밍 번호라면 목소리만 들어도 본인이 아니라는 걸 알 수 있으니까 괜찮지. 게다가 이번에도 남자인 내가 아니라 여자인 아사밍이 전화를 걸었기 때문에 스마트폰도 무사히 돌아온 것 같아."

머리가 좋은 건지 바보인 건지, 아사미는 가끔 눈앞의 남자를 알 수가 없어진다. 이때 비로소 기모노를 입은 점원이 테이블에 요리를 내왔다.

"그런가? 아, 이 감자 샐러드 맛있다. 아, 언니, 소주는 뭐가 있나요? 도미타는 맥주가 좋은 거 아니지?"

아사미의 말투는 언뜻 도미타를 배려하는 듯하지만 그것은 아사미와 함께 소주를 마시라는 명령에 가까웠다.

"어어. 그럼 나도."

"그럼 언니, 소주를 병으로 주세요. 물 타서요."

여전히 바쁜 듯한 점원이 닭 꼬치구이와 함께 병 소주 세트를 가져왔다.

아사미가 능숙하게 잔에 얼음을 넣자, 도미타가 곧바로 소주 잔에 소주를 찰랑찰랑 찰만큼 따른다.

"너무 많은 거 아니야? 요즘 주량이 늘었어? 그렇게 마시다 또 스마트폰을 잃어버리면 어쩌려고 그래?"

아사미는 자신의 많은 주량에 대한 걱정은 제쳐둔 채 도미타 에게 그렇게 말했다.

"그러게. 그런데 스마트폰만 잃어버리는 거면 그나마 괜찮은 데, 지난번에는 기억도 잃어버렸으니 말이지. 결국 그 스마트폰 을 어디서 주웠다고 했지?"

"글쎄? 주워준 사람이랑은 못 만났으니까 도미타의 스마트폰 이 어디에 떨어져 있었는지도 모르겠네."

"혹시 택시 안인가?"

"스마트폰을 마지막으로 썼을 때가 아니겠어? 기억 안 나?"

"응. 만취해서 그때의 기억이 전혀 없어."

도미타는 태평하게 그렇게 말했다.

역시 이 남자는 틀림없이 바보이다.

"뭐, 그래서 나도 이번에 반성했거든. 그래서 스마트폰 위치추 적 앱을 깔아놨어."

"그게 뭐야?"

"이 앱을 봐."

도미타는 자기 스마트폰을 꺼내더니, 화면상에 쭉 늘어선 아이콘 중 녹색 아이콘 하나를 가리키고 터치했다.

"아사밍 휴대폰에도 들어있는지 모르겠는데, 스마트폰을 잃어버렸을 때를 대비해 GPS 기능을 써서 스마트폰을 찾아주는 앱이 있어."

"허어, 그렇구나."

도미타가 그 앱을 여니, 지도가 나타나고 현재 자신들이 있는 스이도바시 근처가 표시되고 있다.

"그런데 이게 좀 얼빠진 앱이라서 말이지. 이 앱은 이 스마트폰에서만 이 스마트폰의 위치정보를 알 수 있어."

"엇, 무슨 얘기야?"

"그러니까…, 만약 이 스마트폰을 잃어버려서 어디 있는지 찾으려고 해도 이 추적 앱을 열어볼 수 있는 스마트폰이 정작 내 손에 없다는 것이지. 그러니까 이 위치추적 앱을 깔아놨봤자 아무 소용이 없는 거야."

"확실히 그건 얼빠진 기능이네."

"아마도 길을 잃은 노인이나 아이가 가지고 있는 스마트폰을 추적하기 위한 것 같아. 그래서 내 스마트폰에 이 앱을 깔아두면 다른 사람의 스마트폰 위치를 찾을 수는 있겠지만, 정작 내 스마트폰을 잃어버렸을 때는 내 스마트폰이 없으니 그 위치를 찾는 데 도움이 안 된다는 뜻이지. 그래서 나는 이걸 내 컴퓨터로 볼 수 있도록 해놨어. 만약 또 스마트폰을 잃어버린다 해도 컴퓨터를 보면 그게 어디 있는지 문제없이 알 수 있지. 게다가 이 기능은 아이폰에도 안드로이드폰에도 둘 다 적용할 수 있어."

아사미는 순간 눈앞의 이 남자가 진짜 바보는 아닌 거 같다고 생각을 바꿨다.

"그건 괜찮은 기능이네. 다음에 내 휴대폰도 등록해줘."

"괜찮아?"

"왜?"

"그렇게 하면 내가 아사밍이 어디에 있는지, 내 컴퓨터로 계속 감시할 수 있게 되는 건데."

"아, 그런가. 그럼 내 컴퓨터에 깔아줘."

"응, 알았어. 다음에 아사밍 컴퓨터에 설치해둘게."

"고마워. 그리고 하는 김에 그때 도미타의 스마트폰 위치정보도 내 컴퓨터로 볼 수 있도록 해 줘. 그렇게 하면 또 잃어버려도 안심하잖아."

"아니, 그건 좀…."

"왜? 수상한 짓 안 하면 할 수 있잖아."

"아니아니아니아니아니아니…."

도미타가 곤란한 표정을 심각하게 짓자 아사미는 또다시 웃음보를 터트렸다.

점원이 닭 꼬치구이 모듬 세트를 가져왔다.

"아, 고맙습니다. 곱창찜 추가해주세요."

아사미가 주문을 하는 동안 도미타는 다시 빈 잔에 소주를 졸졸졸 따른다.

정신을 차리니 소주병은 벌써 절반이나 줄어 있었다. 이 정도 속도로 술을 마시다 보면 틀림없이 스마트폰도, 기억도 잃어버리지 않는 게 비정상이었다.

"도미타, 술 마시는 속도를 조금만 더-"

아사미가 도미타를 타이르는 순간, 옆자리 손님의 환호성 소리가 아사미의 목소리를 덮었다. 어느샌가 가게 안은 꽉 차서 모든 테이블이 경쟁하듯 분위기가 고조되었다.

"그런데 아사밍, 예전에 그 일 생각해봤어?"

"예전의 그 일?"

아사미는 그렇게 말하며 도미타에게 귀를 가까이 갖다 댄다.

"결혼 말이야. 한 달쯤 전에 결혼하자고 프러포즈했잖아."

"아, 아~"

"아, 아~ 라니, 그 뜨뜻미지근한 반응은 뭐야. 충격이다~"

아사미는 테이블 위에 있던 도미타의 담뱃갑을 들고 한 대를 빼냈다.

"한 대 피워도 돼?"

도미타가 고개를 끄덕이며 일회용 라이터로 불을 붙여준다.

"아니아니, 그때는, 거 왜 있잖아, 도미타도 취했으니까 분명 술기운에 한 말이겠지 싶었어."

아사미는 그렇게 말하며 얼버무리긴 했지만 가슴이 좀 두근거렸다.

"…아, 진짜."

"그게, 스마트폰도, 기억도 잃어버린 날이니까, 프러포즈한 것도 잊어버렸을 줄 알았어. 만약 도미타가 잊었는데 내가 대답만 하면 모양새가 이상해져 버리잖아."

"그렇지 않아. 그건 정확히 기억하고 있습니다요."

도미타가 평소 잘 보이지 않는 자포자기한 모습으로 그렇게 반박한다.

물론 아사미도 여자인 이상 결혼이라는 말에는 특별한 울림을 느끼고 있었다. 눈앞의 이 남자는 어쩐지 믿음직스럽지 못하지만 그것 말고 문제는 없었다. 함께 있으면 즐겁고 속궁합도 나쁘지는 않다. 근무지와 출신대학 등의 지위도 상 중에서 하, 아니 어쩌면 상 중에서 중 정도에는 들어갈 것이다.

"사실, 도미타랑 결혼하고 싶지 않은 건 아니야. 하지만 나는 결혼은 한 번만 하고 싶단 말이지."

"당연하잖아. 나도 이혼을 전제로 프러포즈하는 거 아니야."

"아니아니아니아니, 그런 뜻이 아니라 말이야. 결혼은 인생에서 가장 중요한 선택이니까, 좀 더 신중하게 생각하고 싶어."

"뭐, 그야 그렇겠지만 말이야."

도미타 마코토와 사귄 지 딱 1년이 되었다.

고작 1년 만에 그렇게 중요한 일을 결정해 버려도 좋은 것일까? 만난 지 일주일 만에 결혼을 결심했다는 커플도 있지만, 사귀고 나서 얼마 지나지 않아 결혼한 커플은 이혼할 확률이 높을 것 같은 기분이 들었다. 그렇다고 해서 4년, 5년 시간이 지나 버리면 반대로 타이밍을 놓쳐버려서 결혼하지 못하게 되어 버리는 듯하다.

그런데 아사미는 원래 자신은 독신주의 타입의 여자라고 생각했다.

결혼을 하고 싶은 생각이 아예 없는 것은 아니지만, 그렇다고 혼자서 살아가는 것을 불편하게 생각하지도 않는 타입이었다.

적어도 지금은 평생 독신으로 살아도 좋다고 생각하고 있고, 도미타와 만나기 전까지는 당연히 그렇게 될 거라고 각오하고 있었다.

"그럼 결혼할지 어떨지는 제쳐두고 우리 부모님을 한번 만나 주면 안 될까?"

"어? 도미타의 부모님을?"

"응."

도미타는 태연하게 그렇게 말하지만, 아사미는 솔직히 부담스럽다고 생각했다.

만일 그 자리에서 결혼이라는 말이 나오지 않는다 해도 그것은 사실상의 상견례 같은 것이다. 더구나 상대방 부모님을 만나 버리면, 이야기가 척척 빨리 진행되어버릴지도 모른다.

벌써 사태는 그렇게까지 임박한 것일까?

"도미타의 부모님은 어디에 사셨지?"

"아카바네."

"가깝네."

"응, 그러니까 가벼운 마음으로 오면 되잖아."

"아니, 거리가 가깝다고 부담감이 사라지는 것은 아닌 듯한데."

"아사밍의 집은 돗토리지?"

"응."

"그게 좀 뭣하면, 내가 먼저 아사밍 집에 인사를 가도 좋아."

"아니아니, 그렇게 해도 곤란합니다."

아사미의 부모님은 사실 안 계신 것이나 마찬가지였다. 그래서 별로 가족 일은 신경 쓰지 않았다. 그러나 도미타의 집은 그렇지 않다. 그럭저럭 유서 깊은 집안인 듯, 친척간의 교류도 나름대로 있는 듯했다. 아사미는 도미타의 친척 앞에서 「마코토의 아내」를 연기하는 것을 도저히 상상할 수가 없었다.

"도미타는 외동이었나?"

"응."

"부모님 연세는 어떻게 돼?"

"아버지가 예순이고 엄마가 쉰여섯."

"두 분 모두 건강하시고?"

"그게 말이지, 엄마가 심장에 지병이 있어서 말이야, 그런 점도 있어서 여자 친구를 집에 데려오라고 잔소리가 심해."

"빨리 손자 얼굴을 보고 싶으시다는 거구나."

"뭐, 그렇지."

자식으로서 그렇게 생각하는 마음도 이해할 수 있고, 아사미도 가능하다면 협조해주고 싶다. 그러나 이대로 결혼해버리는 것은 뭔가 잘못된 듯한 기분이 들었다.

좀 전에 주문한 닭 꼬치구이가 나왔다. 아사미는 닭고기와 파 꼬치를 하나씩 집어 들고 말없이 그것을 먹었다. 한편 도미타는 젓가락으로 신중히 꼬챙이에서 꼬치구이를 빼내고 있다.

"으~음, 도미타! 그거 언제까지 답하면 돼?"

"그거라니?"

"도미타의 집에 인사드리러 갈지 어떨지 하는 거."

"아, 그거, 뭐 한 달 후쯤일까?"

"한 달이라 이거지? 응, 알았어."

C

첫 번째 사체가 발견된 곳에서 300미터 정도 떨어진 곳에서 두 번째 사체가 발견되었다.

어제는 큰 비가 내려서 대량의 토사가 흘러내린 곳이 있었다. 첫 번째 사체 발견 후 주변에 유류품이 없는지 수색하던 수사관이 그 토사 유출을 수상하게 여기고 그 자리를 팠다가, 놀랍게도 거기서 새로운 사체의 일부를 발견했다.

"아무래도, 사슴이 원인 같아."

"사슴 말씀입니까?"

카가야는 부스지마가 대체 무슨 말을 하려는 건지 의아한 표정으로 쳐다본다.

"그래, 사슴이야. 한때는 멸종될지도 모른다고 생각되었던 단자와 지역의 사슴이 근래 이상하게 늘어나 버렸어."

"그랬습니까? 저도 이 숲속에 들어와서 몇 번이나 사슴을 봤습니다. 그래서 참 많구나, 하는 생각은 했어요."

"나도 요전에 여기에 왔을 때 산속인데도 무척 걷기가 쉬워서 이상하다고 생각했어. 본래 이 주변에는 작은 대나무류와 조릿대(대나무과 식물-옮긴이)가 무성하게 자라 있어서 한 걸음 딛는 것도 힘들다더군."

"말하자면, 그 작은 대나무 같은 걸 사슴떼가 전부 먹어 치워 버린 거군요."

"그래. 폭식이라고 해도 좋을 만큼 다 먹어치웠어. 지금 이 주변에 나 있는 풀은 전부 사슴이 싫어하는 풀뿐이야."

카가야의 발밑에는 이름을 알 수 없는 잡초가 나 있었다. 둥글고 잎사귀가 큰 것, 키가 크고 잎이 깔쭉깔쭉한 것 등 몇 종류인가의 풀이 나 있었지만 확실히 조릿대처럼 부드러워 보이는 잎을 가진 식물은 보이지 않는다.

"허, 그랬나요?"

"삼림의 덤불이 없어지면 이렇게 민둥산이 돼. 걷기에는 좋지만 여기에 많은 비가 내리면 어제같이 토사가 유출되지."

카가야가 새삼 주위를 둘러본다. 확실히 본래 있어야 할 잡초 덤불은 거의 나 있지 않다. 커다란 너도밤나무 밑동은 토사가 완전히 쓸려 내려가 뿌리가 땅 위로 드러나 있다.

"하긴 그 덕분에 두 번째 사체를 발견했으니까 우리로서는 사슴에게 감사해야겠지만 말이야."

어둑어둑한 숲 안쪽에서 무슨 야생동물의 소리가 들렸다. 부스지마와 카가야는 비에 젖은 나무 뿌리를 밟고, 한 걸음 한 걸음 길 없는 숲을 올라간다.

"카가야, 감식 결과는 나왔나?"

"역시 사체는 반 백골 상태로 1년에서 반년 정도 전에 살해된 것 같다고 말했습니다. 나이는 비교적 젊어서 10대일 가능성도 있답니다."

"처음 발견된 사체보다 먼저 살해된 건가?"

"감식으로도 그건 잘 알 수 없는 것 같습니다. 부스지마 선배님, 이건 동일범의 범행이지요?"

"아랫배가 마구 찔려 있었지?"

"네."

"그럼 동일범이겠지. 그 수법은 이전에 언론에 보도된 적도 없으니까 모방범일 가능성도 없어. 역시 알몸으로 묻고 유류품은 일절 없는 건가?"

"그런 것 같습니다."

"숲길에 주차되어 있던 차를 본 목격자가 있었던 것 같은데?"

"네. 오늘 아침 회의시간에 본부장님이 벌써 몇 건 들어와 있다고 말씀하셨습니다."

"그런데 첫 번째 사체의 신원은 알 수 있을 것 같나?"

"아직 과거 실종자들과 대조 중입니다만, 아무래도 유류품이 없으니까요. 치과 치료 흔적 같은 걸로 조회하고 있지만요."

그때 나무뿌리에 걸린 부스지마의 다리가 주르륵 미끄러지자, 뒤에 있던 카가야가 당황해서 떠받친다. 카가야도 따라서 나자빠질 뻔했지만 체대 출신인 강철 근력으로 간신히 버티었다.

"미안, 미안."

부스지마는 겸연쩍은 듯 그렇게 말하더니, 이번에는 한 걸음 한 걸음 신중하게 발길을 옮긴다.

"저기, 카가야. 이번 피해자도 역시 머리카락이 길었지?"

"네. 검은 긴 생머리입니다."

부스지마는 겨우 비탈길을 다 올라왔지만, 갑자기 너무 놀란 나머지 숨을 죽이고 그 자리에서 발길을 멈췄다. 기세 좋게 뒤에서 올라온 카가야는 하마터면 부스지마의 등에 부딪칠 뻔했다.

"저기…, 부스지마 선배님, 갑자기 멈추지 좀 마세요."

카가야가 그렇게 불평했지만, 부스지마는 그런 소리 따윈 들리지도 않는 듯 진지한 표정으로 앞만 바라보고 있었다.

"부스지마 선배님? 왜 그러세요?"

"어이, 카가야. 이건 뭐 같나?"

카가야도 부스지마가 응시하는 앞쪽을 보았다.

"흙 웅덩이…, 일까요?"

거기에는 사람이 들어갈 만한 가늘고 긴 형태의 흙 웅덩이가 파져 있었다. 흙 웅덩이 주변에는 흙 웅덩이를 파낼 때 생긴 듯한 흙더미도 솟아 있었다.

"역시, 그런 것 같지? 이건 흙 웅덩이…, 이지?"

부스지마는 그 흙 웅덩이 주위를 주의 깊게 살펴본다.

"이런 모양의 흙 웅덩이가 자연적으로 생길 수 있을까?"

"아니요, 아무리 비가 많이 내려도 자연적으로 이런 흙 웅덩이는 안 생기지요. 누군가 인위적으로 만든 것 같습니다."

흙 웅덩이 바닥에 잡초 같은 것이 나 있기는 하지만, 흙 웅덩이가 생긴 모양을 보면 흙 웅덩이 안쪽의 경사면이 자연적으로 생겼다고 생각하기는 힘들다.

"아마도 누군가가 판 거겠지요."

"그렇지. 하지만 누가, 그것도 이런 산속에?"

부스지마는 그 흙 웅덩이 바닥으로 내려가 본다. 깊이는 50센티미터 정도이고, 가로 폭은 60센티미터, 세로 폭은 1미터 80센티미터 정도일까?

"판 지 그렇게 오래된 건 아니네요."

잡초가 자라난 상태를 보았을 때 아마도 1년쯤 전에 팠을 것 같았다.

"무엇 때문에 이곳에 이런 흙 웅덩이가 있는 걸까요?"

부스지마는 그곳에 똑바로 누워 본다. 몸을 좀 움츠리자 남자인 부스지마도 그곳에 폭 감싸 안기듯 다 들어갔다.

누워서 보니, 갈색의 흙벽 앞으로 파란 하늘이 보였다. 흰 구름이 천천히 그곳을 지나가고 있었는데, 어리둥절한 듯한 카가야의 얼굴이 불쑥 부스지마의 시야를 가렸다.

카가야의 발밑에서 흘러 떨어진 흙이 부스지마의 얼굴을 덮친다. 이대로 위에서 흙을 뿌리면 어떤 기분이 들까?

"사람을 묻는다면 딱 좋은 사이즈네요."

카가야가 무심히 중얼거린 한마디가 부스지마의 등골을 얼어붙게 만든다.

"역시 네 생각도 그러냐?"

"그러고 보니…, 저 다른 곳에서도 비슷한 흙 웅덩이를 봤어요."

부스지마는 허둥지둥 일어나서 카가야의 얼굴을 똑바로 쳐다보았다.

"카가야, 그게 정말이야?"

"네. 분명 이 반대쪽 계곡이었을 겁니다."

B

"그래서 결국 어떡할 거야? 도미타의 프러포즈를 받아들일 거야, 아니면 거절할 거야?"

카나코가 단도직입적으로 그렇게 묻자, 아사미는 말문이 막혀 우물거리지 않을 수 없었다.

"아사미는 미인이니까 자기가 더 아까운 마음이 드는 것도 이해 못하는 건 아니지만, 우리 같은 계약직 사원들은 계약이 끝나면 또 다시 처음부터 시작해야 해. 안정이라는 관점에서 볼 때는 도미타도 좋은 것 같은데. 도미타는 다니는 회사도 대기업이고 성격도 나쁘지 않은 것 같고…"

카나코와는 같은 R대학 동기지만 학창시절에는 거의 접점이 없었다. 그런데 예전에 같은 회사에서 함께 계약직으로 근무한 적이 있어서 거기서 몇 년 만에 재회한 뒤 급속히 친해졌다.

결혼해서 서둘러 가정에 안착하거나 일류기업에 정직원으로 취직한 친구와는 관계가 멀어지는 한편, 비슷한 처지에 있는 카나코와는 자연스럽게 가까워졌다. 게다가 아사미는 돗토리 출신, 카나코는 아키타 출신이다 보니, 둘 다 지방출신이라는 콤플렉스도 갖고 있었다. 둘은 박봉으로 도쿄에서 살아나가야 한다는 강박관념도 있었지만, 오늘처럼 한 달에 한 번쯤은 멋진 레스토랑에서 함께 식사를 하기도 했다.

"그렇지만…, 결혼 상대로 생각해 보면, 도미타는 왠지 믿음직하지가 않아. 지난번에도 스마트폰을 잃어버렸어. 결국 내가 찾왔으니까 다행이었지만 왠지 아무래도 불안한 느낌이 들어."

"분명 그런 측면이 있지. 하지만 그런 건 아사미가 엄격하게 관리하면 되잖아. 남자는 성실하고 다정한 게 제일이야."

카나코에게는 이미 도미타를 소개했고, 카나코가 도미타의 사람 됨됨이를 봐주었다.

"성격이 좋은 것 같아서 사귀고 있는 거긴 한데, 결혼 상대라고 생각하면 말이지…, 아무래도 생각이 많아져 버려."

"뭐, 아사미 말도 이해는 돼. 결혼하게 되면 믿음직스러움이나 경제력이 중요하니까. 애초에 여자는 남자에 비해 결혼했을 때 생기는 장점이 적지. 결혼하면 이렇게 놀지도 못하게 되고, 이러니저러니 해도 집안일은 여자 몫이니까 말이야."

"그렇다니까. 남편 부모님과의 교류 같은 문제도 있으니까. 게다가 사실 나는 계약직이라고 해도 지금 직장이 별로 싫지도 않고…."

"그럼 뭐, 초조해할 필요는 전혀 없을 것 같아. 하지만 역시 서른 전후인 여자로서는 슬슬 현실적으로 결혼 생각도 하는 편이 맞잖아. 뭐, 아사미라면 어떻게든 잘 풀릴 것 같지만."

그런 말을 들으면 분명 불안하기는 했다.

하지만 아사미는 직장이 바뀔 때마다 새로운 만남이 있었다. 그래서 만약 도미타와 헤어진다고 해도 다음에 남자 친구가 뚝 끊겨 안 생길 것 같지는 않았다. 그러나 불경기 탓인지 아니면 자신의 나이 탓인지, 계약직으로 나가는 기업의 수준이 점점 맥 빠진 곳이 되어가는 것은 부정할 수 없었다.

그때 아사미의 스마트폰이 조용하게 울렸다. 화면을 보니 라인에 새로운 메시지가 도착해 있었다.

『이번 주말 일정은 어때?』

지금 바로 화제에 올라 있는 도미타가 보낸 것이었다.

아사미는 테이블 밑에서 답장을 보낼까도 생각했지만 카나코에게 미안하다 싶어서 도미타의 메시지를 무시했다.

그때 두 사람의 테이블에 주문한 파스타가 나왔고, 둘의 작은 환호가 일었다. 카나코는 가재새우와 오징어, 바지락 등의 해산물을 듬뿍 사용한 오징어먹물 소스 파스타, 그리고 아사미는 오리다리살과 흰 강낭콩 소스의 펜네 파스타를 주문했다.

"우와, 대단하다. 오징어먹물은 역시 임팩트 있네."

"그렇다니까. 인터넷에서 보고 꼭 이걸 먹고 싶었어."

카나코는 그렇게 말하며 스마트폰을 꺼내 새까만 파스타를 찍는다.

"또 페이스북에 올리는 거야?"

"응."

카나코는 익숙한 손놀림으로 스마트폰을 만지더니, 순식간에 방금 찍은 사진을 페이스북에 올린 듯했다.

"카나코의 페이스북은 알차니까. 나 시간 날 때마다 카나코의 페이스북을 꽤 보고 있어. 카나코가 어디 가서 뭘 먹었는지, 여러 가지 알 수 있어서 즐겁긴 한데, 왜 그렇게 열심히 올리는 거야?"

"일단 다른 사람들이 본다는 게 의욕을 샘솟게 하니까."

"그렇구나. 사람들이 「좋아요!」 같은 걸 누르면 기쁘고 그래?"

"응, 기쁘지. 댓글 같은 게 달리면 그걸 달아준 사람에게 친근

감이 훨씬 생기기도 하고. 아마도 그냥 블로그였으면 이렇게까지 열심히 하지는 않았을 거야."

아사미도 일하는 중에 한가할 때면 종종 카나코의 페이스북을 보고 있었다. 어디에 놀러갔다 왔다든가, 맛있는 요리를 먹었다든가, 카나코의 페이스북에는 하루에도 몇 번씩 새로운 사진이 올라와 있었다. 그런데 그렇게 하면 어떤 좋은 점이 있길래 그런 일을 하는 건지 아사미는 도무지 이해할 수 없었다.

"이따가 아사미랑도 같이 사진 찍자."

카나코가 불쑥 그렇게 말해서 아사미는 좀 당황했다. 지금까지 카나코는 카나코와 함께 간 레스토랑에서도 요리 사진만 잔뜩 찍었지 아사미와 찍은 사진을 올린 적은 없었기 때문이다.

"왜?"

"나…, 요즘에 신경 쓰이는 사람이 있어."

"어디에?"

"페이스북에."

"어? 무슨 말이야?"

"우리 대학에서 M상사에 들어간 다케이 씨 알아?"

"어, 응. R대학에서도 M상사에 취직하는 건 그렇게 흔하지 않으니까 당시에 좀 화제가 됐었지."

아사미는 오랜만에 그 이름을 듣고 침착한 척하느라 애썼다.

"맞아, 그 다케이 씨. 예전부터 다케이 씨와는 페이스북에서 친구 사이였는데, 그 다케이 씨의 친구가 종종 내 페이스북에 댓글을 달아."

카나코는 아사미의 동요를 전혀 눈치채지 못한 채 새까만 파스타를 입에 잔뜩 넣으며 그렇게 말했다.

"흐, 흐~음."

"처음에는 모르는 사람이 댓글을 달아서 기분 나쁘다고 생각했는데, 최근에는 좀 관심이 생겨서 그 사람 프로필을 체크해 봤어."

"그래서?"

"그랬더니 외모도 꽤 나쁘지 않고 게다가 도쿄대학 출신이라고 쓰여 있는 거야."

"호오. 하지만 프로필은 자기가 아무렇게나 쓸 수 있는 거 아니야?"

"그렇고말고. 그래서 다케이 씨한테 넌지시 페이스북 메신저로 그 남자에 대해 물어봤지."

"응, 그래서?"

"그랬더니, 그 남자는 이전에 M상사에서 다케이 씨와 함께 근무했던 직장 선배래. 지금은 그만두고 변호사를 하고 있는 것 같더라고. 분명히 도쿄대를 졸업했다고 가르쳐줬어."

"허어, 그렇구나."

역시 도쿄대 출신이라는 것은 압도적 존재감이 있다. 아사미네가 다닌 R대학도 물론 평균보다 좋은 대학이지만, 도쿄대에 비하면 역시 떨어진다. 덧붙여 도미타가 나온 H대학은 R대학보다도 한 단계 떨어지는 대학으로 평가 받는다.

"다케이 씨 말로는 좀 특이한 사람이지만 나쁜 사람은 아니라기에 다음에 둘이서 식사를 하기로 했어."

"뭐, 진짜로?"

"응. 진짜로."

아사미의 포크가 펜네를 찌른 채 정지해 있었다. 페이스북에서 옛 애인과 재회해 다시 사귄다는 이야기를 들은 적이 있는데, 이렇게 주변에서 그런 일이 일어나고 있는 줄은 몰랐다.

원래 페이스북은 마크 저커버그Mark Zuckerberg라는 하버드생이 학생시절에 하버드 대학생들을 한정하여 교내 만남 사이트를 구축하자고 시작한 서비스였다고 한다. 실명 등록시에만 가입할 수 있고, 출신대학과 출신고교, 그리고 무엇보다 독신과 기혼, 나아가서는 교제 상태 등을 프로필에 써넣을 수 있는 면이 다른 SNS와 결정적으로 달랐다고 카나코는 설명해 주었다.

"그러니까 그 남자가 이상하게 의심하고 억측하지 않도록 아사미랑 같이 찍은 사진도 올리는 거야. 왜…, 있잖아! 이렇게 데이트할 때 갈 것 같은 가게 사진만 올리면 나한테 애인이 있는 걸로 오해해 버릴 테니까."

"어, 그런 것까지 신경 써?"

"뭐, 지금은 썸 타는 미묘한 시기니까. 나도 그 남자의 페이지를 샅샅이 체크하고, 어떤 인물인지 추측하고 있으니 당연히 상대방도 신경 쓰겠지."

카나코는 오징어 먹물로 까매진 이를 보이며 빙긋 웃었다.

"SNS는 누가 보고 있는지 모르니까 별 일 다 생겨. 똑같은 요리 사진을 남녀가 동시에 페이스북에 올려서 불륜이 들통 났다는 바보 커플도 있을 정도니까."

"세심하게 보는 사람한테 걸리면 다 들켜버리겠다. 그치?"

아사미는 펜네를 입으로 가져가며 그렇게 말했다. 소스가 스며든 펜네의 탄력과, 크림이 듬뿍 들어간 오리 다리살의 식감이 절묘하게 어우러졌다. 과연 평판이 자자해질 만한 레스토랑이다.

"특히 페이스북은 안면인식 태그 기능이 있어서 얼굴이 찍힌 사진은 주의해야 하는데, 그런 걸 모르는 순진한 사람도 많아."

"무슨 말이야?"

"예를 들어, 아사미가 도미타군 몰래 다른 남자를 만나려고 미팅에 나갔다고 쳐 봐."

아사미는 오리 다리살을 입 안 가득 넣고 씹으며 고개를 크게 끄덕인다.

"그런데 그중 누군가가 스마트폰으로 기념사진을 찍었고, 게다가 거기에 멋대로 태그를 달아서 페이스북에 올려버리면, 웬걸! 그 사진이 멋대로 아사미의 페이지에도 올라가 버려."

"내 페이지에까지?"

"그래. 그러니까 아사미의 페이지를 보러 들어온 도미타에게 아사미가 미팅 나간 일을 들켜버리는 거야. 만약 그날 중요한 볼 일이 있다든가 하는 이유로 야근을 거절했다면, 직장 내 인간관계에도 금이 가는 거지."

"으~음, 그렇게 되면 이건 테러 수준이네. 페이스북의 무차별 테러."

"가장 큰 문제는 사진을 올린 장본인조차 자기가 별로 나쁜 짓을 했다는 자각을 할 수 없다는 점이야. SNS를 하는 당사자는 그 영향력을 잘 모르는 경우가 많으니까 말이야."

"그래서 자주 난리가 나곤 하는 거구나."

"맞아. 특히 사진 같은 건 한번 올려버리면 어디서 누가 볼지

알 수가 없어. 다른 사람이 어딘가에 올려버린 사진은 삭제하는
데도 상당한 품이 드는 일이니까 말이지."

"그렇구나."

"뭐, 남녀가 같이 찍은 사진을 페이스북에 올린다는 건, 사실
상 교제선언이라고 생각하는 편이 좋아. 한편, 내 남친한테 꼬리
치지 말라고 다른 여자들에게 선전포고하기 위해 남자 친구랑
찍은 사진을 마구마구 올리는 경우도 있어. 또, 페이스북 프로필
에는 현재 애인이 있다는 의미에서 '교제 중'이라는 연애 상태를
고를 수도 있는데, 그걸 활용하기도 하지."

"그게 뭐야, 왠지 초딩 같이 유치해서 꼴사납지 않아?"

"그렇지. 물론 나는 그런 꼴사나운 짓은 안 하지만 말이지. 하
지만 아사미, 만약 도미타와 결혼 안 할 거면, 좀 더 열심히 페이
스북 같은 걸 하는 편이 좋지 않을까?"

카나코는 스마트폰을 가방에 넣으며 그렇게 말했다.

"하지만 왠지 귀찮지 않아? 일일이 사진을 찍고 그걸 페이스
북에 올린다는 게."

"안 그래. 아사미, 스마트폰 좀 줘 봐."

아사미는 잠금을 해제하고 꽃무늬 케이스째로 카나코에게 스
마트폰을 건넸다.

"일단 이렇게 카메라의 앱을 켜는 거야. 그리고…."

카나코는 익숙한 손놀림으로 스마트폰을 터치한다.

"자, 치~즈."

아사미가 자동적으로 미소를 짓자 플래시가 터지며 아사미의
웃는 얼굴과 펜네가 찍힌 사진이 화면에 찍힌다.

"방금 찍은 사진을 앱에서 선택해서 왼쪽 아래에 있는 이 네모난 마크를 터치하면, 자 봐, 바로 페이스북에 올릴 수 있게 되어 있어."

"와, 진짜다!"

"멘트를 쓰고 싶으면 여기에 넣어 봐."

카나코가 돌려준 스마트폰 화면에는 「타임라인에 글쓰기」라는 문구가 떠 있고, 그 바로 밑에 뭔가 글자를 입력하는 공간이 있다.

"뭐라고 쓰면 돼? 긴자 이탈리안 식당 NOW라든가?"

"어렵게 생각하지 않아도 돼. 나랑 식사 중이라든가, 펜네 엄청 맛있다고 써도 돼."

아사미는 그동안 모바일로는 남의 SNS를 보기만 하지, 자신의 사진을 올린 적도 없다. 하지만 이번에는 뭘 어떻게 쓸지 진지하게 생각한다. 『긴자 이탈리안 식당에서 카나코와 식사 중. 펜네가 일품』이라고 써넣고, 카나코가 재촉하는 대로 올렸다.

"이걸로 정말 올라가는 거야?"

"응. 확인해 볼래?"

카나코는 그렇게 말했지만 아사미는 왠지 귀찮다는 생각이 들어 고개를 옆으로 저었다.

"집에 가서 컴퓨터로 보면 되니까 됐어."

"아, 그래."

카나코는 마지막 남은 검은색 파스타를 먹으며 그렇게 말했다.

"그런데 생각보다 진짜 무척 간단하네."

"그렇지? 나도 처음에는 어려울 것 같았는데 시작하니까 여기에 꽤 빠져들어 버리더라고. 중독된 거 같애."

점원이 두 사람의 빈 접시를 치우러 오고 디저트를 주문하려고 했을 때였다. 아사미의 스마트폰이 작게 진동했다.

『나이토 타다시 씨 외 5명이 당신의 타임라인 사진에 「좋아요!」를 눌렀습니다.』

뭔가 했더니 스마트폰에 그런 메시지가 떠 있었다.

"카나코, 뭔지 모르겠지만 벌써 5명이나 「좋아요!」를 눌렀대."

"그래. 페이스북은 뭔가를 올리면 바로 반응이 오거든."

『어디 있는 가게인가요?』

『아사미 씨 오랜만입니다. 다음에 식사하러 가요.』

『맛있겠다, 그런데 아사미 씨 여전하네요..』

그중에는 그런 댓글을 단 사람도 있었다.

아사미가 태어나 처음으로 「좋아요!」를 받고 기쁘면서도 부끄러운 듯한 묘한 기분에 잠겨 있는 사이 「좋아요!」 숫자는 더욱 늘어갔다. 게다가 「좋아요!」를 누른 사람 중에는 근래 몇 년 동안 만난 적도 없는 사람과 해외에 사는 친구도 있다.

"과연! 페이스북은 이렇게 세상 사람들과 모두 연결되어 있는 거구나."

순식간에 두 자리 숫자를 넘은 「좋아요!」 개수를 보고 카나코가 SNS에 중독되는 심정도 이해할 수 있을 것 같았다.

마지막으로 상황을 한 번 더 정리하는 듯 스마트폰이 진동한다.

『맛있겠다. 카나코 씨에게 안부 전해줘.』

그것은 도미타가 보낸 「좋아요!」와 댓글이었다.

아사미는 그제서야 도미타의 라인 메시지를 읽고서도 무시했던 것이 생각났다.

카나코와 헤어지고 집에 돌아오니 시계 바늘은 밤 11시를 가리키고 있었다.

화장을 지우고 바로 잘까도 생각했지만, 왠지 신경이 쓰여 컴퓨터를 켜고 페이스북 페이지에 로그인한다.

「좋아요!」는 놀랍게도 15개로 늘어나 있었다.

아사미는 몇 년 전에 페이스북에 가입했었다. 하지만 카나코를 비롯한 다른 사람의 페이지를 보거나 풍경 사진을 올리기는 해도 자기 사진을 올린 적은 한 번도 없었다. 또, 아사미의 생일에는 친구들 모두가 페이스북으로 축하 메시지를 보내주기 때문에, 그 답례로 친한 「친구」의 생일에 그들에게 메시지를 보내주고는 있었지만, 기껏 그 정도밖에 이용하지 않았다.

그런 아사미가 불쑥 얼굴 사진을 올렸으니 모두가 진심으로 격려해 주려고 「좋아요!」를 눌러준 것일까?

아니면, 카나코의 이야기처럼, 이 「좋아요!」를 눌러준 남성 중 몇 명쯤은 이 요리와 레스토랑이 아니라, 다름 아닌 아사미에게 관심을 가지고 「좋아요!」를 누른 것일까? 정말로 아무렇지 않게 함께 식사를 하자고 제안하는 메시지가 왔고, 아사미의 외모를 칭찬하는 댓글도 달렸다. 최근에 외모의 침체기라고 생각했기 때문에, 오랜만에 아사미를 치켜세워주는 댓글을 보니 기분이 나쁘지는 않다.

아사미는 다소 흥미가 생겨서 자신의 「친구」 페이지를 열람해 보기 시작한다.

실제로 친한 사람이 「친구」로 등록되어 있는가 하면, 그렇지 않기도 했다. 페이스북이 유행하기 시작하던 무렵 「친구 신청」을 받으면 영문도 모른 채 신기해서 「신청」을 해오는 족족 「승인」했던 것이 떠올랐다.

그런데 활발하게 이용하는 사람이 적지 않은 듯했다.

요리와 회식 사진만 올리는 사람, 아이와 함께하는 가족 이벤트 사진을 올리는 사람, 일의 홍보 수단으로 이용하는 사람, 「좋아요!」를 잔뜩 받고 싶어서 재미있는 소재를 애써 찾고 있는 사람…, 별의별 사람이 다 있었다.

아사미는 문득 페이스북은 연하장을 닮았다고 생각했다. 연하장을 받은 사람에게 「건강히 잘 살고 있습니다.」라는 보고를 하고 싶은 그런 심리와 유사한 것 같았다. 연하장은 1년에 한 번만 보낼 수 있고, 우편으로 보내는 일도 힘들지만 페이스북이라면 쉽게 올릴 수 있다. 지금까지 별 생각 없이 안 하고 있었지만, 이런 줄 알았다면 좀 더 적절히 활용했어야 했는지도 모른다.

알딸딸한 취기도 아사미를 도왔다. 아사미는 다시 한번 뭔가를 올려볼까 하는 생각이 들었다.

그런데 관계가 얄팍한 이 「친구」들에게 무엇을 보이면 좋을까? 먼저 그 「친구」들의 페이스북을 참고해보기로 했다.

『일본에 온 ○○뮤지션의 도쿄돔 라이브 공연에 다녀왔습니다. 직접 보는 기회는 이것이 마지막일지도….』

『이 책 무척 좋았습니다. 눈물이 났어요.』

『신주쿠에 있는 만담 공연장에 다녀왔습니다.』

그렇군. 이런 패턴도 있는 건가? 꼭 먹은 요리와 여행지의 풍경 사진만 올려야 한다는 규칙이 있는 것은 아니다.

그래, 지난주에 본 단편 영화 감상을 적자. 실제로 무척 감동받았고 아직 상영중인 작품이니까 영화를 좋아하는 다른 사람들도 꼭 봤으면 좋겠다. 사진을 어떻게 할까 생각해 봤는데 인터넷에 떠돌아다니는 포스터 사진을 업로드했다.

『이 영화, 무척 좋았습니다. 상영관이 없어지기 전에 한 번 더 보러 갈 생각입니다.』

아사미가 그렇게 올리자 예상대로 「좋아요!」가 아사미의 페이스북에 모이기 시작했다.

시계를 확인하니 벌써 11시 반이었다. 이렇게 늦은 시간인데 이 열렬한 반응은 대체 뭘까?

왠지 즐거워졌다.

아사미는 냉장고에서 캔 맥주를 꺼냈다. 뚜껑을 따고 차가운 액체를 목구멍으로 흘려보내자 알코올이 단숨에 졸음을 멀리 쫓아낸다.

모처럼 뭔가를 올렸으니 좀 더 많은 사람이 봐주는 편이 좋지 않을까?

「친구」요청 페이지에 가보니 「승인」대기 사진이 7개나 늘어서 있었다. 이름도 얼굴도 잘 아는 인물들이었기 때문에 남녀를 가리지 않고 위에서부터 순서대로 「승인」 버튼을 눌러갔다.

그런데 그 밑에는 「알 수도 있는 사람」 이라는 목록이 있었다. 거기에도 잘 아는 얼굴의 프로필 사진이 죽 늘어서 있다. 반갑다고 생각하면서 위에서부터 순서대로 「친구 신청」을 클릭해 가는데, 여섯 번째 인물은 누구인지 도무지 알 수 없다.

프로필 사진을 클릭해보니 대학도 고교도 출신지도 겹치지 않는다. 아무리 생각해도 이 인물을 만난 적은 없다. 아무래도 공통의 「친구」가 3명쯤 있는 듯하다. 그런 조건 때문에 「알 수도 있는 사람」 목록에 뜬 것 같다.

『요즘은 가짜가 많으니까 함부로 「친구 승인」을 하지 않는 편이 좋아. 자기도 모르는 새 페이스북을 빼앗겨서 사이버 범죄의 조력자가 되는 일도 있으니까.』

카나코는 이탈리안 레스토랑에서 그런 무서운 얘기도 했었다.

그 때문에 아사미는 그 인물을 무시한 채 확실히 자신이 아는 사람이고 프로필 사진도 본인인 것을 확인할 수 있는 사람들에게만 친구 맺기를 「승인」했다.

새로 「승인」한 인물의 타임라인 등을 체크하고 기분 내키는 대로 「좋아요!」를 누르는 동안 꽤 밤이 깊은 것을 깨달았다. 아사미는 가볍게 기지개를 켜고 황급히 노트북 전원을 껐다.

A

『긴자의 이탈리아 식당에서 카나코와 식사 중. 펜네가 일품』

남자가 이나바 아사미의 페이스북을 들여다보니 그녀가 직접 찍힌 사진이 올라와 있었다. 아무래도 최근에 간 이탈리안 레스토랑에서 카나코라는 친구가 찍은 사진인 듯하다. 이나바 아사미는 이제까지 페이스북을 적극적으로 활용하지 않았는데, 오늘은 본인이 나온 사진 말고도 몇 장의 사진을 올려 놓았다. 이제서야 그 재미에 눈을 뜬 것인지도 모른다.

그런 거라면 차라리 더 잘됐다.

함께 식사를 한 카나코라는 사람은 어떤 여자일까?

바로 그 카나코의 페이지를 찾아본다. 찾는 페이지는 이나바 아사미의 「친구」 목록에서 금방 찾았다. 거기에도 카나코와 함께 찍은 이나바 아사미의 사진이 올라와 있었다. 카나코의 웨이브를 넣은 갈색 머리칼은 이 남자의 취향이 아니었지만, 카나코도 상당한 미인이었다.

카나코는 이나바 아사미의 R대학 친구인 듯했다.

카나코가 도쿄에서 일하고 있는 독신이라는 것도 프로필을 보고 바로 알아냈다. 카나코의 앨범 속 많은 사진을 통해서 도시의 OL(일본에서 흔히 쓰는 용어 Office Lady의 약어-옮긴이)다운 화려한 생활상을 엿볼 수 있었다.

카나코는 꽤 적극적으로 페이스북을 이용하고 있는 듯했다. 그래서 카나코에게는 300여명의 「친구」가 있었다. 이렇게 「친구」

가 많다면, 지금 남자에게 딱 필요한 것을 구할 수 있을지도 모른다.

남자는 카나코의 「친구」 중에서 R대학 출신의 「친구」를 선별한 뒤, 그중에서 아직 이나바 아사미와 「친구」 관계를 맺지 않은 인물을 찾아냈다. 그 조건에 해당하는 사람은 여성이 4명, 남성이 2명이었다. 그리고 그 남성 두 명의 페이스북은 마침 완전히 휴면상태였다. 남자는 휴면상태인 그 두 명의 남성 페이지에 가서 그들의 프로필 사진을 다운로드 받아 자신의 페이지에 프로필 사진으로 업로드한다.

자세히 살펴보면 부자연스러운 면이 없지 않은 가짜 페이지지만, 프로필 사진만 본 사람이라면 일단 의심하지 않는다. 그리고 관동 TV의 야마다 히로시 때와 마찬가지로 회사명이 포함된 새로운 무료 메일을 만들고, 진짜 페이지에 있는 프로필과 완전히 똑같은 내용을 써 넣었다. 그 후에는 진짜 페이지에 과거에 올라왔던 타임라인 사진들을 참고로 가짜 페이지에도 비슷한 사진들을 타임라인에 업로드하여 위장한다. 이것으로써 이제 언뜻 봤을 때는 무엇이 진짜이고 무엇이 가짜인지 알 수 없는 2개의 페이지가 탄생하였다.

그러나 이대로라면 누군가가 우연히 그 사람 이름을 검색했을 때 같은 페이지가 2개 있다는 사실을 들키고 만다. 그렇기 때문에 남자는 가짜 페이지의 「설정」 탭으로 들어가, 자신의 페이지를 검색할 수 있는 범위를 「친구」로 한정하였다. 이것으로 진짜 페이지의 본인이 직접 이나바 아사미에게 「친구 신청」을 하지 않는 한 이 페이지의 존재는 아무도 알지 못한다. 그렇게 즉석에서 가짜 페이지를 완성한 뒤, 남자는 곧바로 이나바 아사미에게 「친구 신청」을 했다.

가짜를 두 명 정도 더 만들어서 신청해둘까?

남자는 그렇게 생각하고 이번에는 도미타의 페이스북 페이지의 「친구」를 뒤적여 보았다.

이나바 아사미는 도미타의 회사에 계약직으로 다닌 적도 있기 때문에, 도미타의 친구들 중 몇 명쯤은 얼굴을 알지도 모른다. 게다가 아사미로서는 도미타가 다니는 회사의 사원이 이전의 직장 동료인 셈이어서 친구 신청에 선뜻 응할 가능성이 크다. 게다가 뭐니 뭐니 해도 유명한 대기업이다. 그것이 갖는 사회적 신용은 크다. 그 회사 이름만 듣고도 그 회사에 다니는 사람과 「친구」가 되고 싶다고 생각하는 여성도 있을 것이다. 남자는 도미타의 동료 사원인 「친구」 중에서 휴면상태인 페이지를 찾아내 마찬가지로 가짜 페이지를 만들었다.

이 정도 상태에서 친구 신청을 해도 충분했지만, 남자는 아까 만든 R대학 출신의 가짜 페이지에 다시 로그인한다. 그리고 조심 또 조심해서 이 2개의 가짜 페이지를 방금 새로 만든 도미타 동료의 가짜 페이지와 「친구」로 연결한다. 자신의 지인이 「친구」로 있으면 그 인물에 대한 신뢰도가 훨씬 높아지는 법을 남자는 경험상 잘 알고 있었기 때문이다.

이제 마지막으로 도미타 동료의 가짜 페이지에서도 이나바 아사미에게 「친구 신청」을 했다.

C

흙 웅덩이는 전부 3개 있었다.

카가야가 발견했다는 흙 웅덩이는, 처음 두 사람이 발견한 비탈 위의 흙 웅덩이에서 800미터 정도 북쪽에 있는 계곡 바닥에 있었다. 역시 사람 한 명이 겨우 누울 수 있을 정도의 흙 웅덩이로 50센티미터 정도 깊이로 파져 있었다. 다시 그곳에서 북동쪽으로 1킬로미터 정도 간 곳에도 비슷한 흙 웅덩이가 있었다.

"부스지마 선배님, 범인은 앞으로 3명을 더 죽일 계획이 있었다는 걸까요?"

부스지마도 그 질문에는 대답하지 못했다.

"이 3개의 흙 웅덩이가 있는 장소를 지도로 확인해 보자. 이 3개의 흙 웅덩이는 사체가 발견된 두 곳과 얼마나 떨어져 있지?"

부스지마는 땅바닥에 무릎을 꿇고 앉아, 주머니 속에서 단자와산의 지도를 꺼냈다. 그 지도에는 사체가 발견된 두 곳에 빨간색 표시가 있었다. 거기에 더하여, 오늘 발견한 3개의 흙 웅덩이 지점에 파란색 표시를 해 본다.

"뭔가 규칙성이 있을까요?"

부스지마와 카가야는 잠시 침묵한 채 지도를 응시한다. 두 사람의 구두에 거머리가 기어 올라왔지만 둘 다 알아채지 못한다.

"글쎄 어떨라나? 일단 확실한 건 새로 발견된 3개의 흙 웅덩이를 이은 삼각형 안쪽에, 사체를 묻어둔 2개의 흙 웅덩이가 발견되었다는 점인가?"

"그러네요. 이 지도에 표시한 좁고 긴 삼각형 안에 2구의 사체가 묻혀 있던 흙 웅덩이가 있었던 거네요."

"이 사체가 발견된 2개의 흙 웅덩이는 비교적 비탈진 경사면에 파져 있었어. 그래서 토사가 유출되고 사체의 발견으로 이어졌지. 사체가 묻혀 있던 두 흙 웅덩이 사이는 몇 미터 정도 떨어져 있지?"

"500미터 정도네요."

"흠. 그럼, 범인은 동일한 간격으로 흙 웅덩이를 판 것도 아닌 것 같구먼."

부스지마는 각다귀에 찔린 목덜미를 긁으며 그렇게 중얼거렸다.

"바위가 많았다든가, 흙 웅덩이를 파기에는 적합하지 않았기 때문에 그런 곳은 피해서 팠던 것이 아닐까요?"

"물론 그런 이유도 있겠지만, 사체가 금방 발견되지 않을 만한 곳을 찾았겠지."

"뭐, 그렇겠네요. 그럼 이 주변에는…, 아직 발견되지 않은 다른 사체가 묻혀 있다는 건가요?"

순간 숲속에 불던 바람이 멈추고 고요해진 듯했다.

멀리서 원숭이 같은 야생동물의 울음소리가 들려온다. 어스레함 속에서 카가야의 두 눈이 부리부리하게 빛나고 있었다.

"카가야, 두 번째 사체가 발견된 흙 웅덩이의 동쪽으로 가보자. 그 주변은 비탈진 경사면도 아니어서 흙 웅덩이를 파기가 비교적 쉬워 보였어."

중년인 부스지마의 사지는 지금까지 발견한 3개의 흙 웅덩이를 찾는 동안 상당히 지쳐 있었지만, 마지막 힘을 쥐어짜내며 자리에서 일어섰다.

"지금부터 말입니까?"

카가야의 질문에 부스지마가 하늘을 올려다보니 해가 곧 저물려 하고 있고, 동쪽 하늘에는 이미 달이 보이고 있었다. 너도 밤나무 숲이 저물어가는 태양 빛을 가려서 주변은 점점 어두워져 간다. 이미 상당히 걸어왔고, 등산길로부터도 꽤 산속으로 들어와 버렸기 때문에 돌아가는 길을 잃어버린 것은 아닌지 다소 불안해진다.

"두 번째 사체가 발견된 흙 웅덩이까지 여기서 고작 몇백 미터밖에 떨어져 있지 않아. 그것까지만 확인하고 바로 숲길로 돌아가면 해가 저물어도 길을 잃지는 않겠지."

"하지만 시간도 시간이고, 이미 어두워져서 현장도 잘 보이지 않을 테니까 내일 다시 오는 편이 좋지 않을까요?"

등반하는 사람의 관점에서 볼 때, 카가야의 의견이 옳았다. 최악의 경우 조난을 당할 가능성도 있다고 생각했다. 그러나 가려는 현장까지는 고작 몇백 미터다. 내일 또 이곳에 오는 것만으로도 한나절은 걸리고 만다.

"바로 앞이니까 가보자."

"알겠습니다."

두 사람은 다시 걷기 시작했다. 고작 몇백 미터를 이동하는 것이었지만, 깊은 산속이기 때문에 자신들이 직진하는지조차 확신할 수 없었다.

"다음에 올 때는 나침반을 가져오는 게 좋겠어."

"네."

부스지마는 지쳐있음에도 불구하고 빠른 걸음으로 골짜기를 내려간다. 그러는 사이 마침내 태양 빛이 자취를 감추고 주변은 완전히 어두워져 버렸다.

"슬슬 목표 지점에 다 왔을 텐데."

두 번째 사체가 발견된 흙 웅덩이에서 동쪽으로 딱 300미터 정도 간 부근이었다.

"땅이 바위투성이는 아닌 것 같네요."

"그렇다고 흙 웅덩이를 판 듯한 흔적도 없는 것 같은데?"

그때 뒤에서 짐승의 울음소리가 났다.

엉겁결에 돌아봤지만 아무것도 없다. 마음을 가누고 발을 움직이자 다시 뒤쪽 풀숲에서 소리가 났다. 바람도 불지 않는데 풀숲이 움직인다. 개나 고양이 같은 작은 동물은 아니다. 틀림없이 뭔가 큰 동물이 거기에 있다.

두 사람은 얼굴을 마주 보았지만 별다른 말을 하지는 않았다.

부스지마가 다시 발길을 옮기자 다시 풀숲이 흔들렸다. 아무래도 그 동물이 따라오고 있는 듯했다. 사람을 미행한 적은 있지만, 동물에게 미행당하는 것은 처음 하는 경험이었다.

"그러고 보니…"

카가야가 갑자기 무슨 말을 꺼내려고 하다가 당황해 입을 다물었다.

"뭐야? 카가야."

"아니, 아무것도 아닙니다."

부스지마는 등 뒤로 그 말을 들으면서 길 없는 길에 발을 내

딛는다.

"뭐야? 신경 쓰이니까 말해."

부스지마는 그러면서도 계속해서 발길을 옮겼다. 움직이지 않
으면 언제 거머리가 달라붙을지 알 수 없기 때문이다. 날이 완
전히 저물어 버리면 수색은커녕 산속에서 하룻밤을 보내야 하
는 일이 벌어질지도 모른다.

"아니, 그게, 단자와 산은 곰의 서식지라는 말이 생각나서요."

이 자식…, 정말 끔찍한 소리를 잘도 한다. 그런데 그 순간 왼
쪽 앞의 풀숲이 또 심하게 흔들렸다. 두 사람의 발이 딱 멈춘다.

바람도 불지 않는데 분명히 부자연스럽게 흔들렸다. 부스지마
와 카가야는 그 풀숲 속에서 움직이는 것을 응시한다. 아무래도
그 풀숲 속에 검고 큰 동물이 숨어 있는 듯하다. 그곳을 계속해
서 응시하자 그 동물의 눈동자가 빛나는 것이 보였다. 그리고 그
두 개의 눈도 부스지마와 카가야의 모습을 가만히 살펴고 있다.

그리고 다음 순간, 그 풀숲이 크게 움직였다.

"우, 우와아악."

카가야의 그 큰 소리에 놀란 것은 부스지마만은 아니었다.

풀숲에 있던 사슴 한 마리가 허둥지둥 숲 안쪽으로 도망쳤다.

"내참, 형사가 그렇게 겁쟁이 같은 소리 하지 마라."

자신은 마치 평온한 척 말했지만 부스지마도 온몸에 식은땀
을 흘리고 있었다. 심호흡을 크게 해봤지만 떨리는 심장 박동이
그 정도로는 도저히 진정되지 않았다.

"부스지마 선배님, 이거 이상하지 않나요?"

아까는 곰이 있다고 하더니 이번에는 또 무슨 헛소리를 지껄

이려나 한심스러워 부스지마가 뒤를 돌아보니, 카가야가 쭈그려 앉아서 낙엽을 털고 있었다.

"낙엽이 왜 이상해?"

"그게…, 지금 우리가 서 있는 곳만 잡초가 짧고, 보세요, 흙의 느낌이 이상하지 않나요?"

확실히 카가야의 말대로 뭔가 이상했다.

주변은 키 큰 잡초가 자라 있었지만 두 사람이 서 있는 1미터 사방에는 키 작은 잡초만 자라나 있다. 부스지마는 주변에 떨어져 있던 낙엽을 발로 치우고 땅을 밟아 본다. 생각보다도 깊이 발이 빠진다. 땅을 깊이 파내고 거기에 흙을 끼얹어 놓은 것처럼 보이기도 한다.

"뭔가를, …묻은 듯한 느낌이야."

B

계속 켜놓은 TV에서 최신 가요 순위가 흘러나오고 있었다.

아사미는 방에서 인스턴트 커피를 마시며 도미타와의 결혼에 대해 생각하고 있었다.

한 달 전에 프러포즈 비슷한 말을 들었을 때도 사실은 도미타가 술기운으로 말하고 있다고는 생각하지 않았다. 취해있었다고는 해도 그 진지함은 전해져왔고, 원래 그런 말을 쉽게 할 수 있을 만큼 약삭빠른 타입도 아니었다.

『하지만 역시 서른 전후인 여자로서는 슬슬 현실적으로 결혼 생각도 하는 편이 맞잖아.』

카나코가 아무렇지 않게 한 이 말 한마디가 잊히지 않는다.

아사미가 기분 전환을 하려고 컴퓨터를 켜자 손가락이 멋대로 자신의 페이스북 페이지를 체크하려 움직인다.

그때 카나코 때문에 페이스북에 사진을 올린 이래 나날이 「친구」 수가 늘고 있었다. 페이스북을 이용하게 되면서 다른 사람이 올린 글에도 「좋아요!」를 누르게 되었고, 그렇게 함으로써 아사미 자신의 「좋아요!」 수도 상승해갔다.

하루 동안 페이스북을 여는 횟수도 비약적으로 늘었고, 지금은 「친구」 페이지를 보면서 얼마든지 시간을 때울 수 있게 되었다.

『아사미 씨가 추천해 준 영화, 오늘 보고 왔습니다. 너무 무서웠어요. 특히 마지막 장면은 소름이 돋았네요.』

요전에 올린 영화 글을 보고 실제로 보러 가 준 사람이 있는 것 같다. 이름을 보니 고야나기 마모루라고 쓰여 있었다. 누군지 바로 떠오르지 않았지만, 그 이름의 인물을 요전에 「친구」로 승인한 것이 생각난다.

고야나기 마모루는 이전에 계약직으로 나갔던 회사, 즉 도미타와 같은 회사의 인사부 사원으로 살이 좀 찐 선량해 보이는 남자였다. 도미타와 비슷한 또래로 약지에 반지는 끼고 있지 않았다. 면접 때 잠깐 얘기한 정도라서 어떤 취미를 가졌는지는 알지 못했는데, 이런 댓글을 달아주는 것을 보면 영화를 꽤 좋아하는지도 모른다.

『같은 감독의 전 작품은 보셨나요? 그것도 꽤 무서웠어요.』

댓글을 달아준 것이 기뻐서 댓글로 그런 정보를 달았다.

지금은 이것저것 소재를 발굴해서 일주일에 두세 번은 글을 올리게 되었다. 올리는 글은 영화와 DVD에 관한 것이 많았다. 세상에 영화를 좋아하는 사람이 아직 많은 듯, 늘 20개에 가까운 「좋아요!」가 눌러졌다. 그중에는 이 고야나기 마모루처럼, 아사미가 소개한 영화를 실제로 보고 댓글을 달아주는 사람도 있었다.

몇 건 정도의 「친구 신청」이 「승인」을 기다리고 있었다. 이제 아사미의 「친구」는 100명을 돌파하고 있었다. 「친구 신청」을 해 온 사람과는 물론, 「알 수도 있는 사람」 목록에서도 자신이 아는 이름과 사진이 있으면 친구를 맺었다. 오늘도 아사미는 위에서부터 순서대로 「승인」 버튼을 눌러갔다. 그런데 자신의 페이스북과는 전혀 어울리지 않는 섹시한 외국인 사진을 프로필 사진으로 올려둔 사람의 친구 신청에서 손가락이 멈췄다.

이것을 「승인」해 버려도 좋은 것일까?

처음에는 서양 아티스트의 광고 같은 것이라고 생각했다. 아사미는 서양 음악을 좋아하기 때문에 해외 아티스트 정보를 볼 수 있다면 좋겠다는 생각에 「승인」을 누를까도 했지만, 「알 수도 있는 사람」이라는 페이스북의 친구추천 목록에 올랐다면 모를까, 「친구 신청」이 왔다는 것은 이 상대가 아사미의 페이지를 직접 골라서 친구 신청을 했다는 뜻이었다.

이 외국인은 왜 나와 「친구」가 되고 싶은 것일까?

흥미가 좀 생겨 그 페이지에 들어가 프로필을 보았더니 놀라지 않을 수 없었다. 거기에 유일하게 있던 정보는 성별뿐이고, 거기다 「남성」이었다.

트랜스젠더? 아니아니, 이 섹시한 언니가 남성일 리 없다. 그리고 다시 그 「친구」의 「친구」들 사진을 보고 소름이 돋지 않을 수 없었다. 거기에는 아랍 글자와 함께 한 손에 자동소총을 든 채 미소 짓고 있는 아랍 병사들의 사진이 있었다. 긴 수염을 기른 위장복 차림의 젊은이, 무거운 사슬에 연결된 발목, 복면을 쓰고 검은색 깃발을 흔드는 남자 등 해외의 무장단체로 여겨지는 프로필 사진이 죽 올라와 있었다.

서양음악 광고라고 생각하고 무심코 「승인」을 클릭했더라면 지금쯤 그 무시무시한 집단과 연결될 뻔했다.

아사미의 등골이 오싹했다.

아사미는 그 「친구 신청」이 무사히 「삭제」된 것을 확인하고 가슴을 쓸어내린다.

분명 인터넷은 편리하지만 한 걸음 잘못 디디면 엄청난 위험이 도사리고 있다. 페이스북을 이용해서 무장단체들이 온 세상의 젊은이들을 꾀고 있다는 것을 알고는 있었지만, 설마 자신의 페이지에까지 「친구 신청」이 오리라고는 꿈에도 생각하지 못했다.

아사미는 허둥지둥 그 외에 자신에게 신청한 「친구」들을 확인해 본다.

다른 「친구」는 일본인뿐이고, 대부분은 자신이 아는 사람들뿐이었다. 그러나 이제는 조금 무서워져서 친구는 확실하게 아는 사람으로만 한정하기로 했다. 나아가 진짜 행세를 하는 것을 경계하고 프로필 사진에 얼굴 사진이 올라와 있지 않은 것은 「승인」하지 말아야겠다고 새삼 다짐했다.

『그 영화는 아직 안 보았습니다. 다음에 DVD로 빌려 볼까 합니다. 귀중한 정보 고맙습니다.』

정신을 차리고 보니, 새로운 댓글이 달려 있었다.

좀 전에 아사미가 쓴 댓글에 대한 고야나기의 댓글이었다. 아사미는 어떤 구조인지 자세히 알 수는 없었지만, 누군가가 페이스북으로 댓글을 달면 그 알림이 바로 아사미의 스마트폰에 뜰 때가 있었다. 그럴 때면 지금 이 고야나기 마모루의 경우처럼 마치 라인 메시지라도 주고받는 듯한 기분을 느끼게 된다.

『꼭, 보세요! 그 감독 작품은 실패 안 하니까요.』

아사미는 바로 그렇게 댓글을 달아서 답장했다.

TV는 어느샌가 개그맨이 사회를 보는 심야 예능프로로 바뀌어 있었다. 아사미는 마시던 캔 맥주를 꿀꺽꿀꺽 다 마시고, 혼자 사는 독신 여성의 방이라고는 생각되지 않는 자신의 수수한 방을 둘러보았다.

소형 TV 말고 방에 있는 큰 가구는 고작 싱글 침대 하나뿐. 지금 컴퓨터를 올려놓은 소형 테이블과 옷장이 추가로 있지만 방은 그것들만으로도 이미 발 디딜 틈이 없을 만큼 좁았다. 그 작은 옷장은 빵빵하게 부풀어 있기는 하지만 옷은 그 안에 전부 들어갈 정도로 가짓수가 적었다. 유텐지 내에 있는 원룸치고는 파격적으로 저렴한 이 원룸은, 이름은 연립주택이었지만 외관은 누가 봐도 낡아빠진 원룸이었다.

아무튼 아사미 인생에서 취업에 실패한 것이 뼈아팠다.

R대학은 초일류는 아니지만 일반인들에게 이름이 널리 알려진 곳이기 때문에 여자라도 취업은 그럭저럭 잘 되는 편이었다. 아사미는 월급 액수에 초점을 맞춰 직장을 구했다. 학창 시절에는 아르바이트로 어떻게든 버텨 나갔지만, 생활이 빠듯해서 다른 여자아이들처럼 만족스럽게 멋을 부리지는 못했다. 그래서 사회인이 되어 월급을 받으면 마음껏 도시인다운 화려한 생활을 만끽하고 싶었다.

그러나 아사미가 처음으로 정직원으로 취직한 작은 광고 대리점은 완전히 최악이었다.

고객을 위해서라는 구실로 아침부터 밤까지 일했지만 근무표에는 약간의 야근을 한 것으로만 기록됐다. 그건 그나마 참을 수 있었지만, 성희롱을 포함한 상사의 괴롭힘이 심했다.

아사미 같은 영업직 여성은 영감탱이 같은 고객의 마음을 사로잡기 위해 "항상 고객과 함께 있어라."라는 지시를 받았다. 술

자리에서는 완전히 술집 아가씨 취급이었고, 고객이 골프를 칠 때는 아사미가 집까지 모시러 가야 했다. 상사는 고객의 성희롱을 보고도 못 본 척할 뿐만 아니라, "더 짧은 스커트를 입어."라든가 "그런 화장은 고객이 싫어한다."는 둥 여성인 것을 무기로 삼게 하여 영업을 시키는 측면도 있었다. 매일매일 힘든 일정으로 심신이 모두 피폐해져 있던 아사미는 퇴직 신청서를 내버렸다.

그 뒤로는 계약직으로 여기저기 옮겨 다니면서 맘 편한 생활은 할 수 있게 되었지만 수입은 뚝 떨어졌다. 도쿄에서 계약직 월급만으로 살아가려면 사치는 절대 불가였다. 때마침 집을 찾고 있던 학창시절 친구와 함께 저렴한 집을 빌려서 주거비와 식비를 최소한으로 줄였다. 그래도 지인의 결혼식과 갑작스러운 지출이 생기면 그 달은 곧바로 적자가 되었고, 대부업체를 잠깐 이용한 적도 있다.

그렇게 살던 무렵, 거리에서 어떤 남자가 접근해 이런 말을 한 적이 있었다.

"AV(일본의 어덜트 무비, 성인 비디오-옮긴이) 한번 찍어볼 생각 없어요?"

룸살롱 아가씨로 채용하고 싶다는 스카우트 정도일 줄 알았는데, 그런 말을 듣고 나니 도시에서 여자 혼자 살아가는 게 얼마나 힘든 일인지 절감했다.

그 후, 목돈이 들어와서 어떻게 해결되긴 했지만 현재의 계약직 월급으로는 갑자기 아프거나 계약이 끝나면 순식간에 궁지에 빠지고 말 것이다.

아사미는 부모와도 절연 상태이기 때문에 금전적인 면에서 본가에 울며불며 매달릴 수도 없다. 그렇다면 도미타와 결혼하는 편이 좋지 않을까 싶지만, 일은 그렇게 간단하지 않다. 결혼은 아사미 자신과 도미타만의 문제가 아닌 것이다. 상대방 부모님도 있고, 앞으로 태어날 아이 문제도 있다.

A

『도미타 씨, 늘 페이스북을 잘 보고 있습니다. 혹시 괜찮으면 친구가 되어 주시겠습니까? 마나미』

남자는 그렇게 써넣고, 도미타의 페이스북에 보냈다.

며칠 전부터 도미타가 올리는 글에 성실히 「좋아요!」를 눌렀고, 도미타도 평범한 남자라면 이 니시노 마나미의 「친구 신청」을 거절할 리가 없다고 생각했다.

가짜로 쓰고 있는 페이지 중에서도 이 니시노 마나미의 페이지가 가장 마음에 들었다. 프로필 사진에는 그녀의 긴 흑발 사진이 올라가 있고, 4명 이상의 남성 「친구」를 가지고 있었다. 현재 살고 있는 이 집도 니시노 마나미의 것으로, 지금도 집은 그녀 명의로 빌리고 있다.

이 니시노 마나미와 이나바 아사미 같은 미인으로 태어났으면 자신의 인생도 꽤 달라졌을 것이다. 예를 들어, 페이스북의 「친구 신청」 시에도 미인이기만 하면 우스울 만큼 쉽게 승인을 얻어낼 수 있었다.

한편, 꽃미남 행세를 해서는 그렇게 쉽게 일이 풀리지 않는다. 남자의 경우는 외모보다 근무지와 출신대학이 여성들에게 어필하는 경향이 있기 때문이다. 그래서 그런 남자 행세를 하면서 여성을 낚아보려고 노력하던 시기도 있었다. 하지만 여성들은 그런 것을 경계하는 심리도 커서 메시지를 주고받다 보면 자세히 추궁당해 금방 거짓말이 들통나는 경우도 있었다.

게다가 일류대학을 졸업하고 일류기업 사원 행세를 해서 상대가 자신을 치켜세워 준들 결국 자신의 실제와의 차이를 깨닫고 비참해질 뿐이다.

하지만 페이스북에서 미인으로 행세하면 평소 잘난 척하는 무리들조차 그냥 평범한 수컷으로 전락하고 만다. 상대가 남자인 것도 모르고 필사적으로 구애의 말을 속삭이는 모습이 남자는 통쾌하고 재미있었다.

어린 시절 여자로 태어났으면 좋았을 뻔했다고 생각한 시기가 있었다.

만약 자신이 귀여운 여자아이로 태어났다면, 엄마도 자신을 사랑해주지 않았을까? 어릴 때 이웃에 귀여운 여자아이가 살았는데 그 아이는 부모에게 맹목적인 사랑을 받고 있어서 정말로 부러웠다. 자신이 보잘것없는 남자아이라서 엄마에게 사랑받지 못한다고 생각했던 것이다. 그 아이처럼 귀여운 여자아이라면, 그 엄마라도 사랑해 주지 않았을까 생각했다.

남자의 엄마는 아이를 방치했다. 동시에 중증 우울증을 앓고 있었다.

죽었다고만 들은 아버지에 대한 기억은, 당시에도 지금도 전혀 없다.

엄마는 이 남자에게 아무런 관심도 보이지 않았다. 배가 고파서 울면 울수록, 엄마는 점점 아이에게 무관심해졌고 자신만의 세계에 틀어박혔다. 다급하게 도움을 원해 매달리면 더럽고 성가신 동물을 보는 듯한 눈으로 아직 유아였던 남자를 심하게 때렸다.

"엄마, 미안해요."

이 말을 몇 번이나 했을까?

왜 자신이 엄마에게 사랑받지 못하는지, 그것을 알지 못한 채 남자는 항상 자신을 탓했다.

페이스북에 새로운 메시지가 도착했다.

『항상 「좋아요!」를 눌러주셔서 고맙습니다.』

예상대로 도미타는 니시노 마나미의 「친구 신청」을 승인했다. 나머지는 도미타를 차분하게 마구 칭찬해 버리면 된다.

이제까지도 이런 방식으로 많은 커플을 파멸시켜왔다.

사랑이라든가, 우정이라는 말을 남자는 이해할 수 없었다. 남성은 돈과 지위, 여성은 외모와 그 육체. 연애와 결혼은 자신이 가진 카드를 서로에게 내는 카드게임 같은 것이라고 생각했다. 그리고 그 카드게임에서 지지 않는 비결은 결코 들키지 않는 사기를 마스터하는 것이었다.

페이스북에 올려놓은 니시노 마나미의 사진을 물끄러미 바라보았다.

이제 마나미는 이 세상에 존재하지 않지만 그녀는 이 페이스북 안에서 많은 남성과 연애를 하고 있었다. 실제로 많은 남성을 유혹해왔고 지금도 마나미의 메시지에 일희일비하는 남성들이 잔뜩 있었다.

남자는 마나미의 페이스북 사진을 다시 물끄러미 쳐다본다. 마나미는 길고 곧은 머리칼을 가지고 있었다.

그 길고 검은 머리칼과 요염함은 남자의 엄마를 쏙 빼닮아 있었다.

B

아사미가 무심히 스마트폰을 확인하고 있을 때 새로운 페이스북 메시지가 들어와 있었다.

『르 시네마의 신작 보셨습니까? 이번 주에 상영이 끝나는데 영화가 무척 좋은 것 같아요. 그리고 일전에 긴자에 있는 영화관에서 아사미 씨를 보았습니다. 말을 걸까 했지만 남성과 함께 있어서 그만두었습니다. 여전히 멋지시네요.』

아사미는 스마트폰으로도 페이스북을 볼 수 있는 앱을 깔아 두었는데, 마침 고야나기 마모루가 보낸 메시지가 도착한 것이다. 페이스북에서는 「타임라인」이라는 곳에 올린 사진과 댓글은 「친구」 모두가 볼 수 있는가 하면, 개인적인 메시지는 전하고 싶은 상대에게만 보낼 수도 있게 되어 있다.

고야나기 마모루는 이제 완전히 아사미의 팬이 되어버린 듯, 아사미가 추천하는 영화를 기회가 되는 한 꼭 보는 것 같았다. 긴자의 영화관이라면 그때 아사미와 함께 있던 사람은 도미타이다. 그렇다면 자신과 도미타가 사귀는 것을 동료인 고야나기에게 들키고 만 것일까?

"있잖아, 도미타네 회사에 고야나기 마모루 씨라고 있지?"

"고야나기? …아아, 인사과의?"

"최근에 무슨 말 했어?"

"고야나기랑? …아니, 특별히 안 했는데."

영화관에 함께 있는 장면을 들켜서 고야나기가 도미타에게도 무슨 말을 했나 싶었지만, 아무래도 그렇게 친한 사이는 아닌 것 같다. 도미타는 아사미의 말을 신경 쓰지도 않고 예능방송을 보며 바보같이 웃고 있다.

『르 시네마의 신작 무척 보고 싶었는데, 이번 주는 바빠서 힘들 것 같습니다. 혹시 보게 되면 감상평을 알려주세요.』

아사미는 일부러 그때 영화관에서 함께 있던 남성에 대한 언급은 배제한 채 그렇게 답장을 보낸다. 처음에는 즐거웠던 이런 대화가 최근에는 좀 부담스럽게 여겨졌다.

빨리 답장을 하지 않으면 실례가 되는 것은 아닐까? 이런 식으로 쓰면 오해하지 않을까? 이 메시지는 답장을 기대하는 것일까, 아니면 그냥 혼잣말 같은 것일까? 처음에는 고려하지도 않았던 이런 것들이 지금은 일일이 신경 쓰인다. 실제로 고야나기가 말하는 르 시네마의 신작도 사실은 그렇게까지 관심이 있지도 않다. 그런데도 왜 『무척 보고 싶었다.』라고 써버리고 마는 것일까?

아사미는 그런 생각을 하면서 다시 페이스북의 「친구」 목록이 있는 페이지로 돌아갔는데, 거기에 표시되어 있는 「친구 신청」 사진을 보고 가슴에 쓸쓸함이 올라왔다.

거기에는 「다케이 유야」라는 그리운 이름과 미소 짓는 얼굴이 표시되어 있다.

이것은 어젯밤에 처음 발견했다.

다케이는 아사미가 대학교 1학년 봄에 동아리에서 만난 R대학의 선배였다. 아사미는 그를 만난 순간 사랑에 빠졌고 3일 후에는 다케이에게 안겨 있었다. 아사미에게 다케이는 첫 남자였지만, 다케이에게 아사미는 많은 여자 친구 중 한 명이었다. 얼마 되지 않아 취업 준비니 뭐니 바빠지면서 다케이는 자주 연락을 끊었고, 세 달도 지나지 않아서 두 사람의 관계는 끝나버리고 말았다.

요전에 긴자에서 카나코와 식사를 할 때도 갑자기 다케이의 이름이 나와서 놀랐다.

다케이는 학교에서 무척 눈에 띄는 존재로 늘 여자에게 둘러싸여 있었다. 그래서 당시에는 아무리 짧은 시간 동안이라고 하더라도 다케이가 아직 촌티가 풀풀 나던 아사미와 설마 남녀관계였으리라고는 그 누구도 생각하지 못했을 것이다. 같은 동아리 내에서도 모르고 있었으니, 당시에는 아사미와 모르던 사이였던 카나코가 그 일을 알 리 없다. 게다가 아사미는 지금도 남녀관계는 최대한 비밀로 하자는 입장이어서, 아주 친한 친구가 아닌 한 자신의 연애 얘기는 하지 않았다.

그 후, 다케이는 모두가 선망하는 M상사에 취직하고 졸업 후에 바로 뉴욕으로 갔다고 들었는데, 아무래도 현재는 도쿄 본사에 있는 것 같았다. 페이스북을 자주 이용하는 카나코와는 꽤 오래전부터 「친구」 사이였던 듯하다. 최근에 아사미가 페이스북을 하게 되면서 다케이가 페이스북의 자동 추천 기능으로 아사미의 페이지를 알게 되었고, 그래서 「친구 신청」을 했을 것이다.

다케이의 페이지에 들어가 보니 뉴욕 시절에 외국인과 찍은 사진과, 최근에 간 듯한 고급 프렌치 레스토랑의 사진 등이 올라와 있었다. 다케이답게 여전히 화려한 날들을 보내고 있는 듯했다. 프로필에는 「미혼」이라 적혀 있었다.

이 다케이의 「친구 신청」에 「오랜만입니다.」라고 하면서, 소탈하게 승인하면 좋으련만 무언가가 아사미를 주저하게 만들었다.

이 「친구 신청」을 승인해 버리면, 무언가가 시작되어 버리는 것은 아닐까?

만약 다케이가 오프라인에서 만나고 싶다고 말해 온다면 자신은 어떻게 해야 할까? 도미타의 프러포즈에 흔들리는 지금, 다케이의 존재는 너무나 컸다. 아사미는 오랜만에 그 이름을 보고 자기 안에서 그에 대한 사랑이 아직 끝나지 않은 것임을 깨달았다.

하긴, 승인해봤자 상대는 아무런 반응이 없을지도 모른다. 아사미가 김칫국부터 마시는 것뿐이고, 보통은 친구를 맺고도 아무런 메시지도 하지 않는 사람이 압도적으로 더 많다.

반대로, 아사미는 이렇게 다케이에게 신경이 쓰임에도 불구하고 아사미가 먼저 다케이에게 메시지를 보내는 일은 절대 없을 것이다.

그러니 아사미가 이 「승인」 버튼을 누른다 해도 아무것도 시작되지 않을 가능성이 더 크다.

아사미는 스마트폰 화면에서 「승인」 부분을 터치하기 위해 집게손가락에 힘을 넣으려고 했다. 그러나…, 결국 집게손가락은 움직이지 않았다.

무엇이 자신을 주저하게 만드는 것일까?

노미타에 대한 죄책감일까?

차인 여자의 오기일까?

아무튼 아사미는 지금 다케이와 만나 버리면 무언가가 크게 달라져버릴 듯한 기분이 들었다.

『아사미 대장! 알겠습니다. 나중에 보고하겠습니다.』

정신을 차리고 보니, 고야나기가 보낸 메시지가 와 있었다. 여전히 빠른 그 댓글이 아사미를 좀 더 우울하게 만든다.

도미타는 여전히 TV 예능방송을 보며 포복절도하고 있었다.

"저기, 도미타, 왠지 목마르지 않아?"

"아니."

"그럴까? 분명 목마를 텐데?"

도미타는 겨우 TV에서 시선을 떼더니 아사미를 보았다. 아사미는 싱긋 미소 지었다.

"알았어. 커피 타면 되지? 인스턴트 괜찮아?"

"싫어."

"…내참."

도미타는 그렇게 작게 중얼거리고 일어났다.

한편, 아사미는 좀 전까지 도미타가 앉아 있던 구석자리를 가로채고 책상다리를 한 뒤 TV를 보기 시작했다. 인기 만담 콤비가 믿거나 말거나한 연예계 뉴스로 웃음을 선사하고 있었다. 그 너무나도 시시한 내용에 아사미도 넋을 잃고 웃고 있을 때, 은은한 커피향이 감돌았다. 아사미 앞에 하얀 커피 잔이 놓인다.

"설탕이랑 우유는?"

"필요 없어."

커피 잔을 두 손으로 들고 입에 가져가자 좋은 향이 콧구멍을 채운다.

집에서는 인스턴트 커피로 참고 있지만, 여기에 오면 도미타가 커피원두를 제대로 갈아서 커피를 타 준다. 아사미의 좁은 원룸에서는 절대 있을 수 없는, 극히 사치스러운 한때였다. 이런 순간에는 차라리 눈앞에 있는 이 남자와 결혼해 버려도 나쁘지 않겠다는 생각이 들고 만다.

"있잖아, 아사밍. 안 된다 해도 괜찮은데 돈 좀 빌려줄 수 있을까?"

"어, 왜?"

아사미는 귀를 의심했다. 자신이 돈을 빌린다면 모를까, 왜 높은 연봉을 받는 이 남자에게 돈을 빌려줘야 하는 것일까?

"보너스 나오면 바로 갚을게."

"왜? 아, 또 경마로 날렸구나."

아사미가 도미타와의 결혼을 망설이는 이유 중 하나는 그 낭비벽이었다. 상당히 높은 연봉을 받고 있음에도 불구하고 이 남자에게는 저축한 돈이 거의 없었다. 이전에도 파친코에서 큰돈을 잃고 아사미에게 울며 매달린 적이 있었다. 뭐 그런 건 결혼해서 자신이 경제권을 쥐고 있으면 어떻게든 해결될 거라고 생각하지만, 도박을 끊지 못하게 되면 그건 문제이다.

"아니아니, 이제 그 후로 경마는 안 해."

"정말이야?"

"정말. 그보다 이상한 청구서가 왔어."

"이상한 청구서?"

"응. 카드회사에서 기억에 없는 몇십만 엔짜리 청구서가 왔어. 가전제품이라든가 고가의 시계 같이 본 적도 없는 걸 잔뜩 산 걸로 되어 있는 것 같아."

"어떻게 그럴 수가 있어?"

"어딘가에서 내 신용카드 보안코드가 유출된 거 같아. 카드는 바로 정지시켰지만."

"허어, 그렇게 결제된 것도 네가 대금을 내야 하는 거야?"

"카드 자체를 분실하거나 도난당한 경우는 경찰에 신고하면 되니까 간단하지만, 내 카드를 자기 카드인양 누군가 사기 쳐서 써버린 경우는 좀 복잡해. 아무래도 한 번은 지불을 해야 하는 것 같아."

"허어, 그런 거야?"

"그 후에 카드회사가 사실 관계를 조사해서 사기당한 경우라고 인정을 받으면 다시 돈은 돌아오는 것 같은데, 아무튼 그것을 내지 않으면 이번에 연체가 되어서 신용도가 깎이거나 신용불량자가 되어 버리는 것 같아."

신용카드가 사기 등으로 부정하게 사용된 경우에는 최종적으로 보증보험회사가 그 손해 금액을 메꿔 주지만, 어디까지나 그것이 부정사용이었다고 증명이 되었을 경우에 한한다. 게다가 정말 사기를 당한 경우라고 하더라도, 본인만이 알 수 있는 네 자릿수 비밀번호가 입력되어서 부정 사용된 경우에는 도난보험 적용에서 제외가 되는 경우가 꽤 있는 듯했다.

"그럼, 진짜 생일 같은 걸 비밀번호로 하지 않는 편이 좋겠네. 그래서 얼마가 필요한 거야?"

"다음 주까지 80만 엔을 마련해야 해."

"80만 엔이나? 무섭다. 어디서 카드를 잃어버린 적 있어?"

"으~음, 짚이는 게 없는 건 아니야. 인터넷으로 쇼핑을 하면 당연히 신용카드 보안코드를 입력해야 하니까 말이야."

"그런데 80만 엔은 큰돈이네. 20~30만 엔이라면 빌려줄 수는 있지만."

"그렇지? 그럼 됐어. 다른 데서 빌릴게. 이 이야기는 잊어버려."

도미타는 그렇게 말하며 살짝 고개를 숙이고 커피를 마신다.

괜찮은 걸까?

어디에서도 빌리지 못하고 마지막에는 대부업체 같은 곳에 손을 벌리는 것은 아닐까?

아사미는 미덥지 못한 도미타의 옆모습을 보며 갑자기 걱정이 되었다.

대부업체는 한 번이라도 이용하면 죽을 때까지 그 기록이 남아 버린다. 아사미도 갚기는 했지만 돈을 빌린 과거가 있고 유감스럽게도 그 이름이 이제 거기에 기록되어 버렸다. 도미타와 결혼하면 주머닛돈이 쌈짓돈이다. 그렇다면 도미타마저 대부업체에서 빌린 기록이 남지 않도록 아사미가 도미타에게 일시적으로 돈을 빌려줘야 하지 않을까? 분명 80만 엔 정도의 돈이라면 도미타는 회사에서 보너스가 나올 경우 한 번에 아사미에게 변제할 수 있을 것이다. 이렇게 된 바에는 차라리 다시 아사미의 이름으로 대부업체에서 그 돈을 빌리는 편이 낫지 않을까?

그러나 아직 이 남자와의 결혼이 결정된 것도 아니다.

"도미타, 저축해 둔 건 전혀 없어?"

"50만 엔 정도는 있어. 그러니까 나머지 30만 엔을 어떻게든 하면."

아사미는 그 말을 듣고 좀 실망한다. 남한테 프러포즈를 했으

면서도 통장 잔고가 그 정도로 적다는 것은 문제가 있는 것이
아닐까?

"회사에 사정을 설명하고 빌리는 건 어때?"

"으~음, 뭐 어쨌든 물어볼게."

C

"부스지마 선배님, 그쪽은 나무에서 자꾸 거머리가 떨어져요. 이쪽이라면 괜찮아요."

"오, 그래? 고맙다."

어제 두 사람이 조난을 당할 뻔하면서도 새로 발견한 지점 바로 아랫부분의 땅을 파냈더니, 역시 흑발에 알몸인 여성의 사체를 발견했다. 사체는 지난 두 명과 마찬가지로 아랫배가 마구 찔려 있었다.

"어이. 좀 더 조심히 다뤄."

감식반 요원끼리 주의를 준다.

부스지마를 비롯해 감식반 요원들은 거머리 대책으로 두꺼운 긴팔 옷과 긴바지를 입고 왔다. 그리고 그 안에 다시 두꺼운 속옷을 착용하고 있었다. 손에는 장갑, 목에는 수건을 두르고 다시 모자와 헬멧을 쓰고 있기 때문에, 거머리가 피를 빠는 일은 안심해도 된다. 그러나 그 두꺼운 옷을 입고 한참 산을 오른 후에 흙 웅덩이 아래를 파야 하는 중노동을 감수해야 했다. 초여름의 강한 햇살에 노출되어 온몸에서는 엄청난 땀이 흘러나오고 있었다.

더구나 사체에서는 뭐라 말할 수 없는 악취가 떠돌고 있었다.

속이 메스꺼워진 작업반원이 나무 그늘에서 토하자, 부스지마도 구역질을 참기가 힘들어졌다.

"카가야, 피해자 두 명의 신원은 알아냈나?"

"여전히 분명하지 않습니다."

"아직도 모르는 건가?"

"그렇습니다. 수사본부에서도 의아해하고 있습니다."

"참, 그리고 지난번에 알아보라던 숲길에 주차하고 있던 차의 목격자는 어떻게 됐어?"

"그게…, 벌써 20건 넘게 모이고 있답니다."

"20건? 이런 산속 숲길에 그렇게 많은 목격자가 있는 건가? 근처에 낚시터라도 있는 거야?"

부스지마는 들고 있던 지도를 펼치고 가까운 곳에 강이 흐르고 있는지 확인한다.

"그런 것들은 조사하고 있는데, 아무튼 목격자들이 너무 많아서 곤란하답니다. 목격했다는 정보만 많고, 수사에 정작 중요한 차종이나 번호, 주차하고 있던 날짜처럼 그 차의 운전자와 연결될 만한 것은 없다고 하더라고요."

부스지마가 펼치고 있던 지도에는 어제 사체를 발견한 새로운 지점에 세 번째로 빨간색 표시가 되어 있었다.

"뭐 좀 알아내셨어요?"

카가야가 그 지도를 들여다보며 그렇게 물었다.

"여기서 차가 들어갈 수 있는 숲길까지는 걸어서 20분 정도 걸리지?"

"네."

"즉, 무거운 사체를 옮기면서 이동한다고 치면, 남자라고 해도 30분 정도는 걸려야 여기까지 올 수 있어. 게다가 이만큼 거머리가 우글우글 나오는 산속이야. 길도 없는 이 산속에는 보통 인적이 드물 거야."

"그러네요. 여기에 온다는 건 거머리에게 피를 빨리러 오는 것과 마찬가지 일이니까요. 게다가 여긴 곰도 나오고요."

부스지마는 숲길 옆에 「곰 출몰! 주의」라고 적힌 간판이 서 있던 것이 다시 떠올랐다.

"아직 파놓기만 한 흙 웅덩이가 3개나 더 있었다는 건, 범인이 사전에 여기 와서 흙 웅덩이를 미리 몇 개 파두었을 가능성이 높지."

"그러네요. 범인도 그렇게 생각했을 것 같아요. 사체를 옆에 놓고 흙 웅덩이를 파기 시작하는 건 지극히 곤란하다는 것을요. 그렇지만 사전에 흙 웅덩이를 파두면 남는 건 사체를 묻는 일뿐이니까 시간은 그렇게 오래 걸리지 않을 테지요."

갑자기 두 사람 사이를 바람이 가르며 지나가자, 부스지마가 목에 두르고 있던 수건이 휘날렸다. 풋내가 풍기는 바람이었다.

"역시, 그렇게 생각하나?"

"네에."

"즉, 범인은 충동적으로 사람을 죽이고 당황해서 흙 웅덩이를 판 것이 아니라, 사전에 흙 웅덩이를 파놓고, 거기에 죽인 사람을 차례차례 묻고 있었다는 거지."

"뭐, 그렇게 생각하는 게 자연스럽겠지요."

"이건 전형적인 계획형 연쇄살인이야."

"계획형? 프로파일링profiling이군요. FBI에서 사용하는 것으로 한때 유명해진 수사방법이지요. 부스지마 선배님은 프로파일링 전문가이기도 한가요?"

"아니, 책을 좀 읽어본 것뿐이야."

부스지마는 그렇게 말하며 담배에 불을 붙이더니, 라이터를 담은 담뱃갑째로 카가야에게 담배를 던진다.

"아, 고맙습니다."

카가야가 멋지게 받아 재빨리 담배에 불을 붙이자, 담배 자동 판매기도 없는 산속에서 두 사람이 토한 연기가 총총히 사라져 간다.

"이번 사건도 프로파일링 전문가가 곧 빈틈없이 분석하겠지만, 쉽게 말하면 범죄자는 크게 계획형과 충동형으로 나눌 수 있어. 별로 어려운 건 아니야. 감정이 폭발해서 피해자를 즉흥적으로 덮치고 사체를 그대로 두고 도망치는 게 충동형. 반대로, 빈틈없이 계획을 세우고 증거가 남지 않도록 거듭 범행을 저지르는 것이 계획형. 연쇄살인은 그 두 가지 타입으로 나눌 수 있다는, 뭐 당연한 얘기지."

"이런 산속에 용의주도하게 흙 웅덩이까지 파서 묻었으니까 상당히 준비에 빈틈이 없는 녀석이네요."

"어어. 그런데 계획형 범행은 충동형에 비하면 상당히 성가시지. 여하튼 계획형 범인은 치밀한 준비 하에 범행을 저질러. 그러니까 이번 사건처럼 물증은 극히 부족해. 아마 주위를 아무리 찾아봐도 범인은커녕 피해자를 특정할 수 있을 만한 건 하나도 나오지 않겠지."

"그래서 피해자 모두 알몸인 거군요."

작은 벌레가 부스지마의 주변에 달라붙는다. 부스지마는 그것을 손으로 쫓으며 계속해서 말한다.

"그런 범인은 비교적 지능이 높고 사회적으로도 잘 적응하고 있는 경우가 많다고 해. 체포된 후에 흔히, 설마 저 사람이 그런 짓을? 이라는 반응이 나오는 건 계획형 범인이야."

"그런가요?"

"충동형이 피해자의 인간성을 파괴하는 것에 비해, 계획형은 피해자를 개인적으로 점유하려고 한다고 하지."

"점유요?"

카가야는 고개를 좀 갸웃한다.

"몸도 마음도 굴복시키고 완전히 자신의 것으로 만들고 싶다고 생각하는 거야. 그래서 피해자를 바로는 죽이지 않고, 일단은 감금 구속하는 경우도 많아. 그리고 잔뜩 능욕하고 즐긴 다음에 죽이지. 그중에는 피해자가 입고 있던 옷을 입거나, 그 집에 사는 것에 기쁨을 느끼는 범인도 있어."

"그런 것까지 알 수 있나요?"

"어. 이런 타입의 범인은 준비부터 실행까지 상당한 시간을 들여서 범행을 저질러. 단순히 피해자를 강간하고 죽이는 것보다도 다양한 방법으로 괴롭히고, 그녀들이 공포의 나락으로 추락하는 것을 보는 것을 좋아해."

"그러니까 충동적인 살인은 저지르지 않는 거군요?"

"그리고 아마도 이번 사건의 범인은, 그것과 성적 흥분이 결합하고 있어."

"성적 흥분요?"

"알몸으로 만드는 건 증거인멸의 목적도 있지만 뭔가 성적인 문제가 원인이겠지. 그리고 무엇보다 마구 찌른 이 아랫배야."

"거기에도 뭔가 프로파일링의 힌트가 있습니까?"

"전문적인 건 잘 모르지만 그 정도라면 나도 알아. 이런 식으로 죽이는 사람이 성적으로 정상일 리가 없어."

부스지마는 들고 있던 담배를 크게 빨아들였다. 담배가 타는 소리가 희미하게 들린다.

"사전에 파둔 흙 웅덩이가 3개. 사체가 묻혀 있던 흙 웅덩이가 3개. 어이, 카가야. 범인은 이 부근에 흙 웅덩이를 몇 개나 팠을 것 같나?"

두 사람은 다시금 땅에 펼쳐놓은 지도를 들여다보았다. 거기에는 파란 표시가 3개, 그리고 빨간 표시가 3개 찍혀 있다.

"바위가 있는 곳과 급경사에는 흙 웅덩이를 팔 수 없으니까 처음 발견한 흙 웅덩이 주변이라든가, 그리고 예를 들어 이 주변이라든가, 또 이 계곡을 따라서 사체를 묻었을 가능성은 없을까요?"

"나도 그렇게 생각하던 참이야. 원래 처음 발견한 흙 웅덩이는 숲길에서 20분 정도 걸어야 도착할 수 있어. 처음 사체를 묻기 시작했다면 가급적 숲길에서 가까운 데 묻으려고 생각했다고 보는 게 자연스럽겠지?"

"그러네요."

"게다가 이런 거머리 산이야. 어지간한 마조히스트가 아닌 이상 이런 작업은 재빨리 끝내고 싶을 거다. 그렇다면 이 숲길과 가장 가까운 곳, 이 주변부터 사체를 묻었을 거라고 생각하는데, 카가야 생각은 어때?"

"저도 그렇게 생각하던 중입니다."

"카가야, 각오는 되어 있나?"

"무슨 각오요?"

부스지마는 나무줄기에 담배를 비벼서 불을 끄더니, 그 꽁초를 주머니에 넣었다.

"거머리에게 먹힐 각오 말이야. 이 주변 일대를 돌아다니며 조사하면 아무리 거머리 퇴치제를 바른들 멀쩡할 수는 없을 거다."

"알겠습니다. 거머리는 괜찮지만, 곰은 좀 곤란하네요."

카가야도 그렇게 말을 받아치며, 담뱃불을 신발로 비벼 껐다.

"그런 때를 위해서 이게 있는 거잖아."

부스지마는 허리에 찬 피스톨 권총을 만지고 히죽 웃었다.

"곰을 상대로 발사해도 시말서를 써야 할까요?"

부스지마는 손사래를 쳤다.

"그런데 만약 부스지마 선배님의 짐작이 맞다면, 결국 이 일대에는 전부 합쳐 몇 명의 사체가 묻혀 있는 걸까요?"

"만약 전부 맞는다면? 글쎄. 하나, 둘, 셋, 넷, 다섯…."

부스지마는 지도를 보며 작은 목소리로 무언가를 세기 시작한다. 두 번, 세 번, 같은 계산을 반복한 부스지마는, 누구에게랄 것도 없이 중얼거렸다.

"대충 어림잡아서…, 10명 정도이려나."

제 3 장

A

일본인은 보안 의식이 낮다.

단일민족인 데다 사방을 바다가 지키고 있고, 세계에서 치안이 가장 우수하기 때문에 이제까지는 다소 방심해도 괜찮았다. 그러나 인터넷 세계에서는 그렇지 않다.

예를 들어, 자기 생일을 은행 비밀번호로 설정하는 것은 만취한 여성이 심야에 홀로 걷는 것과 유사할 정도로 위험하다. 생일 말고도 전화번호, 주소, 차 번호…, 숫자만으로 만들어진 비밀번호 같은 건 마음먹고 해독하려고 하면 의외로 간단하다. 애당초네 자릿수 비밀번호라면 0000부터 9999까지 순서대로 하나에 1초씩 입력하면 10,000초, 즉 3시간도 되지 않아서 풀리고 만다. 번호를 하나씩 대입해보는 과정도 수작업이 아니라 기계에 맡길 수 있으므로, 정말로 시간문제일 뿐이다.

페이스북은 메일주소나 전화번호 둘 중 하나로 로그인할 수 있다. 남자는 이나바 아사미의 스마트폰 번호를 일단 로그인 ID 화면에 입력한다.

문제는 로그인 비밀번호였다.

지금도 꽤 많은 사람들이 123456이나 abcdefg 같은 단순한 비밀번호를 사용하고 있다고 한다. 가장 먼저 페이스북을 털리는 사람들은 그런 단순한 비밀번호를 사용하는 사람들이다.

대개는 인터넷 포털 사이트나 SNS 운영자 측에서 숫자만으로 이뤄진 비밀번호가 아니라, 이것에 알파벳이나 특수문자를 조합한 비밀번호를 설정하도록 추천한다. 1부터 9까지만 있는 숫자에 알파벳을 추가하면 26글자가 추가된다. 거기다가 알파벳의 대문자, 소문자를 조합하면 52글자가 된다. 나아가 특수문자까지 더하면 경우의 수가 상당히 많아져서 그렇게 쉽게 비밀번호를 풀 수 없다.

그러나 사람들은 그렇게 복잡한 문자열을 비밀번호로 쓰지 않는다. 일일이 기억할 수 없기 때문이다. 그러다 보니, 사람들이 보통 떠올리는 비밀번호 문자열은 몇 가지 패턴으로 한정된다.

asamin1987@yahoo.co.jp

아사미의 메일주소는 도미타의 스마트폰 데이터에서 입수할 수 있었다.

이름이 아사미니까 asamin인 것은 틀림없다. 1987은 그녀가 태어난 해라고 추측했다. 아사미의 생일은 1월 18일이었다. 이것은 도미타의 라인 메시지 중에 1월 18일과 관련된 글이 있었고, 다시 그날의 사진을 보았더니 1월 18일에 케이크를 앞에 놓고 둘이 함께 찍은 사진이 있었기 때문에 틀림없다.

스칼렛 요한슨이라는 여배우를 필두로 할리우드 유명 여배우의 누드사진이 잇따라 인터넷에 유출된 사건이 있었다. 그 사건의 범인은 여배우들의 SNS에 공개된 취미, 좋아하는 스포츠 팀, 가족, 그리고 애완동물 이름에서 여배우들의 비밀번호를 추리했다고 증언했다. 이같이 본인을 특정하는 문자열을 경우의 수로 만들어 비밀번호를 해독하는 방법은 상투적인 수단이 되고 있다.

asamin

asami

inaba

isshy

ina

ine

남자는 처음에 이런 문자열 말고도, 이나바 아사미의 평소 업무와 관련된 단어를 조합한 문자열이 비밀번호로 쓰이고 있을 가능성도 생각해 보았다. 예를 들어, 보안 관련 업무를 하는 사람이라면,

password

pass

admin

user

등도 후보가 될 것이다. 그러나 정직원도 아닌 계약직 사원인 이나바 아사미가 그런 자신의 이름과 무관한 업무 관련 단어를 조합한 문자열을 비밀번호로 쓰지 않을 것 같아 제외시켰다.

보통 사람들이 흔히 쓰는 비밀번호는 문자열과 숫자를 조합하는 것이다. 남자는 다시 이나바 아사미의 생일과 전화번호, 주소 등을 조합해서 입력해 보았다.

덧붙여, 주소를 알아내는 방법도 몇 가지 있는데, 이번에는 피자 가게를 이용하기로 마음 먹었다. 이나바 아사미가 유텐지에 살고 있다고 추정하고, 그 지역 내 피자 가게에 배달 주문 전화를 걸었다. 이나바의 과거 주문 이력이 있으면 주소는 이미 등록되어 있기 때문에, 전화 건 쪽에서 이름을 말하자 피자 가게 주

문 접수원이 정성껏 이나바 아사미의 주소를 선창해 주었다. "○○ 주소 맞으시죠?"라는 식으로.

대개의 여성은 이 정도의 문자열 조합 방법으로 비밀번호를 풀 수 있다.

실제로 남자는 지금까지 이 방법으로 꽤나 많은 여자들의 페이스북에 로그인할 수 있었다. 그렇게 하면 「친구」끼리 나누는 비밀 메시지도 볼 수가 있고, 나아가서는 본인으로 위장해서 「친구」에게 메시지를 보낼 수도 있다. 경우에 따라서는 무언가를 타임라인에 업로드하여 「친구」들에게 그것을 보여주는 것까지 가능해져 버린다. 물론 본인이 페이스북에 로그인하여 그 페이지에 접속하면 게시물이 올라간 것을 알아차릴 수 있겠지만, 남자가 로그인한 상태에서 먼저 비밀번호를 변경해 버리면 이제 본인이라도 그 페이지에는 접근할 수 없게 된다.

그런데 이나바 아사미의 비밀번호는 여러 가지 시도를 해보아도 풀 수가 없었다.

지금까지 남자는 이나바 아사미의 취미와 출신지, 출신대학, 회사 이름 등 도미타의 스마트폰 데이터에서 몰래 얻은 정보로 생각할 수 있는 모든 문자열로 비밀번호 돌파를 시도했다.

한편, 그녀는 스마트폰 메일주소에 mina0709라는 문자열을 사용하고 있었다. mina는 대체 어떤 인물이고 0709는 무슨 숫자일까? 가족이나 친구의 생일인지도 모르니, 일단 그것도 입력해 보았다.

그러나 역시 맞지 않는다.

왜일까?

고작 페이스북에 그렇게까지 비밀번호를 공들여서 설정할 필요가 있는 것일까? 아니면 이나바 아사미는 다른 보통 사람들보다 보안 의식이 투철한 여자일까?

남자는 키보드를 두드리면서 이 페이스북 비밀번호만 뚫어버리면 이제 아사미를 몽땅 벗겨버린 것과 마찬가지라 생각하고 있었다.

B

『당신이 평소에 사용하지 않는 디바이스에서 누군가가 당신의 페이지에 접근을 시도한 흔적이 있습니다. 만약 짐작 가는 것이 없다면, 아래 링크로 다시 로그인해 이상이 없는지 확인해 주십시오. 비밀번호를 모르는 경우에는 여기로.』

페이스북에서 그런 메시지가 왔다.

아사미는 지금 눈앞에 있는 회사의 컴퓨터 또는 집에 있는 컴퓨터, 그리고 자신의 스마트폰 말고는 페이스북을 이용한 적이 없다. 그렇다면, 누군가가 아사미를 대신해 자신의 비밀번호를 입력하려고 시도한 것이 된다.

누가?

무슨 목적으로?

아사미는 갑자기 무서워져서 오후 2시 현재 그녀가 일하고 있는 하나야마 상사 내부를 빙 둘러 보았다. 내 행동을 숨어서 감시하는 누군가가 있는 것은 아닐까? 동료 여직원은 한가한 듯 스마트폰을 만지작거리고 있다. 창가 자리에서는 부장이 컴퓨터 앞에서 바쁘게 손가락을 움직이고 있었다.

그러나 누군가가 아사미를 감시하고 있는 듯한 기미는 없다.

아사미는 마음을 겨우 가누고 비밀번호 입력란에 sayuri0709라고 입력하고 페이스북에 로그인한다. 자신의 타임라인을 가보았지만 가장 최근에 올린 영화 사진 그대로였다. 과거에 보냈던 메시지도 특별히 달라진 점은 없다.

접근하려고 한 것뿐이고 성공하지 못했던 것일까? 자신과 비슷한 주소를 가진 누군가가 실수로 로그인하려고 했던 것은 아닐까?

뭐, 분명 그런 것이리라.

아사미는 그렇게 생각했지만 만일을 대비해 비밀번호를 변경하기로 했다.

로그인한 상태에서 「계정 설정」으로 들어가, 「일반」, 그리고 「비밀번호」 탭까지 차례로 들어가 새로운 비밀번호를 설정한다.

sayuri0709

아사미가 볼 때, 누군가가 이 sayuri라는 부분의 문자열을 자신의 비밀번호라고 추리해 내는 것은 거의 불가능에 가깝다고 생각했다. 그러나 만에 하나, 이 sayuri라는 문자열을 떠올렸고, 그 뒤에 사유리 본인의 생일인 0709를 결합시킨다면, 비밀번호는 뚫리고 만다.

그래서 이 비밀번호를 조금만 변경하기로 했다.

sayuri라는 부분은 그대로 두고 숫자 부분만 바꾸기로 한 것이다. 여기에 전화번호와 주소에 들어가 있는 숫자를 쓰는 것은 자신의 개인정보가 유출되는 듯해서 무서웠다. 따라서 사유리의 생일이 아닌 다른 사람의 생일, 즉 이나바 아사미 자신의 생일인 0118을 조합하기로 했다.

이거라면 절대 들키지 않을 것이다.

하긴 인터넷 뱅킹의 비밀번호도 아니고, 고작 페이스북 비밀번호에 그렇게까지 예민해질 필요도 없을 것이다. 아사미는 작게 심호흡을 한 뒤, 고개를 좌우로 절레절레 흔들었다. 그리고 새로운 비밀번호로 문제없이 로그인되는 것을 확인한 후, 페이스북 페이지를 닫았다.

『좀 중요한 할 얘기가 있는데 이번 추석에 돗토리에 돌아올 수 있니?』

페이스북 비밀번호 문제보다도 아사미의 엄마, 이나바 요코가 보낸 문자메시지 때문에 더 우울했다.

오늘 아침에 오랜만에 스마트폰에 그런 문자가 와 있었다. 이 이나바 요코와 이나바 아사미는 피가 섞인 모녀가 아니다. 그러다 보니 이나바 아사미는 엄마와 잘 맞지 않아서, 거의 그것 때문에 도쿄로 상경한 것이나 마찬가지였다. 엄마와 피가 섞인 여동생은 고향에서 일찍 결혼해 행복하게 잘 살고 있었다. 여동생은 아이가 둘이나 있고, 그러다보니 육아로 바빠서 엄마가 아사미에게 연락하는 일은 좀처럼 없었다.

대체 무슨 용건일까?

『설 때는 몰라도, 여름에는 바빠서 어떻게 될지 알 수 없어요.』

아사미는 아마 설에도 가지 않을 거라고 생각하면서 그렇게 답장을 한다.

맞은편 자리에서 내선전화가 울리고 있었다. 아사미는 문자메시지에 정신을 빼앗겨 간발의 차이로 다른 사원이 전화를 받았다. 아사미는 할 수 없이 다시 컴퓨터를 쳐다보며 전표 처리를 하는 척한다.

아사미는 하나야마 상사에서 영업 보조 업무를 하고 있었다. 정직원들의 교통비와 전표를 처리하거나, 선물과 비품을 사러

가는 것 등 사소하고 재미없는 일이 대부분이었다. 하지만 회사 분위기는 가족적이어서 다니기에 나쁘지 않았다. 유니폼 같은 복장 규정이 엄격하지도 않고 계약직 사원으로서 눈치를 보지 않아도 되어서 편했다.

벽에 걸린 시계를 보니, 오후 3시가 조금 지나 있었다.

특히 오후 이 시간쯤이 되면, 영업부 직원이 다 외근 중이어서 영업 보조로서는 특별히 할 일도 없고 한가했다. 20명 정도의 영업부 직원이 있지만 지금 사내에는 부장만 있다. 부장은 여전히 컴퓨터를 보며 성실하게 작업을 하고 있는 것처럼 보이지만, 의외로 게임을 하고 있을 때도 있었다.

c

"부스지마 선배님, 겨우 의미 있는 차량 목격자가 나타났습니다."

부스지마가 수사본부에 앉아 생각에 잠겨 있을 때 카가야가 뛰어 들어와 그렇게 말했다.

"정말이야?"

수사는 생각보다 난항을 겪고 있었다.

부스지마가 속한 경찰서의 관할 지역은 완전 시골로서 지역 분위기가 경찰 수사에 협조적이기 때문에 차량을 목격했다는 제보는 많은 편이었다. 그러나 제보가 너무 많아서 혼란을 야기하고 있는 측면도 있었다. 이 관할에서는 사실 행방불명된 노인이나 보이스피싱 사기 정도가 최대 현안이어서, 정말로 산속에서 그런 흉악 범죄가 일어난 것인지 부스지마조차 가끔은 믿을 수 없었다.

"작년 12월에 현장 근처 숲길에 빨간색 차가 오랜 시간 주차되어 있었다는 제보를 얻었습니다."

"차종은?"

숲길에 차가 주차되어 있었다는 정보는 많이 모였다. 그러나 그 차를 특정할 수 있는 정보가 전무했다. 하얀색 차나 파란색 차라는 제보가 들어온들 그것을 범인과 연결시킬 방도가 없었다. 게다가 이제 사체가 암매장된 지 상당한 시간이 지났다. 사람들의 기억도 모호해서 결정적인 증언은 얻지 못했다.

"소형차인 건 분명한데 차종까지는 좀…."

"그래서는 범위를 좁혔다고 할 수가 없지. 빨간색 소형차라는 것만으로는 더 이상 찾을 방법이 없어."

"하지만 목격자가 두 명이나 있기 때문에 주차했던 날짜는 좁혔답니다."

"두 명?"

"네, 한 명은 근처에 사는 남성으로 매일 출근길에 그 길을 지나고 있습니다. 12월 초에 출근을 하다가 거기에 빨간색 차가 세워져 있는 것을 알았답니다. 다른 한 명은 외부 출장 간호사로 그 근처에 혼자 사는 노인을 찾아갔을 때 역시 같은 곳에서 그 빨간색 차를 봤답니다."

"그래서 그 날짜는?"

"12월 3일이나 10일로 보입니다."

"어떻게 그날이라고 특정할 수 있지?"

"간호사는 매주 목요일에 현장 근처에 사는 노인을 방문하기 때문입니다."

"그렇군. 그런데 차량 번호는?"

"거기까지는 알 수 없지만, 적어도 이 지역 번호는 아니었답니다. 지역 번호도 아닌 차가 그런 곳에 서 있었기 때문에 기억에 남았었다고, 근처에 사는 그 남성은 증언하고 있습니다. 두 사람 모두 도쿄 번호, 아마도 시나가와 번호였던 것 같다고 말하고 있답니다."

부스지마는 말없이 잠시 생각에 잠겼지만 이내 가까이에 있던 지도를 펼쳤다. 그리고 단자와 현장 주변을 주의 깊게 쳐다보았다.

"만약 그 빨간색 차에 피해자의 사체가 실려 있었고, 그 차가 도쿄에서 왔다면 이곳에서 가장 가까운 고속도로 출구인 아유사와 휴게소에서 내렸을 거야. 아유사와 휴게소에서 현장까지는 외길이다. 그렇다면 여기와 여기에 있는 N시스템 영상에 그 빨간색 차가 찍혔을 거야."

N시스템이란, 경찰이 최근 도입한 「자동차 번호 자동인식장치」를 말한다. 일반국도와 원자력발전소 등 중요시설에 설치되어 있고, 카 내비게이션이 N시스템이 설치된 장소를 음성으로 알려주기 때문에, 일반인들도 N시스템의 존재 자체는 잘 알고 있다. 덧붙여 속도위반 차량을 잡을 목적으로 하는 무인 속도 측정 장치와는 달리, 이 시스템의 목적은 도난 차량과 지명 수배자의 차를 추적하는 것이다.

"네. 작은 곁길도 있지만, 현지 사람이 아니면 그런 길은 모를 겁니다."

"12월 3일, 10일, 그 차량으로 추정되는 차가 정말 지나갔는지, 가는 길도 오는 길도 철저히 알아보도록 내가 본부장님에게 전달하지."

"잘 부탁드립니다."

"바로 주변의 편의점도 샅샅이 검문해 보고, 빨간 차량이 머물렀다가 간 적이 있는지 물어보도록 해. 어쩌면 편의점 CCTV에도 그 두 날짜의 기록이 남아 있을지도 몰라."

"알겠습니다."

"그리고 카가야, 피해자 DNA와 일치하는 실종자는 아직 안 나왔나?"

"네. 오늘 아침 회의에서 본부장님도 말했는데, 같은 기간에 실종신고가 접수된 여성은 많습니다. 그러나 아직 피해자의 DNA와 일치하는 여성의 DNA는 없답니다."

무엇보다 이 사건에서 알 수 없는 것이 그것이었다.

어제 다시 또 한 명의 암매장된 사체가 발견되어 피해자는 네 명으로 늘어났다. 그러나 역시 알몸으로 묻혀 있었기 때문에 그 신원을 알 수 없었다. 첫 사체가 발견된 지 벌써 2주나 지나가고 있지만, 사체의 주인으로 추정되는 실종자조차 아직 특정되지 않았다.

"사체에 남아있던 치과 치료 흔적과 DNA 감정으로도 알 수가 없다는 건가?"

"네. 연령대를 넓혀서…, 여성 실종자 위주로 자세히 조사하고 있지만, 현재로서는 한 명도…."

부스지마는 그 말을 듣더니 살짝 신음하며 크게 팔짱을 꼈다.

사체가 알몸으로 발견되었다는 말을 듣고 예감이 좋지는 않았지만, 이렇게까지 피해자의 신원을 특정하기 어려울 것이라고는 생각하지 않았다.

이 사건은 지금까지 부스지마가 경험한 것과는 결정적으로 다른 무언가가 있다는 생각이 들기 시작했다.

B

『아사미 대장, 르 시네마의 신작 보고 왔어요. 평판대로 마지막 대 반전에 깜짝 놀랐습니다. 스포일러가 되기 때문에 말하지 않겠지만, DVD로 나오면 꼭 봐야 해요.』

집에서 저녁밥을 먹고 있을 때 고야나기 마모루가 보낸 메시지가 왔다.

이 남자도 어지간히 할 일이 없나 보다. 아사미가 어제 메시지를 보냈는데, 어제 바로 영화를 보고 온 것 같다.

고야나기에게는 분명 여자 친구가 없을 것이다.

아사미는 고야나기 마모루와 실제로 대화를 나눈 적이 손에 꼽을 정도이다. 인사 담당이었기 때문에 취업 면접과 계약 갱신 때 사무적인 대화를 나누었을 뿐 사람 됨됨이는 알지 못한다. 성실하다고 해야 하나? 아니, 그보다도 존재감 없는 남자였고 계약직 여직원 동료들 사이에서도 특별히 화제가 될 만한 인물은 아니었다.

그러나 SNS 세계에서는 기운이 넘쳐 보였다. 그런 모습을 본 아사미는 그가 현실 세계에서도 좀 더 파이팅이 넘치면 좋겠다는 생각이 들었다.

『그런가요? DVD가 나오면 보겠습니다.』

바로 쌀쌀맞은 답장을 보낸다.

고야나기는 하루에 한 번, 많을 때는 여러 번 아사미에게 메시지를 보내오고 있다.

『영화를 잘 아는 아사미 씨라면 이해할 거예요.』라든가, 『이런 이야기를 할 수 있는 사람은 좀처럼 없으니까요.』라는 말을 했지만, 아사미는 고야나기와 취미나 기호가 그다지 비슷하다고 생각하지 않는다. 하지만 고야나기는 영화관은 물론이고 최근에는 아사미가 갔던 레스토랑에도 들르고 있는 듯해서, 이제는 솔직히 좀 짜증이 나기 시작했다.

그럼에도 불구하고 도미타가 다니는 회사의 인사부 직원이므로 결례되는 말로 폐를 끼치고 싶지는 않았다. 그렇다고 이런 관계를 질질 끌어 계속 메시지를 주고받는 것 또한 난처했다.

『저는 DVD를 보고 싶을 때 츠타야TSUTAYA 매장에서 빌리는데, 아사미 대장은 어디서 빌리나요?』

이렇게 조금씩 아사미의 사생활을 침해해오는 것이다. 그러다 보면, 언젠가 근처 대여점에서 딱 마주치는 일도 있을 수 있다.

가장 신경이 쓰이는 것은 이 고야나기가 현재 이사를 고려중이라고 말했다는 점이다.

아사미는 무심코 자신이 도요코선 노선 주변에 살고 있다는 말을 흘리고 말았다. 그러자 고야나기가 도요코선의 무슨 역이 좋은지 물어왔다. 무난하게 지유가오카라고 대답해 뒀지만 고야나기는 아사미가 살고 있는 유텐지로 이사 올 듯한 예감이 들었다.

『요즘에는 온라인만 이용해서 실제로 가게에 가지 않습니다.』

고야나기에게 그렇게 메시지를 보낸다.

예전에는 그렇게 즐거웠던 메시지 대화가 요즘은 상당히 고통스럽게 느껴지고 있었다. 다음에 카나코를 만나면 뭔가 좋은 방법이 없는지 상의해보자.

그리고 페이스북 페이지 위쪽으로 스크롤을 올리니, 오늘도 역시 「다케이 유야」의 웃는 얼굴이 걸려 있다. 계속해서 그의 친구 신청을 「승인」하지 않으면, 아사미의 페이스북에서 가장 눈에 띄는 곳에 그의 웃는 얼굴이 계속 표시되어 있을 것이다. 계속해서 고민하는 것은 아사미답지 않다. 냉큼 「승인」하든가, 아니면 차라리 「삭제」해버리는 편이 어울린다. 그러나 「삭제」를 해버리면 혹시 상대에게 그런 사실이 통지되는 것은 아닐까? 그로 인해 상대방의 기분을 상하게 하는 것도 원하는 바는 아니다. 아사미는 다음에 카나코를 만났을 때 그것도 물어봐야겠다고 다짐했다.

"페이스북은 확실히 편리하지만 이것저것 귀찮은 일도 있지. 그런 걸 'SNS 피로'라고 한대. 특히 평소 배려심이 깊은 여자는 그렇게 되기 쉽대. 하지만 아사미라면 괜찮을 거야."

아사미는 오랜만에 회사 근처 커피전문점에서 카나코와 만나 차를 마셨다. 가게 안은 퇴근한 직장 여성들로 만원이었고, 그래서 무척 지친 점원이 억지스러운 미소로 손님을 대하고 있었다.

아사미가 머그잔에 든 음료를 한 모금 마시자, 커피와 우유가 어우러진 향긋한 향이 아사미를 무척 행복하게 만들어주었다.

"무례한 사람 같아서 그래. 그냥 SNS로 인해 지치는 정도라면 괜찮지만, 왠지 인터넷 스토커가 될 것 같은 사람이 있어서 좀 걱정이야. 저기 카나코, 차라리 그 사람이랑은 친구를 끊어버리는 편이 좋을까?"

"으~음, 친구를 차단해서 그 사람이 너의 페이지를 볼 수 없게 만드는 방법이 있긴 하지만 그건 정말 최후의 수단이야. 그랬다가 거기에 욱한 사람이 살인을 저질렀다는 뉴스도 본 적이 있으니까."

"어, 정말이야?"

카나코가 아무렇지도 않은 듯 뱉은 그 한마디에 아사미는 저도 모르게 소름이 끼쳤다.

"SNS는 현실적인 인간관계가 없는 만큼 한번 꼬이면 관계를 되돌리기가 힘들어져. 뭐, 가능한 한 자극하지 않으면서 서서히 멀어지는 편이 좋을 것 같아."

"그럴까?"

"그래. 애당초 스토킹 당하는 건 자신의 좋은 면만 보여주기 때문이야. 생얼로 코딱지 파는 사진 같은 걸 보내주면 돼."

나오는 대로 내뱉는 말이었지만, 카나코의 말도 일리가 있었다.

SNS는 자신의 본심을 전하고 있는 듯하면서도 사실은 타인의 시선을 무척이나 신경 쓰고 있다. 「좋아요!」를 받을 만한 것만 업로드하고, 타인에게 좀 자랑하고 싶은 일만 알리니 당연히 상대에게 좋은 이미지만 각인될 것이다.

"코딱지는 좀 싫은데, 무슨 좋은 방법은 없을까?"

"그러네. 일단은 남친이랑 달달한 모습을 보란 듯 과시하면 어떨까?"

"그렇군."

"너…, 그 스토커 같은 사람한테 아직 애인이 있다는 말 안 했지?"

분명 카나코의 말이 맞았다.

"그런데 그건 그렇고, 카나코! 결국 그 도쿄대 나온 사람이랑 데이트했어?"

아사미는 카나코의 질문에는 답하지 않은 채 갑자기 화제를 바꿨다. 오늘 카나코를 만나고 싶었던 이유 중 하나는 이것이었다. 지난번 긴자에서 식사를 한 뒤로 2주 정도 지났기 때문에 데이트를 했다면 이모저모 그에 대한 이야기를 들을 수 있을 것이다.

"했어."

"우와, 그래서 어땠어?"

"소문대로 특이한 사람이었어."

카나코는 커피를 한 모금 마시더니 그렇게 말했다.

"어, 무슨 얘기야?"

"있잖아 아사미, 아스퍼거 증후군이라고 알아?"

"아스퍼거?"

어딘가에서 들어본 것 같기는 하지만 그것이 무엇인지는 생각나지 않는다.

"그 사람이 만나자마자 이렇게 말했어. '나는 아마도 아스퍼거 증후군이라서 지금부터 결례되는 말을 해버릴지도 모릅니다. 그렇지만 신경 쓰지 마세요.'"

"그게 뭐야?"

"왜, 도쿄대라든가 교토대라든가 엄청 머리 좋은 사람들이 다니는 대학을 나왔는데도 왠지 대화가 잘 안 되는 사람이 있잖

아. 그런 사람들이 사실은 그런 병을 앓고 있어서 머릿속에 있는 생각을 그대로 솔직하게 말해버린대. 그러다 보니, 인간관계가 서툴거나, 애초에 상대의 기분을 잘 공감하지 못하는 사람이 되어버리고 마는 거지."

"아아, 왠지 알 것 같아. 고등학교 동급생 중에 도쿄대에 간 사람이 그런 느낌이었어. 분명히 그런 사람 있지."

"딱히 지능에 문제가 있는 것도 아니야. 아니, 오히려 천재 중에 그런 사람이 많은 것 같아. 아인슈타인이라든가 레오나르도 다빈치도 그랬다고 전해지고 있어."

"허, 혹시 영화 레인맨의 주인공 같은 사람도 그랬나?"

"아니, 그건 서번트 증후군. 레인맨은 기억력이 무척 좋은 사람이었지만, 아스퍼거는 좀 더 평범해. 하지만 역시 사회성이랄까, 암튼 사람을 사귀는 게 상당히 서툰 사람들이야."

아스퍼거 증후군에 대해 정통하게 된 카나코는 그 후에도 친절하고 자상하게 아사미에게 아스퍼거 증후군에 대해서 가르쳐주었다. 일설에 따르면, 그 병은 300~400명 중에 한 명 꼴로 발병하고, 남성 환자가 압도적으로 많다고 한다. 스티븐 스필버그는 스스로 아스퍼거 증후군인 것을 공표한 것 같고, 그 외에도 현역으로 활약 중인 몇몇 유명 스포츠 선수와 연예인도 그렇지 않을까 예상한다고 카나코는 말했다.

"그래서 결국 그 사람이랑은 어떻게 됐어?"

카나코가 장황하게 아스퍼거에 대해 설명했지만, 아사미는 그렇게까지 관심이 없었기 때문에 적당한 선에서 끊고 그렇게 물었다. 정말 궁금한 것은 그 부분이다.

"그 사람은 식사가 끝난 후에 이렇게 말했어. '저는 당신과 결혼을 전제로 사귀고 싶습니다만, 그러기 위해서 지금부터 호텔에 가지 않겠습니까?'"

"뭐? 재수 없어. 정말 그랬어? 역시…, 그런 말을 그냥 쉽게 해 버리는 사람들이구나. 물론 카나코는 거절했지?"

"남자가 그렇게 말해서 나는 이렇게 받아쳤어."

아사미는 흥미진진하게 카나코의 다음 말을 기다렸다.

"왜 그렇게 생각하게 됐냐고."

"응. 그랬더니 뭐래?"

"그건 당신이 예쁘기 때문입니다, 래."

카나코는 미소 지으며 말했다. 아사미는 그녀의 웃는 얼굴을 보자, 비교적 담담해 보이는 눈앞의 카나코가 이미 사랑에 빠진 것을 알아챘다.

"그럼, 호텔에 갔구나."

"아니, 그건 무리인 것 같아서, 보통 성인남녀는 처음 만난 당일에 호텔 같은 데 가자고 하지 않는다고 말해 줬어. 그랬더니 뭐라고 답했는지 알아?"

"글쎄."

"그럼 몇 번을 만나면 호텔에 가자고 해도 됩니까, 래."

아사미는 무심결에 웃음을 터트렸다.

"뭐야, 그게? 그래서 뭐라고 답했어?"

"뭐, 세 번 정도 아닐까요, 라고 했어."

"으~음, 재미있다. 그래서 벌써 데이트 3번 했어?"

"아니, 귀찮아서 바로 다음 데이트 때 자 줬어."

"에엣, 뭐야? 그럼 지금 사귀는 상태인 거야?"

"뭐, 그렇지."

카나코는 행복한 듯한 미소를 지었다.

아사미는 그런 카나코를 보며 머그잔에 들어 있는 커피를 한 모금 마셨다. 너무 이야기에 열중한 나머지 모처럼 산 카페라떼가 완전히 식어버렸다.

"그럼 카나코와 그 도쿄대 나온 사람이 사귄다는 사실은 이미, 그, 다케이 씨한테 보고했어?"

"다케이 씨한테? 왜?"

"그게, 그 도쿄대 사람은 다케이 씨의 페이스북상의 친구잖아. 요전에 뭔가 그런 말을 했던 것 같은데…."

"아, 그래그래, 그랬어. 하지만 내 쪽에서 먼저 그런 걸 보고할 이유는 없지. 아스퍼거인 그 사람도 다케이 씨랑 그렇게까지 친한 것 같지도 않고 말이야."

"흐~음, 그렇구나. 저기, 카나코는 가끔 다케이 씨한테 페이스북으로 메시지를 보내거나 해?"

"으~음, 생일에 메시지를 주고받는 정도일까? 나머지는 요전에 도쿄대 남자 일로 상담한 정도야. 친구라고 해도 어디까지나 SNS상의 친구니까 말이지. 어지간한 일이 없는 한 메시지 같은 건 안 보내. 근데 왜 그래? 다케이 씨한테 무슨 용건이라도 있는 거야?"

"아니, 별로."

아사미는 침착한 척하며 식어버린 카페라떼를 한 모금 더 마셨다.

"화장실 다녀올게."

카나코가 자리를 뜨자 아사미는 내심 안도했다.

사실은 다케이가 보낸 「친구 신청」을 삭제해야 할지 물어보려고 했었지만, 곰곰이 생각해 보니 자신이 망설이는 이유를 카나코에게 제대로 설명할 수 없을 것 같았다.

카나코는 아사미와 다케이가 사귀었던 것을 당연히 알 수 없다. 물론 그 이야기를 카나코에게 하더라도 10년도 더 지난 일이니까 특별히 문제될 것도 없지만, 카나코라면 "그런 거 신경 쓰지 말고 친구하면 되잖아."라고 말할 것이 뻔했다. 그러나 아사미와 다케이는 그렇게 간단한 관계가 아니다.

"그런데 아사미는 어때? 도미타랑 결혼 얘기는 진전이 있어?"

카나코는 화장실에서 돌아와 이번에는 아사미 차례라는 것처럼 그렇게 말을 꺼냈다. 아사미는 상대방 부모를 만나기까지 한 달의 유예를 받은 것, 그리고 그 사이 도미타가 카드 사기를 당해서 지금은 결혼 얘기를 할 때가 아니라는 것을 짧게 설명했다.

"황당한 일을 당했네. 만약 그 80만 엔을 도미타가 지불해야 한다면, 결혼 자금이 없어져 버리는 거네. 결혼식을 안 올릴 수도 없는데 말이야."

"뭐, 결혼식은 안 해도 상관없는데, 신혼여행이라든가 여러모로 돈은 필요하니까."

아사미는 카나코에게 난처한 것처럼 말했지만, 사실은 숙제 제출 기한이 연기된 듯한 기분에 어딘지 모르게 마음이 가벼워져 있었다.

"그런데 어디서 카드정보를 훔친 걸까?"

"으~음, 인터넷 쇼핑이라든가 그런 걸 꽤 이용하니까 피싱 사이트에 걸린 걸지도 모르지."

"아사미! 그러고 보니, 얼마 전에 도미타가 스마트폰을 잃어버렸었다고 했지? 그때 데이터를 훔쳐간 거 아니야?"

"그런가? 아니, 그게 그때는 정말 친절한 사람이 나를 찾아와서 돌려줬으니까. 게다가 도난당한 건 카드번호고, 스마트폰하고는 관계가 없어."

아사미는 그렇게 말하며 그 허스키 보이스를 떠올렸다.

"아, 그런가. 그럼 역시 인터넷 쇼핑일까?"

"응. 도미타도 그런 것 같다고 말했으니까."

도미타에게 카드 사기에 대한 이야기를 들은 날, 아사미는 도미타에게 『성인용품 사이트에서 이상한 거라도 산 거 아니야?』라며 추궁했더니, 도미타의 동공이 흔들렸다. 그것은 그렇다고 자백한 것이나 마찬가지여서 실망했던 기억이 떠올랐다. 그렇게 자기 생각을 숨길 줄 모르고 순진하니 사기를 당하고 마는 것이리라.

그때 문자메시지 수신음인 듯한 소리가 났다.

"잠깐! 미안."

카나코가 그렇게 말하며 스마트폰 화면을 터치한다.

아사미는 차가워진 카페라떼를 한 모금 더 마시고 카나코의 모습을 살폈다. 누가 보낸 문자메시지일까? 카나코는 스마트폰을 쳐다보며 문자메시지를 읽기 위해 고개를 살짝 앞으로 기울이고 있었다.

"있잖아, 도미타 이름이 뭐였지?"

카나코가 불쑥 그것을 물었다.

"마코토인데 그건 왜?"

"마코토. 마코토 도미타. 그럼 이니셜이 MT인가…?"

"무슨 일이야?"

"으~음…."

카나코가 이상하게 머뭇거렸다. 아사미는 카나코가 말을 꺼낼 때까지 잠시 기다렸지만 도무지 무슨 영문인지 모르겠다.

"도미타 이름에 무슨 문제가 있어?"

아사미가 먼저 그렇게 말을 꺼냈다.

"아니, 그냥 장난 같기는 한데 말이지…."

카나코가 자못 말하기 거북한 듯 무겁게 입을 연다.

"방금 이런 문자메시지가 왔어."

카나코는 주저하면서도 그 짧은 문자메시지를 아사미에게 보여주었다.

『당신 친구인 AI의 남자 친구 MT를 믿으면 안 된다.』

"이게 뭐야?"

"내 친구 중에 AI는 아사미 이나바, 너밖에 생각이 안 나."

두 사람의 테이블에는 순간 정적이 흘렀다.

"게다가 무슨 뜻일까? 믿어서는 안 된다니."

"도미타가 그렇게 믿을 수 없는 타입이었나?"

카나코가 물었다.

"아니, 도리어 거짓말이 금방 들통나는 바보 타입인데."

도미타는 타고난 마조히스트 성향이 있어서 숨기는 게 서툴렀다. 사소한 거짓말조차 들켜서 아사미에게 혼나는 일도 흔했다.

"왜 이런 문자메시지가 왔을까? 게다가 타이밍이 기가 막히네. 마치 나랑 아사미가 지금 만나고 있는 걸 어딘가에서 보고 있는 것처럼…."

두 사람은 주위를 둘러보았다. 오후 6시의 커피전문점은 거의 모든 자리가 꽉 차 있고, 점원은 분주히 움직이고 있다. 샐러리맨, 직장여성, 학생…, 그곳에는 다양한 손님이 있었지만 두 사람에게 주목하고 있는 듯한 손님은 없다.

"하지만 왜 카나코의 스마트폰에? 나한테 직접 보낸 거라면 그나마 이해를 하겠는데…."

아사미는 자신의 스마트폰을 확인해보지만 역시 아무것도 오지 않았다.

"문자메시지를 잘못 보냈나?"

카나코가 스마트폰을 만지며 그렇게 말했다.

"누가 보냈어?"

"그게…, 전혀 모르는 번호야. 아사미, 이 번호 알아?"

카나코가 090으로 시작하는 번호를 보여줬지만 짐작 가는 번호가 아니다.

"아니, 모르는 번호야. 하지만 번호를 일일이 외우지는 못하니까."

"그렇지. 그럼 과감히 걸어볼까?"

카나코는 그렇게 말하더니 「통화」 버튼을 터치하려고 한다.

"아니, 무서무서무서무서워, 그만두자."

"그러네. 그럼 짜증나니까 삭제할게."

"응. 그렇게 해."

그것을 계기로 갑자기 대화는 활력을 잃고 두 사람은 총총히 가게를 나왔다. 누가 무엇 때문에 카나코에게 그런 문자메시지를 보냈을까? 생각하면 생각할수록 알 수가 없었다.

A

sayuri0709

그 비밀번호를 본 남자는 그 의미를 도저히 이해할 수 없었다.

sayuri는 대체 누구일까?

그리고 0709는 무슨 숫자였을까?

『당신이 평소에 사용하지 않는 디바이스에서 누군가가 당신의 페이지에 접근을 시도한 흔적이 있습니다. 만약 짐작 가는 것이 없다면, 아래 링크로 다시 로그인해 이상이 없는지 확인해주십시오. 비밀번호를 모르는 경우에는 여기로!』

남자가 보낸 그 피싱 메일에 조심성 많은 이나바 아사미조차 역시 걸려들었다. 자신의 비밀번호를 순순히 입력하여 남자의 컴퓨터로 전송하고 말았다.

흔히 해커라고 하면 컴퓨터에 관한 어려운 전문지식을 가진 사람일 거라고 여기지만, 사실은 대부분 상대를 속여 비밀번호 등의 중요정보를 빼내는 피싱 기법(fishing; 상대를 낚는다는 의미-옮긴이)에 불과하다.

즉, 아사미에게 보낸 피싱 메일처럼 자신의 페이지가 누군가의 표적이 되고 있다고 겁을 주거나 페이스북 본사에서 보낸 공식 메일인 것처럼 위장해서 사람들을 속인 다음 정보를 빼내는 것이다.

남자는 바로 페이스북 로그인 페이지에 접속한 뒤, 새로 입수한 sayuri0709라는 비밀번호를 입력한다. 그러나….

『ID 또는 비밀번호가 올바르지 않습니다.』

이런 메시지가 돌아왔다.

다시 한번 더 이나바 아사미가 남자에게 입력한 비밀번호를 확인하고 입력한다. 그러나 역시 페이스북은 로그인을 할 수 없다고 했다.

아사미가 그 메일이 피싱 메일이라는 것을 알아채버린 것일까? 그래서 비밀번호를 그새 바꾸어버린 것일까?

그 생각이 맞다면 이제 다시 바꾼 새로운 비밀번호를 보내오지는 않을 것이다. 아마도 누군가가 자신의 페이지에 접근하려고 했던 것이 찜찜해서 바로 비밀번호를 변경한 것이 틀림없다.

얼마나 조심성 많은 여자인가?

남자는 그런 생각이 들어 짜증도 났지만, 그것 나름대로 매력적이라고 생각했다.

세상에는 칠칠치 못한 여자가 너무 많다. 검은색 긴 생머리를 정성껏 관리하는 것처럼 이나바 아사미는 비밀번호 관리도 철저하게 신경 쓰고 있는 것이다.

점점 더 그 여자를 자기 여자로 만들어 보고 싶다.

sayuri0709

남자는 그렇게 생각하면서도 다시 한번 아사미가 보낸 비밀번호를 곰곰이 뜯어보았다.

여기에 무슨 힌트가 없을까?

애초에 이 sayuri라는 건, 대체 누구일까? 가족이나 친구, 아니면 자기가 좋아하는 유명인일까?

사람들이 비밀번호를 만들어내는 방법에는 일정한 법칙이 있다. 그중 가장 흔한 패턴은 자신과 가족 등 지인의 닉네임과 그 사람의 생일을 결합시키는 방법이다. 다음으로, 취미와 스포츠 등 자신과 직접 관계가 없는 것으로 비밀번호를 만드는 패턴도 있다. 그들은 생일보다는 자신과 결합도가 떨어지는 것, 예를 들면 사원번호나 학번 같은 것과 비밀번호를 결합시키는 경향이 강하다.

이나바 아사미의 메일 주소가 mina0709였기 때문에 이제까지 0709는 틀림없이 mina라는 인물의 생일이라고 생각해 왔다.

하지만 mina 뒤뿐만 아니라 sayuri 뒤에도 0709를 붙여놨으니, 이제 0709가 누군가의 생일이라는 가설은 버려야 할 것 같다.

그렇다면 무언가의 기념일일까? 인터넷으로 7월 9일에 대해 알아봤지만 특별히 이나바 아사미와 결부될 만한 정보는 없다.

혹시 sayuri는 놔둔 채 그 뒤에 붙는 숫자를 바꾸어 보아야 할까? 그렇게 되면 이나바 아사미의 사원번호나 학번까지 알아볼 필요가 있을지도 모른다.

원래 해킹의 제1단계는 상대를 철저히 조사하는 것이다. 주소와 가족구성은 물론 그 사람의 연애관계, 경제상황, 행동범위, 취미, 잘 보는 사이트와 앱 정보 등 알아볼 수 있는 모든 정보를 최대한 수집한다. 그렇게 상대를 발가벗김으로써 해커는 교묘하게 덫을 놓는다. 만약 그 상대에게 갚기 힘든 빚이 있거나, 불륜이나 바람기 등의 약점이 있으면 성공할 확률은 상당히 높아진다.

게다가 이제 이나바 아사미는 단순한 해킹의 대상 이상의 존재가 되어 있다. 그렇지 않아도 한번 흥미를 가지기 시작하면 그 대상을 철저히 파보는 것이 이 남자의 습성이었다. 아이돌을 쫓아다니는 여중생이 아이돌의 신상 정보를 궁금해하듯, 남자는 이나바 아사미가 쓰고 있는 샴푸와 치약 브랜드까지 알고 싶었다.

B

아사미의 스마트폰에는 문자메시지가 와 있었다.

아사미는 지하철역 앞 슈퍼에서 산 저녁 재료가 든 비닐봉투를 들고 터벅터벅 집으로 돌아가는 와중에 스마트폰을 체크하고 있었다.

발신번호를 보니 기억에 없는 전화번호이다. 그 문자메시지에는 제목을 포함해 아무런 메시지도 적혀 있지 않았다. 잘못 온 문자메시지일까? 그런데 문자메시지에는 파일이 첨부되어 있었다. 아사미는 그 파일을 열어본다.

스마트폰 화면 가득 도미타와 모르는 여성이 함께 찍은 사진이 떴다.

이게 뭐야?

그리고 이 여자는 대체 누구지?

아사미는 잠시 그 사진을 보고 골똘히 생각해 보았지만 기억에 없는 사람들이다. 사진 속 도미타는 그 여자의 어깨에 팔을 두르고 활짝 웃고 있다.

아사미보다 나이는 좀 더 위인 것 같다.

그럭저럭 이목구비는 귀엽지만 아사미는 자신이 더 낫다고 느껴졌다. 다만, 가슴은 아사미와 비교가 되지 않을 만큼 커서 베이지색 스웨터 위에서도 그 볼륨감을 자랑하고 있었다. 게다가 일부러 브이넥 니트를 골라 입어서 그 가슴골을 보여주고 있는 것이 치사하다.

화가 치밀어 오르면서도 이 여자가 누구인지 다시 떠올려보려고 안간힘을 쓴다. 그러나 아무리 생각해도 기억에 없다. 입고 있는 옷의 느낌으로 보아 아마도 겨울, 그것도 그렇게 오래전에 찍은 사진은 아닌 것 같다.

그런데 누가 왜 이 사진을 나에게 보낸 것일까?

다시 한번 보낸 발신번호를 본다. 번호가 090으로 시작하기 때문에, 모르는 누군가의 휴대폰인 것은 틀림없다.(일본은 핸드폰 번호가 070, 080, 090 등으로 시작한다.-옮긴이) 그리고 아사미의 전화번호부에 있는 번호라면 자동적으로 번호가 아닌 그 사람의 이름이 뜰 것이다. 그렇다면 결국 아사미가 모르는 사람의 휴대폰에서 보낸 문자메시지일 것이다.

도미타가 이 여자와 바람을 피우고 있는 것일까? 그리고 이 사진 속 여성이 사진을 보낸 인물일까? 『내 남친을 빼앗지 마!』라는 뜻일까? 아사미에게 청혼을 하면서도 도미타는 이런 비열한 여자와 동시에 사귀고 있었던 것일까?

꼬리에 꼬리를 물고 나쁜 장면이 떠오른다. 냉정해지려 노력하면서 다시 한번 그 사진을 보았다.

장소는 무슨 회식자리 같다. 도미타가 정장을 입고 있지 않으니 휴일에 열린 회식일 것이다. 도미타가 입고 있는 스웨터는 본 적이 있다. 최근에도 입고 있었고 머리모양과 전체적인 분위기로 봐서도 역시 그리 오래된 사진은 아니다.

알코올 탓에 도미타의 얼굴이 꽤 빨갛다. 여자의 어깨에 팔을 두르고 있는 도미타도 도미타지만, 이 여자도 도미타의 몸에 그 큰 가슴을 밀어붙인 채 기대고 있다.

아사미는 또 다시 사진을 보낸 번호를 보았다. 이 번호로 전화를 걸어서 만약 상대방이 받으면 사안의 전모를 바로 알 수 있다. 그렇다면 이 비열한 여자에게 바로 전화를 걸어서 이쪽에서 흑백을 가려주자. 그렇게 생각하자 분노와 함께 용기가 솟았다.

아사미는 주저 없이 통화 버튼을 터치한다.

통화연결음이 울리기 시작했을 때 멀리서 도요코선의 지하철이 승강장으로 미끄러지듯 들어온다. 7번, 8번, 9번, 10번…, 통화연결음을 12번까지 들었지만 상대가 전화를 받기는커녕 자동응답으로도 바뀌지 않는다.

이런 사진을 보냈으면서 전화도 받지 않는 건 무슨 수작일까?

도요코선 지하철이 승강장에 승객을 내려놓고 다시 움직이기 시작했다. 아사미는 전화를 끊고 다시 한번 그 번호로 전화를 건다. 이번에는 반대편 승강장에서 또 다른 지하철이 통과한다.

몇 번의 통화연결음이 들려도 전화를 받을 기미가 없다. 그렇게 되자 한번 불붙어 버린 아사미의 불꽃같은 분노가 도미타를 향했다.

『이 여자, 누구야?』

아사미는 자신에게 온 사진을 첨부하여 간결한 메시지와 함께 도미타에게 전송했다.

C

"부스지마 선배님, N시스템을 통해서 그날 나타난 것으로 추정되는 소형차를 찾았습니다!"

"정말이야?"

카가야의 보고에 부스지마는 저도 모르게 몸을 앞으로 내밀었다.

한편, 고속도로 인터체인지에서 사건 현장까지 가는 길에 있는 편의점을 모조리 탐문했지만, 편의점 방범카메라가 찍은 영상은 벌써 다른 영상이 하드디스크에 저장되는 바람에 지워져 있었다. 또 반년 전의 빨간색 차라는 것만으로는 단서가 될 만한 것을 기억하는 사람도 없었다.

"그럼 N시스템을 살펴보라고 조언한 것이 나름 효과가 있었던 건가?"

N시스템은 원래 번호를 알고 있는 차를 추적하기 위한 시스템이다. 따라서 이번처럼 12월 3일과 10일에 N시스템을 통과한 빨간색 소형차라는 것만으로는 그 전부를 망라할 수는 있어도 어떤 차량 하나를 특정할 수는 없다. 그래서 부스지마는 N시스템 관리본부에 그 두 날짜에 그곳을 지난 모든 빨간색 소형차 목록을 정리하여 달라고 요청했던 것이다. 하지만 사막에서 바늘 찾기라며 현실적인 방법이 아니라는 답변만 되돌아 왔다.

"네, 날짜와 차량 색상 외에 새로운 증언이 추가로 나와서 N시스템을 통해 그 차량을 특정하는 것이 가능했던 것 같습니다."

"오, 그렇다면 우리에게 천운이 따르는 건지도 모르겠어."

12월 초에 현장 부근에서 빨간색 차를 봤다는 새로운 목격자가 나타났다. 30대인 목격자 남성은 그 차의 번호판이 「와(わ)」 번호였다고 명확하게 증언해 주었다. 그 목격자가 차량 번호가 「와」라고 명확하게 기억할 수 있었던 이유는 남자가 렌터카 업체에 근무하기 때문이었다.

홋카이도를 포함해 일부의 예외를 제외하면, 일본의 렌터카는 기본적으로 번호가 「와」로 시작한다.(우리나라의 렌터카가 '허'로 시작하는 것과 마찬가지이다.-옮긴이) 그는 이런 산속에 「와」 번호를 단 렌터카가 주차되어 있길래, 대체 어떤 렌터카 업체 차량일까 궁금했었다고 했다. 그런데 최근에 그 차량을 목격했던 목격자를 찾는다는 경찰 현수막이 설치되어, 그것을 보고 그 기억이 떠올랐다고 했다.

N시스템을 통해 12월 3일이나 10일에 「와」 번호를 달고 현장 부근을 통과한 빨간색 차량을 검색해보았다. 거기까지 범위를 좁히면 검색되는 차량이 상당히 줄어든다. 그 두 날짜에는 총 51대의 「와」 번호판을 단 차량이 그 일대를 통과했는데, 그중에서도 빨간색 소형차는 5대뿐이었다.

"이 5대 중 한 대에 범인이 타고 있을까요?"

N시스템에 탑재된 카메라는 운전사는 물론 그 조수석에 동승한 사람의 얼굴까지 찍어 놓는다. 따라서 그 데이터는 누군가가 고의로 지우지 않는 한 영원히 기록에 남아 있을 것이다.

5대의 「와」 번호를 단 차량 중 3대는 젊은 남자가 혼자 핸들을 잡고 있었다. 다른 한 대는 젊은 여성이 운전자였고, 나머지 한

대는 동승자를 태운 상당히 나이가 지긋한 남성이 운전자였다.

"지금 본부에서 이 차량들을 소유하고 있는 렌터카 업체를 추적하고 있습니다."

"역시 도쿄인가?"

"아마도 그런 것 같습니다."

부스지마는 현장 주변의 큰 지도를 펼치고 팔짱을 낀 채 그것을 쳐다본다.

"그런데 혹시 어딘가에 샛길이 있지 않을까?"

"N시스템이 있는 곳을 피해 샛길을 이용해서만 사건 현장까지 갔다면 범인은 이 지역 지리에 대해 상당히 잘 아는 인물이라는 얘기가 되는데요?"

"뭐, 그렇게 볼 수도 있겠지."

"제 생각에는, 도쿄 번호판을 단 렌터카를 몰고 있는 인물이 그런 샛길까지 알고 있을 것 같지는 않습니다. 저는 분명 이 다섯 명 중에 범인이 있다고 확신합니다. 우선 렌터카 업체 추적을 기다려보지요."

카가야의 그 말에 부스지마도 수긍하고 다시 한번 지도를 보았다.

"그런데 카가야, 두 번째, 세 번째, 그리고 3일 전에 발견된 네 번째 사체에 관해서도 역시 사체와 일치하는 DNA를 가진 실종자는 찾지 못했나?"

"네, 없습니다. 치아 치료 흔적도 이 지역 내 치과의사들에게 보여주고 있지만, 아직 확실한 정보는 없는 것 같습니다."

"그래. 한둘이면 몰라도 여성이 네 명이나 살해당했어. 그런데도 반년 넘는 기간 동안 그 실종신고가 접수되지 않았다는 건 정말 이상하지."

"네. 저도 그렇게 생각합니다."

피해자를 특정할 수만 있어도 그 인간관계를 통해 사건의 전체적인 그림을 그려 볼 수 있고, 범인도 특정할 수 있을 것이다. 그런데 첫 사체 발견으로부터 3주가 지나가고 있는데도 피해자 특정조차 하지 못하고 있다.

어째서지?

발견된 사체와 일치하는 DNA를 가진 실종자들이 없다는 것은, 결국 실종신고가 접수되지 않았다는 뜻이 된다.

이 정도의 성인 여성이 실종되었는데 누구도 경찰에 신고하지 않은 것은 무엇 때문일까? 이 살해당한 여성의 가족과 애인은 대체 뭘 하고 있었던 것일까?

B

『아사미가 왜 이 사진을 가지고 있어?』

아사미가 분노에 찬 문자를 보낸 지 4시간이 지난 밤 11시에 도미타는 아사미의 스마트폰에 전화를 걸어왔다.

아사미는 그 사이 몇 번이나 자기가 먼저 전화를 걸어 볼까 했지만, 그래서는 효과가 떨어질 것 같아 간신히 충동을 참았다.

"그 전에 내 질문에 대답해. 이 사진 속 여자는 누구야? 그리고 당신이랑 무슨 관계야?"

분노를 누르고 눌러 왔기 때문에 아사미의 분노는 지금 절정에 달해 있었다.

『고등학교 동창이야. 작년 겨울에 동창회를 했는데 그때 찍은 사진이야.』

"나 그런 소리 전혀 못 들었어."

『동창회 나가는 건 일일이 보고할 일도 아니잖아.』

"그래서 그 여자는 누구야? 예전 여자 친구야?"

『아니아니, 이상한 관계 아니야. 지금은 연락도 전혀 안 하고.』

좀 우물거리는 도미타에게 화가 났다. 사진 속 그 히죽거리는 얼굴이 되살아난다.

"지금은? 그럼 이 사진을 찍었을 무렵에는 연락했었구나. 그렇다면 그때는 나랑 사귀었던 시기랑 겹치지."

『아니아니, 연락이라고 해도 라인으로 두세 번 한 게 다야. 둘이서 직접 만난 것도 아니고.』

"라인으로? 하지만 그럼 왜 그 여자 사진이 나한테 전송되어
오는 건데?"

『그러니까 대체 누가 이걸 아사미한테 보냈어?』

"그 여자가 보낸 거 아니야? 그 여자 말고 누가 있겠어?"

『그 애가? 그런 짓을 왜 했지?』

"그런 걸 내가 어떻게 알아?"

서로 어긋나는 대화가 아사미를 한층 더 짜증나게 만들었다.
아사미는 지금 그런 이야기를 듣고 싶은 것이 아니다. 도미타가
이 여자의 어깨에 팔을 두른 것만으로도 중대한 배신행위라고
아사미는 생각했다.

『그 애는 그런 짓을 할 리가 없어. 반년 전에, 그것도 오랜만에
동창회에서 만난 것뿐이니까.』

"그럼 너는 왜 어깨에 팔을 두른 거야? 누가 봐도 그 여자랑
친해 보이잖아. 나는 절대 용서 안 할 거야. 너는 가슴만 큰 여
자하고나 친하게 지내!"

사과를 하지도 않은 채 마치 남 일처럼 담담하게 이야기하는
도미타의 말투에 더욱 부아가 치민다. 마치 아사미가 멋대로 질
투의 불꽃을 불태운 것뿐이고, 자신에게는 아무런 책임이 없다
는 듯한 말투였다. 정말로 납득이 가지 않는다. 도미타가 무릎을
꿇고 눈물을 흘리는 정도로 철저히 사과하지 않으면 아사미의
속이 풀리지 않을 것 같았다.

『뭐, 아무튼 주말까지 그 애한테 전화해서 사실을 확인해 둘
게.』

"주말? 아, 나 급한 일이 생겨서 이번 주말에는 못 만나게 됐

어."

『어, 진짜?』

며칠 전에 도미타가 평소처럼 『이번 주말 일정은 어때?』라는 라인 메시지를 아사미에게 보내왔었지만, 마침 아사미는 그 대답을 보류하고 있었다. 사실은 아무런 볼일도 없지만 이런 분위기에서는 도저히 도미타를 만날 수 없다. 만나 봤자 싸움이 날 것은 뻔하다.

"아무튼 그 여자랑 이야기를 매듭 지어. 다른 사람한테 프러포즈할 거면, 먼저 자기 신변을 깔끔하게 하고 나서 해."

『아니, 그러니까 그 애랑 나는 아무런 관계도 아니라니까.』

"아무튼 그 사진 속 여자랑 서로 잘 얘기해. 제대로 설명할 수 있게 되면 얘기는 그때 들을 테니까. 그럼 안녕."

아사미는 그렇게 내뱉고 일방적으로 전화를 끊어 버렸다.

바로 스마트폰이 다시 울렸지만 아사미는 그것을 무시하고 냉장고에서 캔 맥주를 꺼냈다.

왜 이렇게 화가 치미는 것일까?

그 여자의 가슴이 아사미의 가슴보다 크기 때문일까? 이제까지도 애인이 바람을 피운 적은 있었지만, 슬플망정 이렇게까지 화가 난 적은 없었다. 예전에는 오히려 아사미가 타격을 입었고 상대에게 따지지도 못했다.

그런데 도미타에게 이러는 걸 보면, 자신은 분명 도미타를 가볍게 보고 있었던 것 같다.

도미타가 자신에게 홀딱 빠져 있고, 자신이 사귀어 주고 있는 거라고 생각하고 있었던 것이다. 객관적으로 보아도 그런 관계라고 볼 여지가 많았다. 그런 도미타가 설마 다른 여자와 바람을 피우고 있었다니. 실제로 바람이 났었는지 어떤지는 알 수 없지만, 알 수 없는 일이기에 더욱 그 사진에 의미를 부여하게 된다.

아사미는 맥주 캔을 따고 속에 든 차가운 액체를 단숨에 목구멍에 흘려 넣었다. 그리고 땅이 꺼져라 한숨을 쉬었다.

그 사이 스마트폰이 울리다 그친 것을 알아챘다. 쉽게 포기하는 도미타를 생각하니 더 화가 났다.

TV를 틀어 좋아하는 예능 프로그램을 시청해 보지만, 내용이 전혀 머리에 들어오지 않는다. 다시 맥주를 한 모금 마시자 뺨이 살짝 따뜻해지는 것을 느꼈다.

이제 도미타는 어떻게 할까?

그 여자와 연락을 해서 어떻게 된 일인지 사실관계를 물어볼까?

만약 그 여자가 이 사진을 아사미에게 보낸 장본인이라면, 정말이지 계략에 걸려든 것이 된다. 순진한 도미타는 그런 계략을 쓰는 여자의 꼬임에 넘어가서 정말로 그녀와 사귀어 버릴지도 모른다.

지나치게 감정적이 된 나머지 도미타에게 너무 심했던 것은 아닐까?

스마트폰을 확인하니 도미타는 다시 전화를 걸어오지 않았다. 아까는 지나치게 감정적이었던 것 같으니, 다시 전화를 걸어 볼까? 아사미는 잠시 생각한다.

『당신 친구인 AI의 남자 친구 MT를 믿으면 안 된다.』

문득 카나코에게 왔던 수수께끼 같은 문자메시지가 떠올랐다.

그 문자메시지는 이 일을 말했던 것일까? 도미타의 바람기를 안 누군가가 카나코의 스마트폰을 통해서 아사미에게 경고를 해 주었다. 그렇다면 혹시 이렇게 생각할 수는 없을까? 보기와 다르게 도미타는 꽤 전부터 그 여자와 사귀고 있었다고?

그런데 그것이 어쨌다는 것인가?

캔 맥주 하나를 다 마셨을 즈음에는 도리어 이것이 잘된 일 같다는 생각이 들었다. 도미타가 그 여자와 사귀든 말든 도미타에게 아사미라는 존재가 그 정도라면, 그건 할 수 없는 일이다. 도미타가 아사미가 아닌 그 여자를 선택한다면 그 선택을 존중하고 헤어져 주면 그만일 뿐이다. 애초에 도미타에게 프러포즈를 받고 흔쾌히 수락하지 않았던 것은 다름 아닌 아사미 자신이 아니었던가!

『다음 주 함께 르 시네마에 가지 않겠습니까? 이번 작품도 상당히 재미있는 것 같아요.』

페이스북에 들어가 보니, 마침 고야나기 마모루가 보낸 메시지가 도착해 있었다.

도미타와 이렇게 되어 버리면, 이 고야나기의 데이트 신청도 아주 무시해서는 안 될지도 모른다. 고야나기도 일단 도미타와 같은 일류 기업의 샐러리맨이다.

현재까지는 일방적으로 괜히 싫어하고 있지만 사실은 제대로 고야나기와 이야기를 해 본 적도 없다. 영화보기가 취미라면 대화는 잘 맞을 것이다. 아마도 여성 경험은 적을 테니까 아사미의 말은 뭐든지 들어줄지도 모른다.

아사미는 다시 한번, 고야나기 마모루의 프로필 사진을 보았다.

아니, 하지만 역시 무리일 것 같다. 생리적으로 남녀관계로는 도저히 받아들일 수 없을 것 같았다.

그렇다면 이 고야나기 마모루의 권유를 어떻게 거절하면 좋을까? 명확히 싫다고 전해야 할까? 카나코는 지난번에 아사미에게 애인과의 달달한 장면을 보란 듯 보여주라고 했지만, 지금 기분으로는 그런 방법을 쓸 기분이 내키지 않는다.

『이번 주, 다음 주는 일이 바빠서 못 갈 것 같습니다. 영화 보고 오시면, 또 보고해주세요.』

계약직이 일이 바쁘면 얼마나 바쁘겠는가? 인사부 사람이라면 이런 메시지 내용만으로도 대번에 눈치를 챌 것이다.

아니면, 역시 고야나기를 「친구」에서 삭제하고 모든 메시지를 차단해 버릴까?

『친구를 차단해서 그 사람이 너의 페이지를 볼 수 없게 만드는 방법이 있긴 하지만 그건 정말 최후의 수단이야. 그랬다가 거기에 욱한 사람이 살인을 저질렀다는 뉴스도 본 적이 있으니까.』

그런 카나코의 말이 떠오른다.

SNS상에서도 현실에서도 급격한 거절은 오히려 일을 악화시킨다. 연애는 감정의 충돌이다. 상대를 좋아한다는 에너지가 강하면 강할수록 그것을 거절하면 그 에너지는 다른 형태로 폭주한다. 카나코의 말대로 조금씩 상대의 열을 식히고 자연스레 포기해주기를 기다리는 것이 제일 현명하다. 차단한다고 치면 지금 당장은 반드시 역효과가 난다. 권유를 계속 거절하면 상대가 포기할 것이다.

어느샌가 예능 방송도 끝나 버렸지만 아직 잘 기분이 아니다. 아사미는 맥주 캔을 2개째 따고 다시 페이스북을 보았다.

「친구 신청」 맨 위에 있는 「다케이 유야」의 사진이 눈에 들어온다.

아사미는 캔 맥주를 쭉 들이켜고, 다케이의 500명에 가까운 「친구」 사진을 하나씩 훑어보았다.

나는 지금까지 뭘 망설였던 것일까?

고작 페이스북 「친구 신청」이 아닌가. 카나코를 비롯해 자신보다도 훨씬 친하지 않았던 R대학 시절의 동기들도 이미 많이 「친구」로 등록되어 있다. 자신이 그중 한 명으로 더해지는 것뿐, 그 이상도 그 이하도 아니다.

아사미는 자신을 그렇게 타이른 뒤, 마우스 커서를 「승인」 버튼 위로 이동해 집게손가락에 힘을 실었다.

제 4 장

A

요 몇 년 사이 일본에서도 해킹 기술을 이용한 범죄가 급증하고 있다. 그 피해 액수만도 1년에 몇천억 엔에 이른다고 한다.

요즘 해커들 사이에 자주 이용되고 있는 것이 이용자의 인터넷 접속 흔적을 추적할 수 없도록 한 「Tor」라는 비공인 브라우저이다. 이 프로그램이 대중에게 널리 알려진 것은 2012년 「컴퓨터 원격조작사건」(2012년 일본의 어떤 해커가 여러 사람의 컴퓨터를 경유해 자신에 대한 IP추적을 따돌리고 살인 예고 등을 한 사이버 범죄사건-옮긴이)이었다. 당시 범인은 「Tor」를 이용해 자신의 IP주소와 로그 기록을 숨긴 채 서버에 접속해 갖가지 범죄를 저질렀다.

남자는 역 앞 편의점에서 산 주먹밥과 페트병에 담긴 차를 집에서 먹고 있었다. 그때 침실에 놓인 보스턴백에서 스마트폰 벨소리가 울렸다.

남자는 대부분의 대화를 실제 인간과의 대화가 아닌 SNS와 메일로만 주고받고 있었다. 애당초 지인이 적기 때문에 전화를 걸 일 자체가 거의 없었다. 게다가 이 남자 같은 은둔형 외톨이 습성이 있는 사람은 직접 사람을 만나 이야기를 하는 것을 가능한 한 피하고 싶어 한다. 남자는 자신이 발신할 때 쓰는 스마트폰이 주머니 속에 따로 들어 있기 때문에, 지금 침실에서 울리는 스마트폰은 받을 필요가 없는 스마트폰이었다. 남자는 원래 스마트폰과 휴대폰을 많이 가지고 있고, 지금 울리는 것도 그중 하나였다. 어쩌면 이 방의 주인이었던 니시노 마나미의 것인지도 모른다.

남자는 계속 울려대는 그 스마트폰에 일절 신경을 쓰지 않고, 늘 쓰는 컴퓨터가 아닌, 또 다른 노트북 한 대를 만지작거리고 있었다. 거기에 바로 「Tor」가 설치되어 있었다.

「Tor」를 사용하기 전까지 남자는 그저 컴퓨터 오타쿠에 지나지 않았다. 그러나 「Tor」를 알게 된 뒤 남자는 어둠의 세계에 완전히 빠져버렸다. 「Tor」를 통하면 법적으로 차단된 사이트도 익명으로 방문할 수 있고, 발신자를 밝히지 않은 채 데이터를 전송할 수도 있어 온갖 불법 콘텐츠가 유통되는 인터넷 지하공간으로 연결된다.

거기서 얻을 수 있는 정보는 그 무엇보다도 자극적이었다. 위조면허증이나 여권, 마약, 인신매매, 아동 포르노, 그리고 나아가서는 살상 무기까지…, 그 세계에서는 합법인지 여부를 불문하고 모든 것이 유통되고 있었다. 「Tor」를 이용하면, 러시아 살인 청부업자와도 연결이 가능했다. 남자는 단숨에 어둠의 사람들과 친해졌고, 그들의 세계는 현실 세계보다 훨씬 자극적이었다.

자신의 신원이 밝혀지는 일은 없었기 때문에 인터넷을 이용한 사기를 저지르기도 하고, 트로이목마 바이러스, 웜, 스파이웨어…, 등 유행하는 멀웨어를 다른 사람의 컴퓨터에 심어놓기도 했다.

남자는 어릴 적부터 받은 심한 아동 학대 때문에 세상은 어차피 그런 어둠의 것이라고 인식하게 되었다. 어릴 때 엄마의 애정에 몹시 굶주려 있었지만 아무리 원해도 그것을 얻을 수 없었다. 그것을 절감한 남자는 이제 세상과 단절한 뒤, 세상이 더이상 자신에게 그 어떤 것도 해 줄 수 없다고 생각했다.

애정결핍 캐릭터. 심리학 용어로 그런 말이 있다.

그들은 얼핏 보면 붙임성이 좋고 허물없이 사귈 수 있는 사람처럼 보이지만, 사실은 타인에게 애정을 느끼지 못한다. 질투심도 강하고 도벽, 거짓말에 능하다. 종국에는 잔인한 행동으로 인간관계를 파괴시켜 버린다. 특히 어릴 적 엄마에게 학대를 당한 아이들이 이 애정결핍 캐릭터가 되기 쉽다.

남자의 엄마가 자살해버리고 나서 남자는 이 세상에 홀로 남은 고아가 되었다. 하지만 약간이나마 유산이 있었고 외모도 나쁘지 않은 편이었기 때문에 표면적으로는 평범한 사회생활을 할 수 있었다. 애정결핍 캐릭터가 피상적인 인간관계가 난립하는 사회 속에서는 오히려 호감을 얻을 수 있는 성격이라고 한다.

남자가 이런저런 생각을 하는데, 침실에 있는 스마트폰에서 문자메시지 수신음이 울렸다.

『잘 지내니? 다음 달 엄마의 3주기에는 올 수 있니?』

가방 속 스마트폰을 확인해 보니, 니시노 마나미의 아버지가 보낸 짧은 문자메시지가 와 있었다. 아까 울린 것도 역시 이 스마트폰이었다.

『회의 중이라 전화를 못 받아서 미안해요. 3주기는 해외출장이랑 겹칠 것 같아서 못 갈지도 몰라요. 출장 간 곳에서 아빠가 좋아하는 술을 발견했으니 보내 드릴게요.』

그렇게 적어서 답장을 보냈다.

니시노 마나미는 야마가타 출신이었다. 엄마는 먼저 돌아가시고, 야마가타의 본가에서 아버지가 혼자 지내고 있었다. 반려자를 먼저 보내고, 딸과도 왕래가 거의 없는 독거노인은 외로움에 사무쳐 알코올 중독이 되기 쉽다. 니시노 마나미의 아버지도 이미 술 때문에 간이 망가졌기 때문에 그리 오래 살지는 못할 것이다.

이미 복덕방에 연락해 주인에게는 이 집에서 나가겠다고 연락해두었다. 침대와 TV도 처분을 끝내서 방에는 가구가 전혀 없고, 다다미 바닥이 그대로 드러나 있었다.

오늘 아침 스마트폰을 통해 뉴스를 확인해 보았더니, 아직 경찰이 사체의 신원을 파악하지 못한 것 같지만 조만간 이곳으로 찾아올 것은 뻔하다.

가능하면 그 전에 누군가 다른 주민이 이곳에 살고 있으면 좋다. 그러면 혹시 완벽히 닦아내지 못한 지문이 남아 있더라도 안심할 수 있기 때문이다.

게다가, 이제 다음으로 살고 싶은 집도 찾았다.

이나바 아사미.

이번 도쿄 거주지는 그 흑발 미인의 집으로 정하자.

남자는 「Tor」가 설치된 노트북 전원을 끄고, 그것을 보스턴백에 집어넣었다. 잊어버린 물건이 없는지 수차례 확인하고는 현관 자물쇠를 잠근다. 그리고 그 열쇠를 다시 현관문 아래 달려 있는 신문 구멍을 통해 안으로 밀어 넣어 떨어뜨렸다. 원칙은 열쇠를 가져가 복덕방에 맡겨두어야 하겠지만, 열쇠를 현관 안에 넣어놨다고 나중에 복덕방에 따로 연락을 넣으면 특별히 문제되지 않을 것이다.

B

『주의! 최근에 컴퓨터 바이러스에 의한 사이버 사기 범죄가 급증하고 있습니다. 명확히 알 수 없는 수상한 파일은 절대로 열어보지 마세요. 피해자는커녕 심지어 가해자가 되어버리는 일도 있습니다. 그러나 만에 하나 사이버 사기를 당한 분께서는 바로 제게 상의해 주세요.』

아사미의 페이스북에 그런 메시지가 와 있었다. R대학 시절 친구인 도베 마사히코가 보낸 것이었다. 같은 과 친구로 분명 여행 대리점에 취직했었는데, 현재는 컴퓨터 보안 회사에서 근무하고 있는 것 같다.

도미타와 여성이 찍은 수수께끼 같은 사진이 아사미에게 전송되어 온 뒤로, 아사미의 스마트폰에 이상하게도 즉석만남 사이트 홍보 메일이나 알 수 없는 결제 요청 메일이 잇따라 오고 있다.

『오랜만입니다. 이나바 아사미입니다. 요즘에 이상한 메일이 자주 오고 있기 때문에 무슨 일이 있을지도 모르겠어요. 그때 잘 좀 부탁드립니다.』

이런 종류의 일은 전문가에 의뢰하는 것이 최고이다. 아사미는 어떤 계기가 있으면 정말로 보안 전문회사를 이용하게 될지도 모른다고 생각하고 그런 메시지를 보냈다.

그리고 그 하나 위에 있는 메시지를 다시 읽는다.

『아사미, 오랜만이야. 잘 지냈어? 졸업하고 그 이후로 안 만났으니까 벌써 10년 만이네. 다음에 밥이라도 먹으러 가자.』 다케이 유야가 보낸 메시지였다.

몹시 망설인 끝에 아사미는 마침내 다케이 유야를 「친구」로 승인했지만, 다케이는 아무렇지도 않고 담담하게 아사미에게 밥을 먹자고 했다. 좀 미묘한 감정도 들었지만 다케이의 그런 반응이 여자로서 기분 좋은 것은 사실이다.

그런데 뭐라고 답해야 할까?

메시지가 온 시간은 오전 9시였다. 아마도 다케이는 출근해서 바로 메일과 페이스북을 체크하고 있을 것이다. 뭐라고 답하든 답장을 할 거면 빨리 하는 것이 좋다.

그러나 아사미의 뇌리에 10년 전의 괴로운 추억이 되살아난다.

그때는 정말로 비참했다. 마치 강아지가 꼬리를 흔들듯이 일방적으로 다케이가 좋아진 나머지 첫사랑과 처녀성을 바쳤음에도 다케이는 아사미를 멋대로 가지고 놀다가 시원하게 차버렸다.

도쿄생활에도, 연애에도 전혀 면역이 없던 시기였으니 어쩔 수 없지만, 지금도 그때의 일은 마음속에 씻을 수 없는 응어리가 되어 남아 있다.

그때, 아사미가 일하고 있는 하나야마 상사의 영업부 직원 한 명이 분주히 가방을 끌어안고 사무실을 나섰다. 이제 막 오전 10시를 지난 참이지만, 이미 사무실에는 부장과 계약직 사원 등 내근직 직원들 말고는 몇 명의 영업 직원만 남아 있다.

"이나바 씨, 이 전표 오늘 중으로 끊어줄래요?"

"네, 알겠습니다."

주임인 사와다가 청구서를 건넨다. 사와다는 아사미에게 몇 번이나 농담처럼 "데이트하자."고 말한 적이 있다. 이곳에서 근무를 시작한 지 겨우 반년 동안에만 미혼, 기혼을 가리지 않고 몇 번이나 식사하자는 권유를 받았지만, 그것은 시간낭비라는 생각만 들었다.

학창시절의 만남은 무척 자연스러웠다. 과, 동아리, 세미나, 아르바이트 등 모든 것이 그랬다. 사회인이 되면 학창시절의 그런 자연스러운 만남이 얼마나 귀중한 것이었는지 뼈저리게 깨닫는다.

사회에 발을 내디딘 첫 해에는 엄청나게 많은 이성을 만났지만, 직장 생활이 너무 힘들어 연애하기가 힘들었다. 그 후 직장이 바뀔 때마다 그 나름대로 새로운 만남과 연애도 있었지만, 마음에 드는 남자는 없었다. 일류상사인 M상사를 다니고 있는 다케이는 아사미가 사귄 남자들 중에서 최고의 스펙을 가지고 있는 것이 분명했다.

그런데 10년 전에 헤어진 남녀가 길에서 우연히 마주치는 일은 좀처럼 없을 것이다. 만약 있다고 해도 그 자리에서 식사를 하자고 권유하기는 어렵다. 그러나 다케이는 이렇게 쉽게 아사미에게 식사를 하자고 했다. 페이스북은 하버드대의 우수한 학생이 만든 것이니만큼 확실히 남녀가 만나기에 여러모로 편리한 SNS였다.

아사미는 문득 카나코의 얼굴이 떠올랐다.

아스퍼거 증후군이다, 뭐다 하면서도 카나코는 페이스북을 통해 도쿄대를 졸업한 남자 친구를 얻었다. 이 세상을 혼자 깨끗

한 척만 하면서 살아갈 수는 없다. 도미타의 프러포즈에 응할지 여부를 가리기 위해서라도 이제 적극적으로 행동해야 한다고 아사미는 생각했다.

일단 결심하면 행동이 빠른 것은 아사미의 장점이라고도 할 수 있었다.

『이번 주 금요일은 어떤가요?』

평소 도미타와 보내던 주말 일정이 이번 주에는 딱 비어 있었다. 다케이는 바쁘니까 이번 주 금요일에 일정이 있는지도 모른다. 그러나 다케이에게 아사미가 큰 존재라면 다른 일이 있더라도 그 시간은 비울 것이다. 만약 그러지 못한다면 이미 누군가 사귀는 사람이 있다는 뜻이다.

그러나 만약 다케이가 이번 금요일에 만나자고 한다면, 일단 다케이를 제대로 한번 만나 보자고 아사미는 생각했다. 만나서 어떻게 될지는 알 수 없지만 적어도 이제는 촌티 났던 10년 전의 자신이 아님을 보여주고 싶었다.

『이번 주 금요일, 같이 식사할래요? 시부야에서 아사미 대장이 좋아할 만한 이탈리안 레스토랑을 발견했습니다.』

순간 다케이가 보낸 메시지인 줄 알고 심장이 두근거렸지만, 보낸 사람은 고야나기 마모루였다.

함께 영화를 보자는 등 그동안 고야나기는 에둘러 데이트 신청을 했었지만, 이렇게까지 확실하게 아사미에게 데이트 신청을 해온 것은 처음이었다.

『금요일은 데이트 일정이 있어서 미안합니다.』

아사미는 바로 그런 메시지를 보냈다.

C

『오늘 가나가와 현 단자와 숲속에서 새로운 여성의 사체가 반백골 상태로 발견되었습니다. 연령은 20~40세 정도. 신장은 150센티미터에서 160센티미터. 경찰 조사로는 사망한 지 3개월에서 1년 정도 경과한 것으로 보고 있습니다. 이로써 같은 산속에서 5명의 여성 시신이 유기된 채 발견되었습니다. 경찰은 일련의 사체가 동일범의 소행일 가능성이 있다고 판단하고 하루라도 빨리 사건 해결을 목표로….』

자동차 안에서 흘러나오는 라디오 뉴스가 5명째 발견된 사체에 대해 전하고 있었다.

"범인은 그 산에 몇 명의 피해자를 묻었을까요?"

세 번째 사체가 파헤쳐지고 나서, 고작 일주일 만에 사체 두 구가 더 발견되었다. 아직 부스지마가 지적한 모든 포인트를 다 파헤친 것이 아니기 때문에 앞으로 피해자 수가 더 늘어날 가능성도 있다.

이미 언론은 흑발의 미인을 노리는 연쇄 살인사건이라며 소란을 떨기 시작했다.

뉴스는 물론 다큐멘터리 방송에서도 이 사건을 반복해서 다루고, 흑발 여성을 대상으로 한 길거리 인터뷰가 하루에도 몇십 번이나 흘러나오고 있었다. 불안을 부추기는 헤드라인이 달린 석간지와, 경찰의 서투른 조치를 비판하는 주간지가 전국의 지하철역 가판대에서 불티나게 팔리고 있었다.

수사본부도 강화되고, 새로운 인원이 잇따라 증원되었다.

"이렇게 되면 이제 그 빨간색 렌터카만이 문제가 아니네요. 범인은 수차례 그 산에 찾아온 거니까요."

그날의 탐문 수사를 끝내고 핸들을 쥐고 있던 카가야가 나지막한 소리로 중얼거렸다. 수사 인력이 보강되었다고 곧바로 수사가 진전을 보이는 것도 아니다. 잇따라 발견되는 사체를 둘러싸고 새로운 정보는 여기저기서 날아들지만, 그 하나하나의 진위를 확인하기 전에 또 새로운 사체가 발견되고 있다. 그로 인해 정보는 오히려 뒤죽박죽이 되고, 수사본부 내 명령 계통도 혼란을 초래하고 있었다.

"그렇다고 봐야겠지. 사체를 유기할 때마다 매번 똑같은 렌터카를 빌려 타고 오기는 힘들 테니까."

"그런데 범인은 왜 그 산에 사체를 묻을 생각을 했을까요? 물론 거머리도 많고 곰도 출몰하는 산 치고는 숲길에서 가까운 곳에 묻었으니까, 사체를 묻기에는 딱 좋은 장소이긴 하지만요."

"좋은 지적이야. 물론 우연히 이곳에 찾아와서 사체를 묻기에 적합하다고 깨달았을 가능성도 있지만, 나는 왠지 범인이 원래부터 이곳 지리에 밝은 사람인 듯한 기분이 들어."

"어떻게 할까요? 탐문 방법을 좀 바꿔 볼까요?"

카가야가 핸들을 오른쪽으로 꺾으며 그렇게 말했다.

"그렇지만 유력한 목격자가 있는 것도 아니니까 달리 뾰족한 수가 있나?"

"하긴 그러네요. 수상한 차를 목격했다는 정보는 몇 건 더 들어왔지만, 어쨌든 차종과 번호까지 특정된 것은 역시 그 빨간 차량뿐이니까요."

"범인이 다른 사체를 유기할 때에는 다른 차를 타고 그곳에 찾아왔을 가능성이 높아. 범인은 적어도 다섯 번은 사체를 그 산으로 옮긴 거니까 말이지."

"일단 지금 우리가 쫓고 있는 다섯 대의 빨간 차량 중 하나가 범인과 잘 연결되면 참 좋겠는데 말이지요."

그날, N시스템이 포착한 다섯 대의 빨간색 렌터카 중, 네 대는 차주가 특정되었고 그들 모두 사건 현장 주변에 가지 않았던 것으로 판명되었다. 마지막으로 남은 한 대는 시나가와에 있는 렌터카 업체로부터 빌린 것이었는데, 슬슬 그 결과를 알 수 있을 것이었다.

"카가야, 담배 한 대 태워도 되나?"

"그러세요."

그때 신호등이 파란 신호로 바뀌고 다시 차가 움직이기 시작했다. 부스지마는 담배에 불을 붙이고 조수석 창문을 조금 내렸다. 첫 한 모금을 토해내자 연기가 창문 밖으로 흘러나갔다.

"아무튼 남은 건 피해자의 신원을 밝혀내는 거네. 피해자가 다섯 명이나 나오면, 슬슬 그들 중 하나쯤은 신원을 알 수 있을 텐데…."

"글쎄요. 전부 알몸인 상태로 발견되었고, 신원을 추정할 만한 유류품도 없는 상태라…."

엄밀하게 말하면 현장 주변에 유류품과 유사한 것은 많았다. 오래된 잡지와 가전제품…, 많은 것들이 산에 버려져 있었다. 그 중에는 옷과 구두도 있었지만 아마도 그것들은 범인의 소행이 아니라 산에 쓰레기를 버리러 온 사람들의 짓일 것이다. 그것들에 주목해 버리면 수사의 방향이 크게 왜곡되어 버린다. 수사본부도 산에서 발견한 것은 중요하게 여기지 않았다.

"피해자로 추정되는 실종 신고는 역시나 아직인가?"

"그런 것 같네요."

B

"이야, 깜짝 놀랐어. 아까 가게에 들어왔을 때 인상이 너무 달라져서 순간 누군지 못 알아봤어."

"정말 오랜만이네요. 뭐, 10년만이니까. 그리고 당시에는 제가 정말 시골티가 나고 촌스러웠으니까요."

『오후 7시에 이 가게를 예약했습니다. 기대하고 있습니다.』

그날 낮에 다케이로부터 예약한 가게의 주소를 알리는 페이스북 메시지가 도착해 있었다.

아사미가 약속시간보다 5분 정도 일찍 가게에서 기다리고 있자, 다케이는 7시에 딱 맞춰서 가게에 도착했다. 웃는 얼굴은 학창시절 그대로였지만, 잘 어울리는 검정색 고급 정장이 10년의 세월을 느끼게 했다. 당시에도 단연 멋있었지만 어른이 된 다케이는 더욱 매력적이었다.

"아니, 아니, 아사미는 학생 때부터 무척 예뻤어. 그런데 그 긴 흑발은 여전하네. 아사미 하면 그 긴 흑발이니까. 언제 봐도 정말로 예쁘네. 머리카락도, 그리고 아사미도."

"고맙습니다."

아사미는 기뻐서 흥분한 표정을 들키지 않으려 살짝 고개를 돌려 감사함을 표한다. 그 때문에 긴 흑발이 휘날린다.

"하지만 최근에는 뒤숭숭한 사건이 많으니까, 그렇게 예쁜 흑발을 하고 있으면 좀 무섭지 않아?"

"맞아요. 그 연쇄 살인사건 말이죠? 오늘 또 새로운 피해자가 발견됐다면서요. 벌써 다섯 명째라든가? 하지만 이 흑발은 한두 달에 만들어지는 게 아니기 때문에 아까워서 염색도 못 하겠어요."

"그렇지?"

"경찰이 빨리 범인을 붙잡아주면 좋겠는데…."

"정말 그래. 그런데 아사미, 이제 정말 다 큰 여성이라는 느낌이야. 정말 다른 사람 같아. 고교 동창회 같은 데 나갈 때마다 자주 느끼는 건데, 여자의 변신은 정말 무죄인 것 같아. 그런데 아사미는 학창시절에 비하면 좀 마른 건가? 예전에는 귀엽다는 느낌이었는데 지금은 정말 예뻐. 오늘 만나서 정말 기쁘다."

아사미는 또 뺨이 풀어져 자신의 감정이 그대로 드러나 버리는 것이 부끄러웠다. 그렇지만 아사미는 다케이의 그 한마디에 오늘 이곳에 온 목적을 달성한 기분이 들었다.

"다케이 씨는 이 가게에는 자주 오세요?"

시로가네의 후미진 곳에 숨어 있는 듯한 이 레스토랑은, 유기농 채소를 듬뿍 사용한 자연주의 프렌치 음식점이었다. 일본 음식 같은 전채와 야채를 듬뿍 곁들인 프랑스 요리가 나왔다. 그래서 테이블에는 나이프와 포크뿐 아니라 젓가락도 함께 놓여 있었다. 아담한 가게는 한시도 웃음을 잃지 않는 여성 쉐프가 혼자서 꾸려가고 있었다.

"그런 건 아닌데, 봐, 요리가 흥미롭잖아. 고기랑 생선도 좋지만 의외로 야채가 이렇게 맛있는 거였구나 하고 깜짝 놀라게 되더라고. 게다가…."

다케이는 아사미의 귓전으로 얼굴을 가까이 가져가 "야채가

메인이라서 별로 안 비싸." 하고 웃으며 속삭였다.

태어나서 처음으로 프랑스 요리를 사준 사람도 이 다케이였다.

그때 테이블 매너를 몰랐던 아사미에게 "바깥쪽에 있는 나이프와 포크부터, 순서대로 쓰면 돼." 하고, 지금처럼 살짝 작은 목소리로 속삭여 주었다.

"오늘은 일이 바쁠 텐데 괜찮으셨어요? 금요일이니까 다른 볼일 같은 게 있었던 건 아니에요?"

아사미는 미안한 척 그렇게 물었다.

"아니, 상사 업무는 해외랑 관련된 게 많으니까 특별히 어떤 요일이 바쁘다거나 그렇지는 않아. 게다가 전화만 있던 시대랑 달라서, 메일이나 인터넷은 어디서든 확인할 수 있으니까 말이지."

"하지만 아침에 엄청 빨리 출근하지요?"

"증권회사 같은 곳은 그럴지도 모르지만, 상사는 거래 관계가 훨씬 오래 지속되니까 말이지. 오히려 보통 회사가 우리 같은 상사보다 훨씬 더 힘들지 않을까?"

실상은 그렇지 않을 것이다. 그러나 예전부터 이 눈앞의 남자는 뭔가에 동요하거나 당황하는 모습을 아사미에게 보인 적이 없었다.

"다케이 씨는 지금 어떤 일을 하세요?"

"카타르라고 알아?"

"카타르? 중동의 나라요?"

"맞아, 그 카타르에서 천연가스 개발 프로젝트를 하고 있어."

"와아, 대단하네요."

"벌써 꼬박 5년 정도 그 일을 하고 있는데, 좀처럼 유전 계약을 따내는 게 힘들어서 말이야. 게다가 위험을 감수하면서도 간신히 계약을 따냈는데, 설마 이런 시대가 올 줄이야."

다케이는 아사미의 잔에 레드와인을 따르며 그렇게 말했다.

이런 시대? 아사미는 살짝 고개를 끄덕이며 그 말의 의미를 잠시 생각한다.

"테러 말씀인가요? 현지 치안이 나빠서 개발이 막히고 있다든가?"

페이스북에서 본 그 자동 소총을 껴안은 테러리스트의 사진이 떠올랐다.

"뭐, 그런 것도 있지만. 원유라든가 자원 가격이 이렇게 급변하는 시대가 올 줄은 몰랐지. 덕분에 작년에는 우리 회사도 몇십 년 만에 적자야."

다케이는 밝게 웃어 보였지만 그것에 동조해도 좋은 것일까?

"오마르 아라크렘입니다. 브르타뉴산 오마르 새우를, 코냑 향이 감도는 크림소스와 함께 드세요."

두 사람의 눈앞으로 하얀 접시에 담긴 연분홍색 오마르 새우가 나왔다.

"아, 예쁘다."

물론 맛있어 보이기도 했지만 그 모양 자체가 너무 아름다웠다. 하얀색 접시와 연분홍색 오마르 새우, 그리고 그에 곁들인 녹색 야채와의 대비가 절묘했다.

"이건 사진을 찍을까?"

다케이는 스마트폰을 꺼내 길고 투박한 손가락으로 사진 찍을 자세를 잡는다.

"그러고 보니, 다케이 씨는 페이스북을 자주 이용하지요?"

두 사람의 테이블 위에서 플래시가 번쩍였다.

"응. 해외 거래처랑 일을 하면 페이스북은 무척 편리해. 직장 동료나 유학 시절의 친구, 게다가 좀 아는 지인과 페이스북으로 연결해두면, 무슨 일이 있을 때 바로 도움을 받을 수 있으니까 말이야. 결국 상사는 인맥이 전부니까."

"그러네요. 해외에 있는 친구와도 대화할 수 있으니까요."

"맞아, 그게 페이스북의 장점이지. 아사미는 언제부터 페이스북을 하게 됐어?"

"글쎄요. 뭐, 예전부터 하기는 했는데 이것저것 올리기 시작한 건 아주 최근이에요. 다케이 씨는 제 대학 동기인 카나코와도 페이스북 친구지요?"

"응. 자주 「좋아요!」를 눌러주곤 해."

"그 카나코가 올리는 방법 같은 걸 가르쳐줬어요. 그랬더니 갑자기 친구 신청이 늘어서…"

아사미는 그렇게 말하며 카나코의 새 남자 친구를 떠올렸다. 도쿄대를 졸업한 아스퍼거 증후군 씨는, 다케이와 아는 사이였다.

"그러고 보니 카나코한테 들었을지도 모르겠는데, 다케이 씨의 지인 중에 도쿄대를 나와서 M상사에 들어갔지만 결국 그만둔 사람이 있지요?"

"어, 누구지? 데즈카 씨인가?"

"왠지 무척 특이한 사람이라고 카나코가 말했어요."

"그럼 데즈카 씨네."

"그 데즈카 씨는 어떤 사람인가요?"

아사미는 모처럼 다케이를 만났으니 카나코를 위해서라도 그 남자에 대해 취재해 주어야겠다고 생각했다. 사실은 단순히 아사미의 호기심이 발동해서였는지도 모른다.

"머리는 정말 발군이었어. 딱 한 번 전화한 단골 거래처 전화번호를 다 기억하고 있거나, 언뜻 본 것만으로도 잘못된 견적 금액을 지적하거나, 아무튼 놀라운 일이 정말 많았어."

"헤에, 그럼 역시 천재였네요."

"으~음, 천재인지도 모르지만 이상한 사람이었어. 결국 어렵게 들어간 우리 회사도 그만둬 버리고. 그런가 보다 했는데, 갑자기 사법시험을 목표로 삼아서는 공부를 하더니, 결국 지금은 간다 주변에서 조그맣게 변호사 사무실을 열고 있지 않나? 월급은 우리가 훨씬 좋은데 말이야."

"애인은 있었나요?"

"있기는 있었지만, 오래는 못 갔어. 센스 있는 아부나, 여자가 좋아할 만한 말을 할 수 있는 사람은 아니었으니까. 그런데 왜 그래? 카나코도, 아사미도, 갑자기 데즈카 씨를 신경 쓰는 것 같은데."

"아니, 페이스북에서 좀 알게 됐으니까 어떤 사람인가 궁금해서요."

"흐~음."

다케이는 모른 척하는 얼굴을 했지만 감이 좋은 남자라 뭔가를 눈치챘는지도 모른다.

"그런데 다케이 씨는 어떤가요?"

"어떠냐니?"

"애인 있어요?

"애인?"

아사미는 아무렇지 않게 다케이의 왼손 약지를 체크한다. 적어도 거기에 반지는 없다.

"애인은 없어."

"에이, 또 그런다, 상사 직원이니까 인기 많잖아요."

"아니, 그렇지도 않아. 그보다 아사미는 어때? 뭐, 그만큼 미모가 받쳐주니까 남자 친구가 없을 리가 없을 것 같지만. 결혼할 예정은 없어?"

결혼이라는 말에 가슴이 꽉 죄어왔다.

"뭐, 이래저래 일이 있어서요…'

어떻게 대답해야 할지 초조했지만 입에서는 그런 모호한 말이 나왔다. 아사미는 침착한 척하려고 눈앞의 레드와인을 한 모금 마셨다.

"그렇군, 이래저래라는 말이 참 맞지."

다케이도 마찬가지로 잔을 기울였기 때문에 두 사람의 테이블에는 아주 잠깐 침묵이 찾아왔다.

"복숭아를 통째로 사용한 백도 판나코타입니다. 복숭아 소르베와 버베나 거품으로 포인트를 주었습니다."

여성 쉐프가 잔에 담은 핑크색 디저트를 내준다.

"와, 이것도 예쁘다. 이번에는 내가 사진을 찍어야지."

이번에는 아사미가 스마트폰을 꺼냈다. 백도가 핑크색 칵테일 잔에 잘 어울려서 그것은 마치 디저트라기보다 어떤 예술품으로 보일 정도였다.

그 후에도 10년 만이라고는 생각되지 않을 만큼 두 사람의 대화는 활기를 띠었다. 공통 지인의 근황, 대학시절의 추억, 즐거웠던 추억으로 이야기꽃을 피웠다.

그러나 10년 전에 그렇게 시원하게 차인 일만은 아사미도 다케이도 없었던 일처럼 건드리지 않았다.

아사미가 화장실에 간 사이에 다케이가 계산을 끝내고 있었다.

"뭐, 여긴 내 체면을 세워준다 생각해."

아사미가 조금이라도 내려고 했더니, 다케이는 그렇게 말하며 받을 기미도 보이지 않았다.

여성 쉐프의 정중한 배웅을 받고 두 사람은 가게를 나왔다.

택시를 잡든 역으로 향하든, 아무튼 국도로 빠지는 골목길을 갈 수밖에 없다. 두 사람은 어깨를 나란히 하고 걷기 시작했다. 구름 한 점 없는 하늘에 보름달이 둥실 떠 있다.

마른 바람이 취한 아사미의 뺨을 부드럽게 어루만진다.

"자, 그런데 지금부터 어떻게 할까?"

다케이가 혼잣말처럼 그렇게 말했다.

아사미가 손목시계를 보니 밤 10시를 막 지난 때였다. 내일은 휴일이니까 이 시간에 서둘러 집에 돌아가야 할 이유는 없었다.

"어떻게…, 라고 하면?"

아사미는 굳이 물어본다.

"으~음, 이대로 집에 갈지, 2차로 바 같은 데서 가볍게 한잔할지…, 아니면…."

"아니면?"

아사미는 의아한 표정으로 다케이를 올려다보았다.

"아니면, 이대로 호텔이나 어디로 간다든가?"

다케이는 익살 떨면서도 그렇게 말했다.

그런 식의 전개는 너무했다. 오랜만에 만난 다케이는 사회인의 여유도 생겨 솔직히 10년 전보다도 훨씬 매력적으로 바뀌었다. 그러나 역시 여자를 밝히는 면은 조금도 달라지지 않은 듯했다. 이것만 아니면 결혼하기에는 최고의 남자일 것이다. 아사미는 다소 실망했지만 아무튼 지금 여기서 다케이에게 뭐라고 답해야 할지 고심했다.

그때 문득 그 도쿄대를 졸업한 아스퍼거 씨가 생각났다.

"제 친구인 카나코 얘기인데, 첫 데이트를 한 그날, 헤어질 때 상대가 불쑥 호텔에 가자고 말했대요. 카나코는 그 사람이 싫지는 않았지만, 너무나도 갑작스러워서 그 사람을 나무랐어요. 자, 카나코는 그때 뭐라고 말했을까요?"

"…글쎄."

갑작스러운 질문에 다케이는 고개를 갸웃한다.

"평범한 어른은 첫 데이트를 한 그날에 호텔 같은 데 가자고는 안 한다고 했대요."

"…그렇군."

다케이는 그렇게 한마디 내뱉고는 아사미보다 반걸음 앞을 걸어간다. 아사미는 단순히 거절하는 것보다 그것이 센스 있는 표현이라 생각했는데, 오히려 수치심을 준 것일까?

다케이는 여전히 말이 없다.

화난 것일까? 아사미는 쭈뼛쭈뼛 다케이의 얼굴을 살피지만, 어두워서 그 표정까지는 알 수가 없다.

"그 후에 그 남자는 '그럼 데이트를 몇 번 하면 호텔에 가자고 해도 됩니까?'라고 묻지 않았어?"

아사미의 발이 멈췄다. 다케이는 그대로 두세 걸음 가서 발을 멈췄다. 그리고 빙글 돌아보더니, 너무 놀란 나머지 말문이 막힌 아사미를 향해 다시 계속 말한다.

"그리고 그녀는 그 질문에 '뭐, 세 번 정도 아닐까?'라고 답했지?"

다케이는 오른손 손가락 세 개를 세우고 그렇게 말했다.

"…알고 있었어요?"

아사미는 겨우겨우 그렇게 말했지만 숨 쉬는 것조차 잊을 지경이었다.

"데즈카 씨 애인이 카나코라는 건 몰랐지만 말이야."

다케이는 그렇게 말하면서 장난꾸러기처럼 미소 지었다.

결국 두 사람은 한 잔만 더 하기로 하고 근처 바에 들어갔다.

카나코에게는 미안하지만, 2차로 간 그 바에서는 도쿄대를 나온 아스퍼거 씨 이야기로 대화가 무척 흥이 올랐다. 들으면 들을수록 재미있는 인물이었다. 다케이가 "오랜만입니다."하고 그에게 인사했더니, "아니요, 5일 전에 만났습니다."라고 답하고, "다음에 냄비 요리라도 먹으러 가지요."라고 말했더니, "냄비는 조리도구니까 그 자체는 못 먹습니다."라고 진지한 얼굴로 답했다 든가, 아무튼 특이한 에피소드로는 부족함이 없는 인물이었다.

괴짜이기는 했지만 독창적인 발상과 유례없는 기억력으로 일은 잘했던 것 같다고 했다. 다케이도 "M상사를 그만둔 건 정말 아쉬웠어."라고 말했다. 아사미는 카나코를 생각하면서 데즈카 씨가 주위에서 인정받는 존재였기 때문에 안심이 되었다. 그러나 그렇게 되자 반대로 부럽다는 생각도 들었다.

"이제 진짜 슬슬 집에 가야지."

다케이가 세 잔째 진토닉을 다 마셨을 때 아사미가 먼저 말을 꺼냈다. 아사미도 캄파리 오렌지를 두 잔 다 마셨고, 이 이상 알코올을 더 마시는 것은 여러 의미에서 위험했다.

"같은 방향이니까 택시로 바래다줄게."

다케이가 그렇게 말해서 아사미는 힐긋 손목시계를 본다. 시각은 밤 12시를 지나고 있었다. 막차는 몇 시였을까? 아슬아슬하게 막차에 늦지 않을 듯한 시간이라는 생각은 들었다.

아사미가 어떻게 할지 정하지 못하는 사이에 다케이는 냉큼 택시를 잡아 버렸다.

"사양하지 않아도 돼."

결국 다케이의 그 말을 호의로 받아들이기로 했다.

정말 같은 방향인지 어떤지는 의심스러웠지만, 아사미도 알코올 기운이 꽤 돌아서 이제 서둘러 지하철을 타러 뛰어갈 마음은 나지 않았다.

"일단 유텐지로 가 주세요."

다케이는 택시에 타서 기사에게 그렇게 말했다.

"다케이 씨 댁은 어디예요?"

"나? 나는 메구로 쪽이야."

"그럼 기사님, 유텐지를 경유해서 메구로로 부탁드립니다."

다케이가 이대로 아사미의 집에 밀고 들어오는 건 용납할 수 없다고 생각하고, 아사미는 택시 기사에게 그렇게 전한다. 오른쪽 옆에서 불만스러운 듯한 표정으로 앉아 있는 다케이를 무시한 채, 아사미는 왼쪽 차창을 바라보았다. 밤 12시가 넘었음에도 불구하고 사람들이 끊임없이 보도를 걸어가고 있었다. 편의점과 화려한 네온사인 간판을 단 음식점, 아직 잠들 것 같지 않은 도심의 거리가 점점 뒤로 흘러갔다.

차가 흔들릴 때마다 다케이의 왼쪽 어깨가 닿는다.

다케이는 금세 기분이 나아져 아사미에게 계속 말을 붙인다. 그의 주량이라면 아직 더 마실 수 있을 것이다. 그러나 아사미는 주량도 약한 데다가 차의 진동 때문에 방심하면 수마가 덮쳐올 것 같았다. 어느샌가 다케이의 왼손이 아사미의 오른손에 포개져 있다. 하지만 아사미는 졸려서인지 그것을 뿌리칠 기력이 나지 않는다.

"유텐지는 어디쯤에 세우면 됩니까?"

실제로 기사의 그 한마디가 아니었으면 아사미는 하마터면 잠들어버릴 참이었다.

"아, 그 앞 신호를 돌아서 두 번째 모퉁이에서 세워주세요."

이윽고 택시가 비상등을 점멸하며 그 모퉁이에 정차하자 왼쪽 문이 자동으로 열렸다.

"오늘은 정말 고마웠…"

그렇게 말을 꺼낸 순간, 다케이의 입술이 아사미의 입술을 막았다.

순간적으로 일어난 일에 허를 찔려 아사미는 저항하는 것을 잊고 만다.

다케이의 커다란 왼손이 아사미의 머리를 누르고, 다시 오른팔로 어깨부터 등을 껴안았기 때문에 전혀 꼼짝할 수가 없다. 그리고 다시 비스듬히 옆으로 맞춘 입으로 다케이의 혀가 들어오려고 한다.

아사미는 입술을 꽉 다물었다.

그러나 다음 순간 입술에 강한 압력을 느끼고, 굳게 닫고 있던 입술이 벌어져 버렸다. 그리고 아사미의 입가에 빈틈이 생기고 거기로 다케이의 혀가 침입한다. 미끄덩한 그 감촉에 아사미는 몸 안의 무언가가 꿈틀거리기 시작했다.

뭐, 키스 정도는 괜찮으려나?

아사미는 의식이 몽롱해져서 이제 아무래도 좋다는 기분마저 들었다.

아사미가 눈을 감자 다케이는 더욱 체중을 실어오고 두 팔로 아사미를 껴안는다. 다케이의 혀가 아사미 안에서 뒤엉킨다. 희미하게 담배 맛이 나는, 10년 전과 똑같은 맛이 나는 키스였다.

순간 도미타의 얼굴이 뇌리에 떠오른다.

도미타, 미안해.

하지만 동시에 아사미는 자신의 아랫부분이 뜨겁게 젖어가는 것도 느끼고 있었다.

마침내 아사미가 본능에 몸을 맡기고 다케이의 등에 두 팔을 감으려고 한 그 순간, 근처에서 뭔가가 울리는 소리가 들렸다.

아사미는 제정신으로 돌아와 다케이의 몸을 내친다.

스마트폰 벨소리가 들렸다. 누구의 스마트폰이 울리는 것일까? 다케이도 그 소리를 알아챘는지, 순간 두 사람은 동시에 귀를 기울인다. 소리는 아사미의 가방 속에서 나고 있었다. 도미타인지도 모른다.

그렇게 생각한 순간, 아사미는 택시에서 도망치듯 내려 어색한 미소로 다케이에게 인사를 하고 빠른 걸음으로 멀어진다.

아사미가 가방에서 스마트폰을 꺼내 화면을 보니 「불명」이라고 떠 있었다. 뭐지? 도미타가 건 게 아니었나? 「불명」이라고 뜨는 전화는 이제까지 한 번도 본 적이 없다. 아사미는 수상히 여기면서도 통화 버튼을 누르고 전화를 받았다.

『여보세요?』

심하게 허둥대는 듯했지만 들려온 것은 도미타의 목소리였다. 그런데 술에 취한 탓인지 도미타가 무슨 말을 하는지 좀처럼 이해하지 못한다. 돌아보니 다케이가 흥미로운 듯 이쪽 모습을 살피고 있다. 아사미는 스마트폰을 귀에 댄 채 살짝 인사를 하면서 빠른 걸음으로 택시에서 더 멀어진다.

"여보세요. 도미타? 무슨 일이야?"

『…인질로 잡혔어.』

"인질? 어, 잘 안 들려. 뭐라고? 누가 유괴됐어?"

『스마트폰이야, 스마트폰. 스마트폰이 인질로 붙잡혔어.』

"스마트폰이 인질? 대체 무슨 말이야?"

『갑자기 내 스마트폰이 잠겨 있었어. 그런데 어떤 문자메시지가 와서는, 내 스마트폰을 자기네들이 납치했으니 데이터가 다 날아가는 꼴을 보고 싶지 않으면 24시간 이내에 3만 엔을 내래. 그리고 1초, 1초 줄어들어가는 시계 화면이 내 스마트폰에 표시되고 있어.』

"어, 뭐라고? 무슨 뜻인지 모르겠어."

『그러니까, 내 스마트폰의 데이터가 인질로 붙잡혀서 3만 엔의 몸값을 청구당하고 있어.』

그때, 아사미가 걷고 있는 오른쪽 옆을 택시가 지나가고, 다케이가 천진난만한 표정으로 손을 흔드는 것이 보였다.

"그게 뭐야? 그런 일이 있을 수도 있어?"

『진짜야. 그러니까 지금도 공중전화로 걸고 있는 거야.』

공중전화? 공중전화에서 스마트폰으로 전화를 걸면 「불명」이라고 표시되는 것일까?

"뭔가 이상한 앱이라도 다운로드한 거 아니야?"

『그, 그런 거 아니라니까, 당신의 휴대폰에 보안상 중대한 문제가 발생했습니다. 지금 당장 이곳을 클릭하세요, 라는 문자메시지가 통신사 번호로 왔어. 그래서 무심코 그걸 눌렀다가….』

당장이라도 울음을 터트릴 것 같은 도미타의 목소리가 스마트폰에서 들린다.

"그러니까 바로 그거야. 얼마 전에도 카드사기를 당했었잖아!"

『지금 그런 말 해도 소용없어. 이미 돈을 빼앗겨버렸으니까. 그리고 지금 이런 말을 하고 있는 순간에도 남은 시간은 23시간으로 줄어버렸어. 큰일이야. 저기, 어떻게 하지? 역시 3만 엔을 내야 할까?』

분명 지금 그런 언쟁을 하고 있을 때가 아니다. 아사미는 잠시 냉정해져서 생각해본다.

"3만 엔을 내면 원래대로 돌아온다는 보장은 있어? 그냥 3만 엔만 내고 데이터도 삭제되어 버리는 일은 정말 없는 게 확실한 거야?"

『나한테 그렇게 물어도 나도 모르지. 하지만 만약 3만 엔을 안 내면 내 스마트폰을 매개로 내 전화번호부에 있는 사람들한테도 이 바이러스를 뿌린다고 쓰여 있어.』

"엇, 진짜?"

『그러니까, 아사밍 휴대폰에도 이 바이러스가 뿌려질 가능성이 있는 거야.』

"그럴 수가 있나? 말도 안 돼! 하지만 정말 그렇게 된다면 다른 사람들한테 진짜 민폐다."

『그렇다니까! 만약 그 바이러스가 내 스마트폰을 통해 전파되었다는 걸 알면, 나한테서 친구는 다 없어질 거야. 차라리 3만 엔을 내는 게 나아!』

아사미도 그건 그렇다고 생각했다. 이것이 100만 엔 정도라면 그런 말을 못하겠지만, 고작 3만 엔이라면 오히려 내는 편이 현명할지도 모른다.

『이제 어쩔 도리가 없어. 저기, 3만 엔 내도 되겠지?』

도미타는 지금 당장이라도 3만 엔을 낼 기세다.

"잠깐만. 아직 시간은 있지?"

『응, 앞으로 22시간 58분이지만.』

"있잖아 도미타, 지인 중에 누구 그런 거 잘 아는 사람 없어?"

『없어. 게다가 있다고 해도 스마트폰을 못 쓰니까 연락을 할 방법이 없어. 전화번호부도 잠겨서 볼 수가 없으니까 두 손 들었어.』

"그런가, 그런 건가."

『요전에 면허증에 번호를 써둬서 아사밍한테는 이렇게 연락을 할 수 있었지만…. 저기, 아사밍. 아사밍이야말로 아는 사람 중에 누구 이런 거 잘 아는 사람 없어?』

아사미가 아는 사람 중에 그런 인물이 있었을까?

"갑자기 그렇게 말하니, 나도 떠오르는 그런 지인은 없어."

그렇지만 뭔가 방법이 없을까?

『아아.』

그때 수화기를 통해 도미타의 비통한 목소리가 들려왔다.

"왜 그래?"

『이제 곧 동전이 다 떨어져서 공중전화가 끊길 거야.』

제 5 장

B

"랜섬웨어의 랜섬이란 몸값이라는 뜻입니다. 이렇게 컴퓨터나 스마트폰을 악성코드로 잠가버리고, 그것을 풀고 싶으면 언제까지 몸값을 지불하라는 식의 사이버 범죄가 최근에 정말 많이 늘어나고 있습니다."

어젯밤에 도미타가 울며불며 아사미에게 매달리기에, 아사미는 대학 동기 중에 보안회사로 전직한 도베 마사히코가 떠올랐다. 페이스북 메신저로 연락을 하자 『공교롭게도 지금 출장 중이지만 대신 누군가를 보내겠다.』는 믿음직한 메시지가 곧바로 왔다.

"랜섬웨어는 상당히 질이 나쁜 악성코드로, 그 대단한 미국의 FBI조차 '걸리면 포기하고 몸값을 지불하라'고 말했을 정도입니다. 열쇠를 잠근 사람만이 열쇠를 푸는 방법을 알 수 있도록 설계된 아주 성가신 것으로, FBI의 말처럼 비용 측면만 생각하면 몸값을 지불해버리는 편이 이치에 맞습니다."

만나기로 약속한 찻집에 도베 마사히코 대신 온 사람은, 피부는 하얗고 머리가 긴, 자못 기술자 느낌이 드는 다소 허약해 보이는 청년이었다. 피부가 하얀 청년은 휴일인데도 정장 차림으로 나타나서 아사미와 도미타에게 명함 한 장을 내밀었다. 거기에는 '우라노 요시하루'라는 이름과 함께 보안소프트 회사로 유명한 S사의 사명, 그리고 테크니컬 매니저라는 그의 직함이 적혀있었다.

"그렇지만 그래도 방법이 하나도 없는 것은 아닙니다. 잠깐 스마트폰을 줘보시겠어요?"

우라노는 도미타가 건넨 스마트폰을 자신의 노트북에 연결하더니, 바쁘게 키보드를 두드리기 시작한다.

"랜섬웨어는 러시아에서 처음 유행했는데, 돈을 뜯어내기 쉬운 악성코드라서 순식간에 전 세계에 퍼졌습니다. 그리고 이 랜섬웨어를 이용한 범죄는 몸값을 지불하면 원래대로 데이터를 복원해주는 경우가 많습니다."

"그런가요?"

아사미가 물었다. 그렇다면 더욱 빨리 몸값을 지불하는 편이 좋다는 생각을 하고 만다.

"네. 돈만 빼앗고 데이터를 복원하지 않으면 그 악소문이 퍼져서 몸값을 입금하는 사람이 없어지니까요. 하지만 저희 회사에서는 랜섬웨어의 서버로 들어가 랜섬웨어를 삭제하고 파일을 복원시키는 기술을 개발했습니다."

"그럼 제 스마트폰도 부활할 수 있을까요?"

"랜섬웨어의 종류에 달렸습니다. 최근에 유행하는 랜섬웨어라면 저희 회사의 복원 수단으로 대응할 수 있습니다."

"하지만 복원 수단이 없는 타입이라면…?"

"힘들겠죠? 그런데 랜섬웨어에 대응하는 가장 좋은 방법은 평소에 데이터를 백업해두는 것입니다. 백업만 해두면 데이터가 지워져 버려도 그 후에 데이터를 다시 넣기만 하면 될 테니까요. 도미타 씨, 혹시 이 스마트폰의 백업은 해 두었습니까?"

도미타는 자신 없는 듯 고개를 저었다.

"난처하네요. 꼭 저희 회사가 아니더라도 저희 회사랑 비슷한 회사가 비슷한 기술을 가지고 있고, 이 랜섬웨어에 대응할 수 있다면 좋겠지만…."

"만약, 그것도 없다면요?"

"그때는 뭐, 제 입으로 몸값을 지불하시라고는 말 못하겠습니다만…."

우라노는 은색 안경 한가운데에 손가락을 대고 노트북 화면을 가만히 쳐다본다.

"아."

그때 노트북 화면을 쳐다보고 있던 우라노가 작게 소리쳤다.

"왜 그럽니까?"

도미타가 걱정스럽게 노트북 화면을 들여다본다. 아사미도 마찬가지로 화면을 봤지만 뭐가 뭔지 알 수가 없다.

"괜찮을 것 같네요. 저희 회사가 가지고 있는 수단으로 복원할 수 있을 것 같습니다."

"정말인가요?"

도미타가 안심한 표정으로 그렇게 말하자 우라노도 빙긋 웃었다. 그리고 엄청나게 빠른 속도로 키보드를 두드리기 시작하더니 이제 한마디도 입을 열지 않고 작업에 몰두한다. 말을 걸어도 좋을지 몰라 아사미와 도미타는 묵묵히 그 모습을 지켜본다. 우라노 앞에 있는 손대지 않은 아이스커피 잔에 물방울이 송골송골 맺히고 있었다.

"아, 그러고 보니 말이야…."

도미타가 작업하는 우라노를 방해하지 않으려고 작은 목소리로 말을 걸었다.

"예전의 그 사진 말인데."

"그 사진?"

도미타가 그렇게 말했지만 아사미는 무슨 얘기인지 바로 알아채지 못했다.

"왜 있잖아, 불쑥 아사미한테 왔던 나랑 고교 동창생이랑 찍은 사진 말이야."

거기까지 설명을 듣고서야 아사미는 겨우 그 가슴 큰 여자 사진이 떠올랐다.

"아아, 그거 말이지."

도미타의 스마트폰 인질 사건과 다케이 일 때문에 그런 일이 있었던 것을 아사미도 잊어버리고 있었다.

"역시 그 애가 보낸 거 아니래."

"그 증거는?"

"어?"

아사미의 그 한마디에 도미타는 어리둥절한 얼굴을 한다.

"증거 말이야. 지금 네가 하는 말은 살인범에게 '사람을 죽였습니까?'라고 물어본 다음에, 그 사람이 '안 죽였습니다'라고 말했다는 거잖아. 확실히 그 번호가 문자를 보내지 않은 증거라든가, 문자를 보낸 진범을 알았다든가, 그런 새로운 정보도 없는데, 무엇 때문에 사건이 해결되었다고 생각하는 거야?"

"어어, 그게 나랑 그 애는 수상한 관계도 전혀 아니야."

도미타가 큰 소리로 말해버렸기 때문에 우라노가 두 사람을 힐긋 쳐다본다. 둘은 다시 무릎에 손을 올리고 작은 목소리로 대화를 계속한다.

"정말?"

"정말이야. 믿어줘."

도미타는 간절히 말했다. 도미타가 그렇게까지 말한다면 아마도 사실일 것이다. 그러면 아사미에게 왜 그런 문자가 온 것일까?

"그 여자한테는 비슷한 수상한 문자가 안 왔대?"

"안 왔대."

그녀에게 이상한 문자가 오지 않았다면, 그것을 보낸 사람이 몰락하기를 바라는 사람은 도미타인가? 아니면 혹시 아사미일까?

"도미타, 요즘에 누군가에게 무슨 원한 살 만한 일 했어?"

"아니, 짚이는 건 없는데."

동안인 데다가 몹시 눈을 깜빡이는 선량한 이 남자가, 누군가에게 원한을 사고 있으리라고는 생각하기 힘들다.

"그러면 역시 뭔가의 표적이 되고 있는 거야. 요전에 카드 사기로 보나, 도미타가 동창이랑 찍었다는 수상한 사진으로 보나, 그리고 이번 스마트폰 사건으로 보나, 이상한 사건이 너무 계속 일어나잖아. 스마트폰을 꼭 바꾸는 게 좋겠어."

"그런가."

"그렇다니까. 조만간 당치도 않은 사건에 휘말릴지도 몰라."

"실례합니다. 잃어버린 데이터가 없는지 확인해주세요."

불쑥 우라노가 대화에 끼어들었다.

"보기에는 원래대로 돌아온 것 같은데, 본인이 아니면 원래 뭐가 있었는지는 모르니까요."

우라노는 그렇게 말하며 도미타에게 스마트폰을 건넸다.

"아, 덧붙여 스마트폰에 네 자릿수 비밀번호는 이제 쓰지 마시고, 자릿수를 더 늘리든가, 차라리 지문인증으로 하는 편이 좋아요."

IT와 SNS 등 기술적인 것이 좀 서툰 여자의 경우에는 우라노 같은 이과 남자가 듬직하다. 역시 뭐든 자신 있는 분야를 가지고 있는 남성은 매력적이다. 그 옆에서 스마트폰을 확인하고 있는 도미타는 컴퓨터와 스마트폰을 좋아하기는 하지만, 그것에 쉽게 빠지기만 할 뿐 기술적인 것은 전혀 알지 못한다.

"원래 상태로 잘 돌아온 것 같습니다."

도미타는 2, 3분 동안 스마트폰을 만진 끝에 그렇게 말하고 스마트폰을 닫았다. 그리고 우라노에게 얼마를 사례하면 좋을지 물었다.

"아니, 오늘은 회사 선배가 말해서 개인적으로 온 거니까 사례를 받을 수는 없습니다."

원래 우라노의 일은 좀 더 기술적인 분야인 듯 이런 서비스를 하는 직원은 아니라고 한다. 그래서 돈을 어떻게 받아야 하는 건지도 모르는 듯했다.

"꼭 돈을 지불하고 싶으시다면, 저희 회사의 스마트폰용 보안 소프트웨어를 구매해 주세요."

그래도 도미타가 끈덕지게 사례를 하고자 했지만 끝까지 사례를 고사한 우라노는 결국 아이스커피도 한 모금 마시지 않고 돌아갔다.

"그런데 우라노 씨가 와서 복원해 줬으니까 망정이지, 왜 그런 수상한 걸 다운로드받은 거야? 역시 야한 앱이라도 다운로드받다가 그렇게 된 거 아니야?"

그 후 둘은 도미타의 집으로 돌아왔지만 아사미는 다시 한두 마디씩 도미타에게 불만을 토로하지 않으면 직성이 풀리지 않았다.

"아니야. 통신회사의 로고가 들어간 문자메시지였어. 그런 문자메시지로 '당신의 스마트폰이 바이러스에 감염되었다'고 온다면, 누구나 다운로드할 생각을 하지 않겠어?"

"안 해. 나라면 너무나 수상하다고 생각할 거야."

두 번 다시 이런 일을 당하지 않도록 일부러 엄격하게 말해본다.

"그런가? 아사미도 분명 속을 것 같은데 말이지. 뭐 하지만, 나는 원래 사람이 좋다고 해야 하나, 다른 사람을 쉽게 믿는 성격이니까 더 그랬던 거지."

그렇게 스스로 변명하는 도미타를 아사미는 냉담한 눈으로 바라본다.

"그게 지금 본인 입으로 할 소리야? 도미타 혹시 바보 아니야?"

왜 이렇게 짜증이 나는 것일까? 그리고 왜 이런 바보와 사귀고 있는 것일까?

"뭐, 내가 머리가 별로 안 좋은 건 확실하지."

도미타가 그렇게 말하며 빙긋 웃는다.

도미타의 웃는 얼굴을 본 순간, 이제 더 이상 이 녀석에게 무슨 말을 해봤자 시간 낭비라는 생각이 들어 포기했다. 그러자 그대로 도미타의 웃는 얼굴이 가까워져왔다. 그리고 아무런 맥락도 없이 도미타는 아사미를 끌어안고 바로 옷을 벗기려 한다.

설마 이런 대낮부터? 게다가 대화의 맥락과도 관계없이?

아사미는 너무하다고는 생각했지만, 누군가 보고 있는 것도 아니다.

도미타의 입술이 형식적일 정도로 아사미의 입술에 포개졌다가 바로 떨어진다. 예전에는 도미타도 딥 키스를 원했지만, 최근에는 그런 건 생략해버리고 바로 다음으로 진행하고 싶어 한다. 그리고 언제나처럼 도미타는 아사미를 침대로 밀어 쓰러뜨리고 평소처럼 섹스를 시작하려 한다.

단추가 많은 옷은 도미타가 벗겨주는 것도 귀찮기 때문에 아사미는 직접 척척 벗는다. 오늘같이 폭이 좁은 청바지를 입고 있으면 도미타는 아무 말 없이 잡아당겨준다. 이윽고 아사미는 브래지어와 팬티만 입은 차림이 되어 날씬한 실루엣이 드러났다.

그런데 어제의 다케이의 키스에, 왜 아사미는 그렇게 반응해버린 것일까?

아사미는 도미타의 셔츠를 벗기며 문득 그런 생각을 한다. 취해있었기 때문일까? 아니, 이유가 그것뿐이라면 도미타와 할 때도 대개는 취해 있다.

아사미의 두 팔이 도미타의 바지 벨트를 풀려 한다. 지퍼를 내리고 바지가 바닥으로 떨어져버리자 트렁크 앞이 부푼 도미타의 모습이 뭐라 말할 수 없이 한심하다.

도미타는 아사미가 그렇게 생각하고 있다는 것도 알아채지 못한 채 흥분 상태로 아사미의 몸을 눌러온다. 이렇게 억지로 침대로 쓰러뜨리는 것도 늘 같은 순서였다. 어린애 같은 얼굴을 하고서도 이럴 때면 진지한 표정을 짓는 것이 늘 웃기다. 뭐, 귀엽다고 표현하지 못할 이유도 없다.

다케이는 여전히 나쁜 남자라고 생각했다.

애인은 없다고 했지만 같이 노는 여자가 12명 정도는 있을 것이다.

다음에 만나면 다케이는 아사미를 안으려고 할까? 다케이를 다시 한번 만날까 말까? 만약 만난다면 아사미는 다케이에게 안기고 마는 것일까? 그리고 그렇게 되었을 때, 다케이는 아사미를 어떻게 대할까?

그런 생각을 하는 사이 도미타의 얼굴이 입에서 목덜미, 그리고 가슴으로 내려갔다. 동시에 아사미의 등으로 손을 돌려 브래지어 훅을 풀려고 한다. 도미타의 코에서 나온 숨이 살갗에 닿는 것이 느껴진다.

아사미는 도미타의 꿈틀거리는 검은색 뒷머리에 손을 대고 다정하게 쓰다듬는다.

나는 이 남자와 다케이 중 어느 쪽을 사랑하는 것일까?

도미타는 도미타대로 싫지는 않다. 결혼하면 분명 소중히 대해줄 것이다.

아사미는 갑자기 도미타의 검은색 머리칼을 양손으로 붙잡고 그 얼굴을 자신의 가슴에서 떼어놓았다.

도미타는 순간 얼굴을 들고 의아한 표정으로 아사미를 쳐다본다. 그 순간 아사미는 도미타와의 사이에 생긴 빈틈에 몸을 묻고, 스스로 얼굴을 가까이 가져가 도미타의 입술을 빨아들였다.

도미타가 뭔가를 느꼈는지 서툰 혀가 아사미 안으로 들어왔다.

미끄덩한 감촉에 어제의 쾌감이 되살아난다.

아사미가 눈을 감고 도미타의 입술을 탐하자, 도미타의 혀가 아사미 안에서 열심히 날뛰었다.

나쁜 여자라고 생각했다.

C

『다섯 번째 피해자 발견!』

『새로운 흑발 미녀가 희생자로』

『선수를 빼앗기는 경찰 수사』

『피해 여성의 신원은 아직까지 불명』

책상에 놓인 신문의 헤드라인이 그렇게 외쳐대고 있었다.

언론은 연일 패닉에 빠진 것처럼 이 사건을 전하고 있었다. 어쩔 수 없이 멋진 흑발을 갈색으로 염색하는 사람이 생기거나, 흑발을 숨기기 위한 가발이 불티나게 팔린다는 뉴스도 소개되었다. 사람들이 만나면 하는 이야기도 이 사건 일색으로, 직장에서도 가정에서도 반복해서 이 사건을 화제로 삼고 있었다.

사건 현장이 된 산에는 연일 방송국의 중계차가 몰려들어, 수사를 방해하기 일쑤였다. TV에 출연한 해설자는 큰소리로 무능한 경찰을 매도하고, 총리가 나서서 한시바삐 경찰이 사건을 해결할 것이라며 긴급 성명을 발표했다.

"결국 하타노 아츠시의 주소는 모르는 건가?"

"네."

다섯 번째 빨간색 렌터카를 빌린 사람은 하타노 아츠시라는 23살의 젊은이였다. 수사본부는 렌터카 업체로부터 하타노 아츠시가 사용한 면허증 복사본을 입수했지만 거기에 적힌 주소에 하타노 아츠시는 살고 있지 않았다.

"그럼 그 주소에는 대체 누가 살고 있는 거야?"

부스지마는 신문을 접고 카가야에게 그렇게 물었다.

"하타노 아츠시와는 아무런 관계도 없는 직장 여성이 살고 있었더랍니다. 그녀에게도, 그 집 관리인에게도 N시스템에 찍힌 하타노 아츠시의 사진을 보여줬지만, 두 사람 모두 전혀 기억에 없답니다. 과거 그 집에 전입신고가 되었던 사람들을 봐도 거기에 하타노 아츠시라는 남자가 살았던 흔적은 없답니다."

"그런가?"

"그런데 왜 그런 면허증이 존재하는 걸까요?"

부스지마는 크게 팔짱을 끼고 천장을 올려다보았다. 그리고 카가야의 질문에 대한 답을 생각해 본다.

"몇 가지 가설을 생각해볼 수 있어. 하나는 면허를 갱신할 때 실제 살고 있지 않은 가공의 주소를 적어 넣고 갱신했다."

"그런 일이 가능합니까?"

"응. 면허증 갱신 절차에서는 전입신고 사항을 확인하지 않으니까 가능해."

"그렇군요."

"하지만 그렇게 귀찮은 일을 했다고 생각하기보다는, 그 면허증 자체가 위조였다고 생각하는 편이 타당하겠지."

"위조면허증이라고 보십니까?"

카가야가 그렇게 중얼거리는 동안 부스지마는 눈앞에 있던 컴퓨터에 「위조면허증」이라고 써넣고 검색 버튼을 클릭한다.

"이걸 봐."

카가야가 컴퓨터를 들여다보니 면허증은 물론 여권, 보험증, 게다가 졸업증서까지 뭐든 됩니다, 라는 말이 검색결과에 뜬다.

그것은 위조증명서 제작을 해주는 어둠의 사이트였다.

"위조면허증은 예전부터 어둠의 세계에서 어느 정도 유통되고 있었어. 원래는 택시나 트럭 운전사 등 차를 써서 일을 하는 사람이 면허정지가 된 것을 속이고 계속 일을 하기 위해 이용하고 있었지. 특히 최근에는 불경기다 보니 이걸 이용해서 돈을 빌리려고 하는 놈들이 번성하는 것 같군. 그래서 이런 식으로 온라인을 통해 쉽게 위조면허증을 구할 수 있는 거지."

컴퓨터상에서는 5만 엔에서 10만 엔 정도의 가격으로 위조증명서들이 팔리고 있었다. 그것 말고도 대포 통장과 대포폰도 있다고 홍보하고 있었다.

"대단하네요. 위조증명서가 이렇게 쉽게 손에 들어오는군요."

"어어."

"그럼 하타노 아츠시는 위조면허증을 써서 차를 빌린 뒤, 현장까지 사체를 옮기고 묻었다는 건가요?"

"뭐, 아마도 그렇겠지. 꼬리를 잡힐 빌미를 제공할 자신의 진짜 면허증으로 차를 빌리지는 않았을 것 같으니까."

부스지마는 의자 등받이에 등을 한껏 기댄 채 뭔가를 생각하듯 책상을 손가락으로 톡톡 두드렸다.

"카가야, 하타노 아츠시가 과거에 그 렌터카 업체에서 차를 빌린 적은 없었나?"

"과거에 두 번 정도 빌렸답니다."

"두 번?"

"네."

"흙 웅덩이를 파기만 하는 거라면 모르겠지만, 사체를 옮기려면 차가 필요해. 다섯 구의 시신을 옮기려면 적어도 다섯 번은 렌터카를 빌렸을 거야."

"그렇지요. 그럼 두 번밖에 빌리지 않은 하타노 아츠시는 진범이 아니라는 건가요?"

부스지마가 다시 팔짱을 고쳐 끼자, 앉아 있던 의자가 삐거덕거린다.

"아니, 그건 아니야. 나머지 세 번은 아마도 다른 렌터카 업체에서 빌렸을 뿐이겠지."

"그럼, 주요 렌터카 업체에 연락을 해서 하타노 아츠시 명의로 차를 빌린 적이 있는지, 이 위조면허증 사진과 함께 문의해볼까요?"

"괜찮아. 그 정도는 수사본부에서 당연히 알아보고 있을 거야. 그런데 카가야, 여전히 피해자 신원은 모르는 건가?"

"네."

"사체가 다섯 구나 있는데 아직까지도 그 모든 피해자의 신원을 알 수가 없다는 건가?"

경찰서에는 그동안 연락이 뜸했던 혼자 사는 여성을 둔 가족들의 문의 전화가 쇄도하고 있었다. 그 사람들이 혹시라도 시신 중 하나는 아닐까 모두 조회해 보았지만 역시 피해자에 해당하는 실종자는 없었다.

"수사본부장이 회의에서도 말했는데, 전국의 실종자들에 대한 전수조사를 개시했답니다. 실종시기와 구체적인 특징이 비슷한 실종자에게는 경찰이 가족이나 보호자에게 연락을 취하고 있습니다."

"그런데도 피해자인 듯한 실종자는 없는 거잖아?"

"네. 그렇습니다."

요즘은 경찰에 접수되는 실종신고서 대부분이 길을 잃어버린 노인이다. 그런 노인들은 걱정해주는 가족이 있기 때문에 가족들이 경찰서에 실종신고서를 접수한다. 이 연쇄 살인사건의 피해자들에 대한 실종신고서가 접수되지 않은 것은 그들에 대해 걱정해주는 가족이나 지인이 없기 때문은 아닐까?

"어이, 카가야. 왜 그런 것 같나?"

중년이어서 최근 세태를 잘 모르는 부스지마가 혹시 간과하고 있는 무언가가 있는 것일까?

"글쎄요, 최근에는 미혼이더라도 집에서 나와 살면서 부모와 소원한 젊은 사람들도 많으니까요. 아니면, 이미 부모나 가족이 전부 죽었다든가요."

"그야 뭐 핵가족화 시대에다가 고령화 시대니까."

"독신이고 도시에서 혼자 산다거나, 부모님과 애인이 없거나, 직업도 프리랜서 같은 사람이라면 실종되어도 실종신고서가 접수되기 어려울지도 모르겠네요."

"그래, 네 말이 맞을지도 몰라. 그런데 살해당한 건 비교적 젊은 여성뿐이야. 그 5명의 부모님이 모두 다 돌아가시지는 않았겠지. 게다가 아무리 소원한 부모자식 간이라도 1년에 한 번 정도는 전화든 뭐든 연락을 주고받을 거야."

"뭐, 그러네요."

"카가야, 자네 부모님은 건재하신가?"

"두 분 모두 아직 오십 대로 시골에서 건강하게 잘 지내세요."

"그래."

"그러는 부스지마 선배님은요?"

"아버지는 3년 전에 암으로 돌아가셨어. 어머니도 반년 전에…."

"아, 그렇습니까. 그건 참…."

카가야는 말끝을 우물쭈물 흐린다.

"어머니는 미술 교사였어. 정년퇴직 후에는 근처에 사는 아이들을 상대로 그림 교실을 왕성하게 운영했었는데 말이지."

"허어. 아, 그래서 부스지마 선배님이 그림을 잘 그리시는군요?"

"그래. 유전의 힘인지 교육의 힘인지 초등학교 때부터 미술만은 줄곧 '수'였어."

"어머님의 사인도 역시 암인가요?"

"아니, 뇌졸중이야."

고독사였다.

니가타에 살고 있던 어머니는 아무런 예고도 없이 돌아가시고 말았다. 게다가 어머니는 사후 일주일이 지나서 발견되었다. 소식을 듣고 어머니가 살던 집으로 달려갔는데, 그것은 마치 늦게 발견한 살인현장과도 같았다.

부스지마가 아무리 바쁘다지만 전화 한 통만이라도 왔더라면 어떻게든 달려갔을 것이다. 물론 급작스런 뇌졸중 발작으로 돌아가신 거라 어찌할 방도가 없었을 것이다. 어머니의 생명이 방에서 꺼져가고 있을 때, 본가에 잘 들르지 않는 매정한 외아들을 어머니는 어떻게 생각하셨을까?

그런데 그 응보는 반드시 자신에게도 돌아온다.

독신이고 아무래도 결혼을 하지 않을 것 같은 부스지마가 정년을 맞아 버리면, 길을 잃어버린 노인이 되어 길에서 쓰러져 죽는다 해도 실종신고서를 내줄 사람이 없다.

"…고독사 같은 거지."

생각이 문득 입을 타고 흘러나왔다.

"네? 뭐라고 하셨어요?"

"아니, 실종신고서가 제출되지 않은 살인사건은 고독사 같은 거다 싶어서."

"고독사인가요?"

"어어. 어떤 죽음이든 그건 그것대로 괴로운 일이지만, 고독사가 아니면 죽을 때 누군가가 슬퍼해. 그런데 이 사건의 피해자들은 자신들이 이미 죽고 말았는데도, 가족이 그 사실조차 알지 못해. 사체도 이대로 신원불명이라면 무연고 사망자로서 합동묘에 들어갈 테고, 만족스러운 장례식도 치르지 못하겠지."

"그렇게 생각하면 고독사라는 게 참 마음이 아프네요. 게다가 이번 피해자들은 젊은 여성들뿐이니까 정말 불쌍해요."

부스지마는 이 사건의 범인을 꼭 잡아 홀로 외롭게 돌아가신 어머니에게 바치는 공양으로 삼겠다고 결심했다.

B

『아사미 대장, 지난주에 유텐지로 이사했습니다. 맛있는 꼬치구이 가게를 찾았는데 이웃이 된 기념으로 이번 주 금요일에 같이 먹으러 가지 않겠습니까?』

결국 고야나기 마모루가 유텐지로 이사를 왔다.

아사미에게 애인이 있는 것을 어필했는데도 고야나기는 여전히 일주일에 몇 번씩 데이트 신청 메시지를 보내오고 있었다.

고야나기 마모루가 아사미의 주소를 알고 있는 것은 당연하다면 당연했다.

고야나기는 예전 직장의 채용담당 인사부 직원이다. 아사미의 면접을 담당한 사람이 그 고야나기니까 언제든 아사미의 이력서를 볼 수 있는 입장이었다. 거기에는 아사미의 주소도 전화번호도, 거기다 본가 연락처까지 쓰여 있다. 이미 그 이력서의 복사본 정도는 가지고 있을 것이다.

지금처럼 계속 스토킹 비슷한 짓을 당하면 아사미는 다른 곳으로 이사를 가야 한다. 그런데 그 비용도 우습게 볼 수 없고 그렇게까지 해 봤자 새로운 주소를 고야나기가 알게 되면 본전도 못 찾는다.

아사미는 고야나기가 유텐지의 어디쯤 살고 있는지 마음에 걸렸다.

아사미는 베란다에 널어놓은 검은색 속옷을 보았다. 자신이 좋아하는 속옷이다. 하지만 항상 수건으로 감추어 말리고 있었고, 애초에 2층이기 때문에 훔쳐갈 일은 없다고 생각했다. 하지만 이제는 이것도 방 안에서 말리는 편이 좋을지도 모른다.

설마 아사미의 바로 이웃집에 고야나기가 살고 있는 것은 아니겠지?

예를 들어, 바로 옆 아파트라든가, 아사미의 방이 직접 보이는 곳이라든가. 그렇게 생각하고 창문을 열자 도요코선 전철 소리가 날아들었다.

맞은편 높은 아파트와 근처의 나름 멋진 연립주택 등 아사미의 집에서는 몇 채의 집이 보인다. 아사미의 창문에서 보이는 연립주택들은, 마찬가지로 그쪽에서도 아사미의 방이 보인다는 뜻이었다. 또, 맞은편의 고층 아파트에서도 이 방이 내려다 보이지 않을까? 만약 그 고층 아파트에서 망원경으로 아사미의 방을 들여다보면, 아사미는 그것을 알아챌 수 없다. 그런 생각에 이르자, 지금도 어디선가 고야나기가 몰래 이 방의 모습을 살피고 있는 듯한 기분이 들어서 바로 커튼을 닫았다.

역시 고야나기를 「친구」에서 삭제하고, 아예 접근하지 못하도록 「차단」해 버리는 것이 최선일까? 유텐지로 이사 온 이상, 사태는 악화되고 있음이 분명했다. 최후의 수단으로 남겨놓은 것이지만 이제는 망설일 때가 아니다. 아사미는 바로 페이스북 계정 설정으로 가서 「차단」을 클릭한다. 그리고 거기에 「고야나기 마모루」의 이름을 입력한 뒤, 「차단하기」를 눌렀다. 그리고 재차 정말로 차단할 것인지 물어보는 확인창을 보고 최종적으로 고야나기의 접근을 완전히 차단하려고 한다.

그런데 그 순간 잠시 생각한다.

원만하게 끝낼 수 있다면 그보다 더 좋은 것은 없다.

고야나기와는 몇 번밖에 이야기하지 않았지만 흉포한 타입으로 보이지는 않았다. 어느 쪽인가 하면 오타쿠 같은 내성적인 인상이었다. 어쩌다 인터넷 세상에서 의욕이 지나치게 넘쳐버려서 아사미에게 이런 메시지를 보내오고 있는 것뿐은 아닐까? 아사미는 이대로 요리조리 피해가면 아직 방법이 있지 않을까 생각했다.

물론 가장 무서운 것은 고야나기가 인터넷 스토커에서 현실의 스토커로 변신해 버리는 것이었다. 그리고 상대가 빈번하게 메시지를 보내오는 것도 무섭긴 하지만, 그 이상으로 상대의 속내를 알 수 없는 것이 더 무섭다.

고야나기가 아사미가 사는 곳을 알아냈다면, 아사미쪽에서도 하다못해 고야나기의 집 위치만이라도 파악해두는 편이 좋다. 그래야 대응을 할 수 있다. 그런데 지금 고야나기를 차단해버리면 고야나기에 대한 정보를 얻을 모든 가능성을 없애버리는 것이라 도리어 위험부담이 높다.

『이사 축하드립니다. 그런데 고야나기 씨 집은 어디 주변인가요?』

좀 위험한 도박이기는 하지만, 아사미는 굳이 그런 메시지를 보내지 않을 수 없었다.

C

"실례합니다. 경찰입니다만, 혹시 이 사진 속 남자를 보신 적 있습니까?"

부스지마는 N시스템에 찍힌 하타노의 사진을 가지고 지하철 역 앞 렌터카 업체의 점장에게 물었다.

"아니, 일전에도 말씀드렸지만 이 사진만으로는 잘 모르겠네요."

점장은 또 왔냐는 식으로 좀 성가신 듯한 얼굴을 했지만, 지난번과 마찬가지로 그렇게 대답했다.

"아, 카네코, 마침 잘 왔어. 이 남자 본 적 있어?"

점장은 아르바이트 직원인 젊은 남자를 불러 세우고 사진을 보여준다. 사진에는 피부가 하얗고 오타쿠 느낌이 나는 한 남자가 선명하게 찍혀 있었지만, 눈을 고글 선글라스 뒤로 숨겨버린 탓인지 아르바이트 직원도 알쏭달쏭한 표정이었다.

"아니요, 잘 모르겠네요."

"그렇습니까? 고맙습니다."

밖으로 나오자 푹푹 찌는 듯한 공기가 부스지마와 카가야를 감싼다. 규슈는 이제 장마철에 접어든 것 같은데, 이 오다와라역의 상공은 여전히 초여름 태양이 강렬하게 내리쬐고 있고, 아스팔트에서도 후텁지근한 열기가 피어오르고 있었다.

"부스지마 선배님, 왜 이 주변 렌터카 업체를 조사하는 겁니까? 하타노는 도쿄에 살고 있는데요."

수사본부에서 N시스템에 찍힌 빨간색 렌터카를 빌린 다섯 명의 사진을 배포한 이래, 부스지마는 무언가에 홀린 듯이 오다와라역 주변을 탐문하고 있었다. 그러나 이미 모든 렌터카 업체의 탐문이 끝났음에도 단 한 건의 목격 정보도 얻을 수 없었다.

그래도 부스지마는 포기하지 않고 이 역 앞의 대형 렌터카 업체에 들어가 두 번째 탐문을 했다.

"물론 하타노는 도쿄에 살고 있지. 그런데 하타노가 소유한 차는 없어. 그렇다면 하타노는 이 주변에서 렌터카를 빌릴 가능성이 충분히 있잖아."

부스지마는 이마의 땀을 닦으며 그렇게 대답한다.

"하지만 그래서는 도쿄에서부터 사체를 못 옮기지요."

"어이, 카가야. 범인은 어떻게 그 산이 사체를 묻기에 적합하다는 걸 안 것 같나?"

"글쎄요, 어떻게 알았을까요? 원래 그 주변을 잘 알았다든가…."

"그래. 분명 범인은 그 주변을 잘 알고 있었어. 그 다음에 그 산 주변을 살펴보고 구체적으로 시신을 유기할 장소를 정했겠지. 그렇다면 아직 시신을 가져오기 전에 사전답사 차원으로 이 주변에서 렌터카를 빌렸을 가능성은 충분히 있잖아."

"뭐, 그런가요?"

부스지마와 카가야는 그렇게 이야기를 나누며 역 앞 교차로를 건너 택시 승강장으로 왔다.

택시 세 대가 정차해 있고 손님이 오기를 기다리고 있었다. 부스지마는 그중 맨 앞에 있는 한 대의 기사에게 말을 걸었다.

"실례합니다. 경찰입니다만 혹시 이 남자를 태운 적이 있습니까?"

"으~음, 아니. 잘 모르겠네요."

사진을 건네받은 젊은 남자는 잠시 생각하는 듯했지만 곧 고개를 갸우뚱하고 사진을 돌려주었다.

"그렇습니까? 고맙습니다."

부스지마는 살짝 목례를 하고 바로 그 뒤에 있는 검정색 택시 창문을 두드렸다.

"일하시는 중에 죄송합니다. 경찰입니다만, 혹시 이 사진 속 남자를 본 적이 있습니까?"

택시 기사는 여성이었다.

"몇 살 정도인가요?"

"20대 초반일 겁니다."

"기억에 없네요. 도움을 못 드려서 죄송합니다."

부스지마는 떨떠름한 표정으로 다시 뒤에 있는 택시 창문을 두드린다.

파워윈도우가 내려갔을 때 초로의 기사에게 사진을 보여준다.

"으~음. 벌써 10년 넘게 여기서 손님을 태우고 있지만, 이 형씨를 태운 적은 없네."

"협력해주셔서 감사합니다."

"그런데 형사님도 힘들겠네 그려. 이렇게 지랄 맞게 더운 날에."

초로의 기사는 눈부신 태양을 올려다보며 그렇게 말했다.

"아뇨, 아뇨, 이것도 일이니까요."

그렇게 말하는 부스지마의 와이셔츠가 땀으로 흠뻑 젖어 있었다.

B

고야나기 마모루의 집 주소를 염탐하는 메시지를 보냈지만 그 후로 메시지는 한 통도 오지 않았다. 자기 집이 알려지는 것이 두려워 마침내 아사미를 포기한 것일까? 그렇다면 그걸로 한 건이 해결되는 것이었지만, 그렇게 쉬운 상대라는 생각은 들지 않았다.

"계속 우울한 얼굴을 하고 있고…, 무슨 일이야? 무슨 걱정거리라도 있어?"

그런 다케이의 한마디에 아사미는 정신을 차린다.

"아뇨, 죄송해요. 잠깐 생각을 하는 바람에. 아무것도 아니에요."

다케이와의 두 번째 데이트 장소는 아자부주방에 있는 한국 요리점이었다.

『간장게장이 최고로 맛있는 가게입니다. 저녁 7시에 예약했습니다.』

그런 말에 낚인 것은 아니지만, 아사미는 다케이를 한 번 더 만나 확인해 두고 싶은 것이 있었다.

"그런데 아사미는 그 후에 카나코랑 만났어?"

화제의 시작은 역시 카나코의 애인인 아스퍼거 씨였다.

"그게…, 아직 못 만났어요. 아스퍼거 데즈카 씨와의 에피소드를 듣고 싶었는데, 최근에 제 주변에서 여러 사건이 일어나서 카나코랑 못 만나고 있어요. 아 참, 맞다, 맞다! 다케이 씨는 랜섬웨어라는 거 알아요?"

"랜섬웨어? 랜섬은 몸값이라는 뜻이지. 혹시 컴퓨터 바이러스 말이야?"

다케이는 생맥주를 꿀꺽 마시며 말했다. 고급스러워 보이는 정장 웃옷은 벗어버리고, 왼손으로 파란색 넥타이를 풀고 있다.

"과연 상사 직원, 영어 직역으로 대충 다 알아버리네요. 사실 제 친구 스마트폰이 그 랜섬웨어에 걸려버렸어요. 왜, 요전에 택시를 내렸을 때 저한테 전화가 왔잖아요."

아사미는 전화가 걸려오기 직전에 딥 키스 따윈 없었던 것처럼 계속 말을 이었다.

"그때 온 전화가 그거였어요. 갑자기 스마트폰이 잠겨버렸다고, 정말 난리였어요."

"허어, 그런 바이러스가 정말로 있구나."

"다케이 씨도 조심하는 게 좋아요. 그 바이러스는 스마트폰에서 스마트폰으로 자동으로 전염되어 버린다는 소문도 있는 것 같으니까요."

"아, 그 얘기 하니까 생각났다. 아사미, 스마트폰 번호 좀 알려 줘. 우리가 지금 항상 페이스북으로 대화를 하고 있지만 급한 연락 같은 건 역시 전화로 해야지."

분명 아사미는 다케이에게 아직 스마트폰 번호를 알려주지 않았다. SNS가 당연해진 한편, 오히려 전화번호를 교환하는 일이 부자연스러워졌다. 이제는 휴대폰 번호를 알려주는 것이 왠지 쇼와 시대(1926년~1989년까지 사용한 일본의 연호-옮긴이)로 돌아간 듯해서 멋쩍다.

"그런데 괜찮으려나?"

"뭐가?"

"제 번호를 가르쳐주면 그 랜섬웨어가 다케이 씨에게 감염되어 버릴지도 몰라요."

"그런 거라면 내 스마트폰은 괜찮아. 사실 상사가 하는 일이란 게 꽤 살벌한 경쟁이라서 말이지. 자원 개발을 할 때 국제 입찰가격을 염탐하기 위해서 해킹 같은 것까지 하는 외국 회사도 있거든. 그래서 산업 스파이로부터 컴퓨터나 스마트폰을 지키기 위해서 우리 회사 컴퓨터나 내 스마트폰 시스템은 그 누구의 것과도 비교할 수 없을 만큼 완벽해."

"오, 그런가요?"

"게다가 어쨌거나 내가 모르는 듯한 이상한 파일이 전송되어 오면 그걸 다운로드하지만 않으면 되잖아."

"뭐, 그렇긴 하지만요."

그때 새빨간 양념을 바른 간장 게장 요리가 큰 접시에 담겨 나왔다.

"우와, 맛있겠다."

아사미가 바로 젓가락으로 게살을 한 점 찢어 입으로 가져가자, 간장과 고추장의 매콤함이 혀를 자극한다. 또, 기름이 듬뿍 오른 꽃게 알을 먹자 이번에는 중독될 듯한 단맛이 입 안 가득 퍼진다.

"꽃게 암컷은 봄과 가을에 산란을 맞는데, 뭐니 뭐니 해도 이 시기에 여기서 파는 게장은 최고니까 말이야. 내가 못 본 척할 테니까 손으로 잡고 먹어도 돼."

다케이가 그렇게 말해주어서 아사미는 새빨간 게장을 양손으로 잡고 마음껏 맹렬하게 빨아먹었다. 그리고 꽂게 살을 앞니로 직접 물어뜯는다. 그 매콤함과 달콤함이 아사미의 뇌를 타격한다. 이제 두 사람 모두 무언가에 홀린 것처럼 간장 게장을 탐하는 것에 열중해서 서로 말도 하지 않는다.

"그런데 아사미, 인도네시아에 관심 있어?"

다케이가 마지막 게를 다 먹고 손가락에 묻은 빨간 양념을 물수건으로 닦으며 갑자기 그렇게 물었다.

"인도네시아요? 자바 섬이라든가, 이슬람교라서 술을 못 마신다든가, 그런 이미지만 떠오르는데요. 인도네시아가 왜요?"

아사미도 지저분해진 손을 물수건으로 닦으며 그렇게 되묻는다.

"물론 거기 사는 외국인은 술을 마실 수 있긴 하지. 아, 내가 그걸 물은 건, 내 다음 프로젝트가 인도네시아의 천연가스 개발로 결정이 나서 그래."

"그렇군요. 정말 축하드립니다."

"축하할 만한 일이긴 한데, 그렇게 되면 적어도 5년은 거기서 계속 살아야 해."

"5년이나요?"

"응."

다케이는 아사미보다 4살 위니까 5년이나 지나면 39살이다.

"그러면 다케이 씨도 드디어 누군가와 결혼해서 인도네시아에서 신혼 생활을 하시겠네요."

아무리 다케이라도 언제까지고 독신으로 지낼 수는 없을 것이다.

"아니, 그게 파리나 뉴욕이라면 그런 것도 좋겠지만, 아무튼 인도네시아니까 말이지. 실제 근무지는 엄청 시골이고 최근에는 테러도 일어나고 한 곳이야. 솔직히 아사미만 해도 별로 좋은 인상은 아니지?"

"엄청 시골이라면 싫지만, 저는 그렇게 나쁜 인상은 가지고 있지 않아요. 기본적으로 해외는 좋아하니까요. 그런데 그건 왜 물으세요?"

지옥 같은 일본 생활의 팍팍함으로부터 해방되기 때문에 아사미는 해외 생활이 잘 맞는다고 생각하고 있었다. 학창 시절에는 좋은 사람이 있으면 외국인과 결혼하는 것도 나쁘지 않다고 꿈꾸기도 했었다.

"흐~음, 그거 듣직하네. 사실은, 아사미랑 함께 인도네시아에 갈 수 있다면 분명 행복하겠다 싶어서."

다케이는 무슨 말을 하고 싶은 것일까?

설마 다케이가 자신과 결혼을 생각하고 있는 것일까?

"다케이 씨. 그건…, 무슨 뜻인가요?"

다케이는 빙긋 미소 지었지만 그 이상은 이야기하려 하지 않았다.

"그런데 다케이 씨, 동아리에서 저랑 동기였던 야마모토 미나요라고 기억하세요?"

인도네시아 이야기는 거기까지라는 분위기였기 때문에 이번에는 아사미가 화제를 돌렸다. 순간 다케이의 표정이 어두워지는 것을 눈치챘다.

"어, 미나요 말이지. 분명 아사미와도 친했지?"

"네에. 늘 같이 있어서 정말 자매라고 생각한 사람도 있었을 정도예요."

"그랬지. 아사미랑 미나요라면 키랑 체구도 비슷하고 자매라고 해도 전혀 의심하지 않았을 거야. 미나요는 머리카락이 갈색이고 아사미보다 상당히 짧긴 했지만. 그렇지만 씩씩하고 건강하고 정말 착한 아이였지."

아사미의 얼굴이 당시의 일을 떠올리며 풀어졌다.

"네에. 졸업한 후에는 점점 더 친해져서 집세를 아끼자고 같이 룸메이트 생활까지 했었어요."

"허어. …그런데, 그럼 죽었을 때도 같이 살고 있었어?"

"…네에."

순간 테이블의 분위기가 점점 무거워진다.

"나중에 자살했다는 소리 듣고 깜짝 놀랐어. 해외에 있어서 장례식에도 못 갔고."

"여러 소문도 있어서 결국 장례식은 하지 않았어요."

"소문? 아아, 그 소문 말이지."

아사미는 말없이 맥주잔을 입으로 가져가며 살짝 다케이의 표정을 살폈다.

"…저기, 아사미. 그런데 그 소문은 진짜였어?"

"지독한 소문이 나서 미나요는 그것 때문에 괴로워하다 자살한 거나 마찬가지예요."

"우울증이었다든가 하는 얘기도 들었는데, 역시 그 소문이 원인이 되어서 자살한 거구나."

"같이 산 저도 자살한 진짜 원인은 잘 몰라요."

"그렇구나."

"그렇지만 그 소문이 미나요에게 심한 상처를 입힌 것은 틀림없는 사실이었어요. 집에 이상한 협박 전화가 걸려온 적도 있었고, 욕설을 퍼붓는 듯한 문자메시지에 충격을 받고 한밤중에 우는 것도 몇 번이나 봤어요."

다케이는 할 말을 잃고 맥주를 마셨다. 소란스러운 가게 안에서 두 사람의 자리만 어느샌가 장례식장에서 밤을 새는 자리처럼 조용해져 있었다.

"그 때문에 부모님과도 연락이 두절되어 버렸고, 결국 미나요의 가족조차 미나요가 죽었을 때 아무도 도쿄에 찾아오지 않았으니까요."

"뭐, 그랬을지도 모르겠네. 미나요의 본가는 꽤 엄격한 집이었던 것 같으니까."

"같은 집에 살고 있었기 때문에 저와 미나요는 정말 많은 이야기를 했어요. 동갑이고 처지나 체구까지 비슷했기 때문에 주위에서는 자주 자매라고 착각했지만, 사실은 자매 이상의 관계였어요."

"흐~음, 그랬구나."

"서로의 일과 연애, 즐거웠던 일과 괴로웠던 일, 정말로 많은 이야기를 했어요. 물론 우리 둘 다 아는 사람이었으니까, 다케이 씨 얘기도 늘 화제가 됐고요."

"그랬…, 구나."

다케이는 겸연쩍은 듯 턱을 쓰다듬었다.

"그런데 다케이 씨도 그런 소문은 신경 쓰지 않을 수 없었지요? 한 번 육체관계를 가졌던 여자가 성인 비디오에 출연했다는 소문이었으니까."

다케이는 놀라서 눈을 부릅뜨고 아사미를 쳐다보았다.

"저기…, 아사미. 그러면 미나요는 정말로 성인 비디오에 출연했어?"

"저는 미나요가 성인 비디오에 출연했는지 어떤지는 몰라요. 미나요의 입으로 직접 들은 적도 없었고, 캐물은 적도 없으니까요."

"아아, 그렇구나."

"그렇지만 미나요가 그렇게 되어 버린 건 어쩌면 다케이 씨가 원인일지도 몰라요. 그게, 미나요는, …한 번은 다케이 씨의 아이를 가졌었으니까요."

C

"본부장님, 이제부터는 과감히 하타노 아츠시를 용의자로 해서 공개수사로 전환해 주시겠습니까?"

책상에 앉아 떨떠름한 표정으로 신문을 읽고 있던 사이토 본부장은 부스지마의 그 말에 더욱 떨떠름한 표정을 했다.

"하타노가 정말 범인이야?"

그 후 하타노 아츠시가 도쿄의 다른 렌터카 업체에서 추가로 차를 빌리지 않은 것이 밝혀졌기 때문인지, 수사본부에서는 하타노에 대한 혐의가 더 깊어지지는 않았다.

"아니, 그렇다고 확정된 것은 아니지만, 현장에 주차되어 있던 그 다섯 대의 빨간색 렌터카를 빌린 사람 중에 유일하게 이 하타노만 거처를 알 수가 없어요."

"그런데 이 남자가 빌린 차가 현장 부근에 주차되어 있었다는 것뿐이고, 사건과는 아무런 관계가 없을 가능성도 있잖아?"

"그렇지만 면허증에 적힌 주소는 엉터리입니다. 하타노는 위조 면허증으로 렌터카를 빌렸습니다."

만약 하타노가 범인이고 다섯 명의 사체를 그곳에 묻었다면 렌터카 업체를 이용할 때마다 다른 위조면허증을 써서 차를 빌렸든가, 아니면 그 후에 직접 차를 구입했든가 여러 가지 가능성이 있다. 달리 유력한 정보도 없는 지금, 부스지마는 이 시점에서 공개수사로 전환해보는 것은 타당하다고 판단했다.

"으~음."

"설령 하타노가 범인이 아니라고 해도 적어도 위조면허증을 쓴 죄로 체포할 수는 있습니다."

"으~음."

"아무튼 현재는 이 남자가 가장 수상합니다. 공개수사를 단행하시지요."

"으~음. 자네 말도 일리가 있어. 하지만 공개수사는 좀 더 기다려. 도쿄에서 현재 하타노의 발자취를 조사하는 중이야."

"그렇습니까, 알겠습니다. 하지만 위조면허증의 사진과 이 N시스템에 찍힌 영상을 공개하면 꽤 유력한 정보가 모일 겁니다."

"N시스템? 으~음, 그건 글쎄다."

N시스템이란 말을 들은 순간 본부장의 태도가 모호해졌다.

"엇, 왜 그러십니까?"

"N시스템은 지나치게 영상이 선명해서 사생활 침해라는 의견도 많아. 이만큼 주목받는 사건에서 이렇게 선명한 영상을 언론에 내보내면 사생활 침해다, 헌법상 무죄추정 원칙에 반한다, 뭐다 해서 일이 좀 성가셔질지도 몰라."

"하지만 이대로 범인을 잡지 못하면 더 큰 문제잖아요. 총리가 긴급 성명까지 내놓고 있어요. 이대로라면 본부장님의 목도 위험해요."

사이토 본부장은 책상 옆 소파로 옮겨 몸을 깊숙이 묻었다.

"내 목 따윈 벌써 옛날에 위험해졌어. 그리고 이 남자가 확실히 사건과 관계가 있다면 모를까, 공개수사까지 했는데 사건과 선혀 관계가 없었다고 밝혀지면 N시스템의 사생활 침해 문제만 남아 버려. 그렇게 됐다간 최악의 경우 총리의 목까지 날아간다."

"하지만 하타노 아츠시는 위조면허증으로 그 렌터카를 빌렸어요."

"그렇지만 부스지마! 위조면허증으로 그 빨간 차를 빌린 하타노 아츠시가 이 N시스템에 찍힌 인물이라고 단정할 수도 없어."

"네? 그게 무슨 뜻입니까?"

본부장은 부스지마 앞에 사진 한 장을 던졌다.

거기에는 언뜻 인텔리로 보이지만 조폭 같은 풍모에다가 날카로운 느낌의 안경을 낀 남자 얼굴이 찍혀 있었다. 남자는 스포츠머리에 수염을 기른 상태였다.

"우리가 입수한 하타노 아츠시의 면허증에 붙어 있던 증명사진이야."

부스지마는 그동안 수사본부에서 하타노 아츠시의 면허증 복사본을 입수했다는 말만 들었지, 거기에 붙어있던 증명사진을 본 것은 지금이 처음이었다. 그동안 부스지마가 들고 다니며 탐문한 하타노 아츠시의 사진은 N시스템에 찍힌 사진이었다.

"이게 말입니까?"

그 사진은 N시스템에 찍힌 오타쿠 느낌의 남자와는 조금도 닮지 않은 얼굴이었다.

"이건 변장한 것 아닙니까? 이 면허증 사진에서의 수염은 붙인 수염일 거고, N시스템은 가발을 쓴 게 아닐까요?"

"그럴 가능성도 부정할 수는 없지만, 나는 면허증 사진 속의 남자가 N시스템에 찍힌 사진 속 남자보다 꽤 살이 찐 것처럼 보인다."

부스지마는 입을 한일자로 다물며, 두 개의 사진을 정밀하게 비교해보았다.

"확실히 그러네요. 그렇지만 입 안에 솜 같은 걸 넣고 있다고 생각할 수는 없을까요? 그렇게 해서 실제보다 꽤 살찐 것처럼 보일 수도 있잖아요."

"그렇다면 그런 사진을 공개해봤자 수사에 혼란을 줄 뿐 아닌가? 게다가 어쨌든 N시스템에 찍힌 사진 속에서 남자는 선글라스를 끼고 있어. 즉, N시스템이 찍은 사진은 완전히 눈을 감추고 있어. 이렇게까지 사진이 모호하면 유력한 정보가 모인다는 게 좀처럼 쉽지 않지."

수사본부장의 날카로운 지적에 부스지마도 괴로웠다. 실제 부스지마가 탐문수사를 했을 때 이 선글라스 때문에 이렇다 할 증언은 얻지 못했다.

"게다가 이 위조면허증에 붙어 있는 사진도 또 다른 인물의 사진은 아닌지 의심스러워. 애당초 위조면허증이라면 전혀 다른 사람의 얼굴 사진을 붙여놔도 그만이잖아."

"그건 그렇겠지만…, 만약 그렇게 했다면 그 위조면허증을 들고 가서는 렌터카를 빌릴 수가 없었을 겁니다."

"뭐, 그건 렌터카 대리점에서 어느 정도까지 엄격하게 본인 확인을 하고서 차를 빌려주는가에 달린 문제겠지. 그리고 피해자의 신원을 특정할 수만 있다면, 하타노 아츠시를 파헤치지 않아도 수사는 진전이 있을 거야."

"그럼, 피해자의 신원을 알만한 정보가 나왔다는 말씀인가요!"

부스지마는 자기도 모르게 들떠 큰 목소리로 그렇게 물었다.

"어어, 이제 슬슬 그럴 때도 됐지."

B

『오늘 아침에 지하철역에서 아사미 대장을 보았습니다. 진지하게 어떤 책을 읽고 있었는데 소설 같은 건가요? 괜찮으시면 제목을 가르쳐 주세요.』

오랜만에 고야나기가 보낸 메시지를 보고 아사미는 얼굴에서 핏기가 가셨다.

오늘 아침에 분명 지하철역 승강장에 서서 어제 산 소설책을 읽었다. 그것을 고야나기가 본 듯하다. 물론 지금까지도 고야나기는 긴자의 영화관과 시부야의 레스토랑 등 아사미의 주변에 종종 출몰했었다. 하지만 그가 출몰하는 지역이 아사미의 집 근처 유텐지역이라면 그 섬뜩함은 예전과 비교할 수 없다. 몰래 어딘가에서 훔쳐보거나, 모르는 새 미행을 당하거나, 최악의 경우에는 지하철역 승강장에서 등을 밀어버릴 위험도 있다. 생각이 거기까지 다다르자 아사미는 이제 노이로제에 걸릴 것 같았다.

몰래 그런 짓을 하는 것이 더 싫었기 때문에, 『차라리 말을 걸어주면 좋았을 텐데.』라고 답장을 쓸까 하는 생각도 했지만, 정작 말을 걸어온다면 그것 또한 두렵다. 결국 고야나기는 자기가 어디 사는지는 밝히지 않았다. 『지하철역 반대쪽입니다.』라는 메시지는 보내왔지만 그것이 사실인지조차 확인할 방법이 없었다.

차단도 하지 못한 채 고야나기와의 SNS상의 관계를 여기까지 질질 끌고 와 버렸다. 차라리 카나코의 말대로 화장도 하지 않고 코딱지를 파는 사진을 보내야 할까?

『현재 결혼을 전제로 교제하고 있는 상대가 있습니다. 고야나기 씨의 호의는 감사하지만, 저는 고야나기 씨와 사귈 수는 없습니다.』

좀 뜬금없다고 생각되기도 했지만 아사미는 과감히 그런 메시지를 보냈다.

이렇게까지 하면 고야나기의 스토킹도 멈추지 않을까? 그런 한 가닥의 희망과 심장이 터질 듯한 떨림 속에서 고야나기의 메시지를 기다렸다.

『그거 참 유감입니다. 이전에 도미타 씨와 함께 있는 것을 보았는데, 아사미 대장은 도미타 씨와 결혼하는 건가요?』

바로 그런 메시지가 돌아왔다.

아사미는 고야나기가 심하게 욱하거나 무시할 거라고 생각했기 때문에, 비교적 상식적인 대답에 일단 안심한다.

이것에는 어떻게 대답해야 할까?

솔직하게 이야기하면 고야나기의 분노가 도미타를 향해 버릴까? 아사미는 고야나기의 모습을 떠올린다. 대담한 일을 벌일 남자는 아니었지만, 인사과에 있는 이상 혹시 내부 인사고과 등에서 도미타를 괴롭힐지도 모른다.

사실 도미타와의 결혼 이야기는 후퇴만 할 뿐 진전된 바는 전혀 없다. 게다가 페이스북 친구란, 일면식도 없는 남도 아니고 그렇다고 아주 가까운 사이도 아닌, 어중간한 지인이어서 서툰 거짓말은 어차피 들키고 만다. 그래서 아사미는 이렇게 보내기로 했다.

『현재 사귀고 있는 사람은 도미타가 아닌 다른 분입니다. M상사에 근무하는 샐러리맨입니다. 고야나기 씨도 멋진 여성을 만나서 빨리 행복해지세요.』

바로 다케이의 얼굴이 떠올랐다. 만약 무슨 일이 있으면 다케이와 사귀는 것으로 해버리자. 게다가 M상사라는 브랜드에 압도당해서 고야나기가 포기할지도 모른다.

하긴 그 메시지도 아주 거짓말은 아니었다.

아사미가 미나요의 이야기를 했음에도 불구하고 두 번째 데이트를 하고 헤어질 때, 다케이는 다시 아사미의 입술을 원했다. 아사미도 굳이 거부하지는 않았지만, 내심 좀 질려 버렸다. 자신이 낙태시킨 여자의 친구와 그 이야기를 한 직후에 키스할 마음이 들 수 있구나. 그리고 또 기죽지도 않고 태연하게 아사미를 데리고 호텔에 가려고 했다. 물론 아사미는 거부했지만 다케이는 헤어질 때 이렇게 말하는 것을 잊지 않았다.

"보통의 어른은 첫 데이트에서 호텔에 가자고 하지는 않지만, 세 번째 데이트 때는 가자고 해도 되는 거지?"

아사미가 다케이와 두 번째 데이트를 할 생각을 한 것은 미나요 이야기를 하고 싶었기 때문이다. 그래서 이제 더 이상은 다케이와 만날 생각이 정말로 없었다.

예전과 전혀 다름없이 여성을 능숙하게 잘 다루는 플레이보이.

대학 입학 직후에는 스무 살도 되지 않은 아이였기 때문에 정신없이 다케이에게 빠지기도 했었지만, 서른이 넘은 아사미는 이제 제대로 된 남자를 볼 줄 아는 능력도 생겼다고 생각했다.

그런데 그 인도네시아 이야기는 정말일까?

만약 다케이가 정말로 자신과의 결혼을 생각하고 있다면, 그리고 자신을 일본에서 먼 세상으로 데려가 준다면 아사미도 전혀 생각이 없지는 않았다. 거기에는 지금까지와는 전혀 다른 인생이 열려 있을 듯한 기분이 들었다.

『상대가 도미타 씨가 아니어서 다행입니다. 사실 그는 사내에서 좀 평판이 좋지 않아서, 만약 이나바 씨와 사귀고 있다면 전해야 할 것이 있었습니다. M상사에 다니시는 분과 행복하세요.』

그런 문자가 와 있었다.

좋지 않은 평판?

그건 대체 무슨 뜻일까? 바람이라도 피고 있다는 것일까? 인사부에 있는 고야나기라면 그런 소문뿐만이 아니라 더 특별한 정보도 손에 넣을 수 있다. 설마 회사 돈에 손을 대거나 한 것일까?

『도미타 씨의 좋지 않은 평판은 뭔가요? 사귀는 건 아니지만, 모르는 사이는 아니기 때문에 만약 괜찮으시다면 가르쳐 주세요.』

아사미는 과감히 그런 메시지를 보내보았다.

경우에 따라서는 결혼할지도 모르는 남자의 「회사 내에서 좋지 않은 평판」이라면 간과할 수는 없다.

『도미타 씨에게는 동창 중에 오래 사귄 애인이 있었는데, 카드 사기를 당하고 그 여자 친구에게 적지 않은 빚을 졌답니다. 그런데도 빚을 갚으려고 하지도 않고 거꾸로 헤어지자는 이야기를 꺼냈기 때문에, 그 동급생이었던 애인이 격노해서 인사부에 월급을 압류해달라는 전화를 했었습니다. 이것은 인사부 내에서도 극히 일부의 사람만 알고 있습니다.』

C

"부스지마 선배님, 이제서야 피해자 중 한 명의 신원으로 추정되는 정보가 들어왔답니다."

늘 하던 탐문을 끝내고 돌아오니 카가야가 먼저 그렇게 말했다.

"정말이야?"

"이케가미 사토코. 23세. 이케부쿠로에 살았습니다만, 반년 전에 홀연히 사라져서 지인이 경찰서에 실종신고서를 제출했답니다."

"그렇군."

부스지마는 겨드랑이와 등에서 땀을 흠뻑 흘리고 있었다. 양복을 행거에 걸고 손수건으로 땀을 닦으며 카가야의 보고에 귀를 기울인다.

"세 번째로 발견된 사체와 키나 체구가 거의 같고 실종된 시기도 거의 일치했습니다. 그래서 이케부쿠로 주변에 있는 치과의사로부터 사체에 있는 치아 치료 흔적과 일치하는 진료기록이 있는지 알아보고 있습니다."

"DNA 판정은?"

"이케부쿠로의 연립주택은 이미 비웠기 때문에 그녀의 본가에 가서 DNA 단서가 될 만한 것이 없는지 문의하고 있습니다."

"그 이케가미 사토코의 본가는 어디지?"

"홋카이도의 도호쿠입니다. 그것도 꽤 시골이랍니다."

"그 이케가미 사토코는 이케부쿠로에서 뭘 하고 있었어?"

"출장 마사지 업소 아가씨입니다."

"출장 마사지 업소?"

"네. 이케가미 사토코는 고교를 졸업하고 바로 도쿄로 상경했습니다. 처음에는 계약직 사원으로서 성실하게 일한 것 같은데, 금세 물장사의 세계로 들어갔다가 마지막에는 이케부쿠로 주변에서 출장 마사지 업소 아가씨로 일했다고 합니다."

카가야는 수첩을 보며 그렇게 말했다.

부스지마는 책상에 있던 서류를 부채 삼아 팔랑팔랑 부쳤다. 어떻게든 이마의 땀을 진정시키고 싶었지만, 오늘은 기온이 30도를 넘는 바람에 관공서 절전 정책을 시행하는 경찰서 안에서는 땀이 가실 것 같지 않았다.

"그런가? 그런데 이케부쿠로에서의 이케가미 사토코의 교우관계는?"

"사정이 그러니까 지인은 별로 없었습니다. 다만, 그 출장 마사지 업소 점장이 일련의 언론 보도를 보고 이케가미가 너무나 부자연스럽게 실종되었다고, 그제 실종신고서를 냈답니다."

"부자연스러워? 그게 구체적으로는 무슨 얘기야?"

"이케가미 사토코는 그 출장 마사지 업소의 에이스였답니다. 그랬던 그녀가 반년 전에 불쑥 문자메시지 한 통만 달랑 보낸 뒤 갑자기 업소를 그만둬 버렸다고 합니다."

"그게 그렇게 부자연스러운 일인가? 그런 세계라면 뭐, 그런 일도 흔히 있는 일 아닌가? 라이벌 업소에서 스카우트를 당했다든가 하면 그런 식으로 그만두겠지."

"실은 그 점장과 이케가미 사토코는 연인 사이이기도 했답니다. 단순한 점장과 출장 마사지 업소 아가씨 관계라면 불쑥 없어지는 것도 이해 못할 것은 아니지만, 아무런 예고도 없이 연인이기도 한 자신 앞에서 사라져버린 것은 도무지 납득하기 힘들다고 말했습니다."

"두 사람의 교제는 순조로웠다는 얘기인가?"

"그 점장은 결혼 약속까지 했었다고 말하고 있습니다."

탐문을 위해 뙤약볕 아래를 돌아다니는 동안 부스지마의 얼굴은 완전히 볕에 그을려 버렸다. 그 그을린 이마에 송골송골 맺힌 땀을 닦으면서 부스지마는 문득 소박한 의문이 하나 떠올랐다.

"어이, 카가야. 그 이케가미 사토코의 손님 중에 하타노 아츠시는 없었나?"

"글쎄, 어떨까요? 수사본부에서 확인한 바로는, 하타노 아츠시라는 이름의 손님은 적어도 그 업소에 등록되어 있지 않았다고 합니다. 다만, 하타노 아츠시가 다른 이름으로 그 업소를 드나들었을지는 모르는데, 수사본부에서 이미 하타노 아츠시의 사진도 업소 점장에게 보여주지 않았을까요?"

"나는 출장 마사지 업소 같은 건 이용한 적이 없어서 그러는데, 그런 데 들어갈 때 면허증 같은 걸 제시할 필요가 있나?"

"필요 없을 겁니다. 이름도 가짜여도 괜찮을 겁니다. 휴대폰 전화번호 정도는 필요할 것 같지만요."

"카가야, 아직 하타노에 관한 정보는 안 들어왔나?"

그 후, 사이토 본부장은 N시스템에 찍힌 사진과 위조면허증에 붙어있던 증명사진 둘 다를 가지고 전국에 있는 렌터카 업체와 PC방 등으로 대대적인 심문을 해보겠다고 약속해주었다.

"아까도 본부에 확인해봤습니다만, 역시 없는 것 같습니다."

"그렇군."

부스지마는 그렇게 말하며 땀 때문에 몸에 착 달라붙은 와이셔츠를 손가락으로 붙잡아 파닥파닥 펄럭였다.

A

『오늘 경찰을 사칭한 사람으로부터 네가 살해당한 것 같다는 장난전화가 걸려왔어. 내가 '사람을 착각했어요'라고 말하고 넘어갔지만, 최근에 도쿄에서는 뒤숭숭한 사건이 많이 일어나고 있으니 모쪼록 조심해.』

이케가미 사토코의 스마트폰에 그녀의 엄마로부터 그런 문자 메시지가 도착해 있었다.

이미 경찰은 사체를 특정하고 이케가미 사토코의 신원을 밝혀 낸 듯했다.

『엄마! 도쿄는 정말 무서운 사건이 많아서 걱정이야. 이번 여름방학에는 홋카이도로 돌아갈 수 있을지도 몰라. 이번 달 돈, 또 보냈으니까 다 같이 뭔가 맛있는 거라도 드세요. 사토코』

남자는 이케가미 사토코의 엄마에게 그런 문자메시지를 보냈다.

사토코의 아버지는 5년 전에 돌아가셨다. 엄마를 생각하는 사토코는 출장 마사지 업소에서 번 돈을 매달 몇만 엔씩 본가의 엄마에게 송금하고 있었다. 현재는 남자가 그것을 대신 보내고 있었기 때문에, 본가의 엄마는 자신의 딸이 살아 있는 것을 믿어 의심치 않았다. 그럼에도 이런 것은 확실하게 해둘수록 더 좋다.

남자는 컴퓨터로 동영상 편집 프로그램을 구동시켰다. 이 프로그램은 동영상뿐만이 아니라 음성도 편집할 수 있었다. 그 프로그램으로 과거 이케가미 사토코의 음성을 녹음해 두었던 MP3파일을 재생한다.

『잘 지내나요? 다음에는 언제 우리 가게에 올 건가요? 전화주세요.』

『오늘은 무척 즐거웠어요. 우리 가게 오면 또 나를 지명해 주세요.』

『늘 선물 고마워요.』

『잘 자요. 안녕.』

『힘내요.』

『잘 지내나요? 나는 무척 잘 지내고 있어요.』

이런 일을 대비해 남자는 이케가미 사토코가 남자에게 남긴 음성 메시지를 전부 컴퓨터에 저장해 두었다. 그리고 그중 몇 개 파일을 편집 프로그램으로 잘라 붙여본다.

『나는 무척 잘 지내요. 늘 고마워요. 다음에 또 전화주세요. 잘 자요. 안녕.』

컴퓨터로 재생한 이케가미 사토코의 메시지는 물론 세밀하게 들으면 연결이 이상한 부분도 있었다. 그러나 홋카이도의 촌구석에 사는 사토코 엄마가 그 조작을 눈치채는 일은 없을 것이다.

시계를 보니 새벽 2시였다.

남자는 보스턴백 안에 들어 있던 다른 스마트폰을 꺼내서 이케가미 사토코의 엄마 휴대폰에 전화를 걸어본다. 무음 모드로 해 둔 것인지 아니면 정신없이 자고 있는 것인지, 전화는 몇 번의 통화연결음 후에 음성 메시지를 남기라는 모드로 넘어갔다.

남자는 이케가미 사토코의 엄마가 전화를 받지 않는다는 사실까지만 확인한 뒤 그 전화를 끊어 버리고, 이번에는 이케가미 사토코의 스마트폰으로 그녀의 엄마에게 다시 전화를 건다.

통화연결음이 몇 번 울렸다.

그 순간, 곧바로 불길한 생각이 남자의 뇌리를 스친다.

혹시 아까 건 전화 소리 때문에 이케가미 사토코의 엄마가 잠에서 깨어버린 것이 아닐까?

좀 전의 번호라면 "잘못 걸었습니다."라는 한마디로 끝나지만, 이번에는 친딸의 스마트폰으로 전화를 걸었다. 남자가 그 전화를 직접 받을 수는 없으니 사토코의 엄마가 전화를 받으면 끊어버리지 않을 수 없다. 그렇게 되면 이런 야심한 시각에 딸에게서 전화가 걸려온 것이 의아할 것이다. 그렇지 않아도 오늘은 경찰이 이케가미 사토코의 엄마에게 전화를 건 직후이다. 물론 나중에 엘리베이터 안이었다든가 전파가 잘 터지지 않는 곳에 있었다고 둘러대는 문자메시지를 보내는 것도 가능은 하지만, 전화를 걸어놓고 말이 없었던 이상한 느낌은 그녀의 엄마에게 남을 것이다. 모처럼 잘 속이고 있었는데 일부러 무덤을 파 버린 것일까?

남자는 통화연결음이 음성 메시지를 남기라는 모드로 바뀌기만을 가만히 기다렸다.

남자의 심장이 드물게 고동쳤다.

네 번, 다섯 번. 통화연결음이 남자의 고막을 흔들었다.

여섯 번, 일곱 번, 남자는 전화를 끊어버리고 싶은 유혹을 간신히 견디며 기도하는 마음으로 수화기에 집중한다.

겨우 음성 메시지를 남기라는 말이 흘러나왔을 때 남자는 안도의 한숨을 내쉬었다.

「삐-」하는 음이 울리고 남자는 편집 프로그램으로 짜깁기한 음성파일의 재생 버튼을 눌렀다. 그리고 스마트폰의 마이크 부분을 컴퓨터 스피커에 가까이 갖다 댄다.

『나는 무척 잘 지내요. 늘 고마워요. 다음에 또 전화주세요. 잘 자요. 안녕.』

스마트폰을 끊었을 때, 남자는 이마에 땀을 흠뻑 흘리고 있었다. 이번에는 간신히 버텼지만, 경찰이 이케가미 사토코를 의심하기 시작한 이상 이제 이 스마트폰은 빨리 처분하는 편이 좋을 것이다.

그런데 문제가 하나 있다. 만약 이 스마트폰을 처분해서 없애 버리면, 이케가미 사토코의 엄마 입장에서는 딸의 문자메시지를 더 이상 받지 못하게 된다. 그렇게 문자메시지가 갑자기 끊겨 버리면, 이케가미 사토코의 엄마도 경찰에 도움을 요청할 것이다. 그렇게 되어 버리면 경찰이 이 스마트폰의 위치를 추적할 것이 불 보듯 뻔했다.

스마트폰과 휴대폰은 항상 양날의 검이다. 남자가 이케가미 사토코의 스마트폰을 계속 갖고 있으면 경찰이 스마트폰이나 휴대폰의 위치 정보를 추적해 대번에 남자가 있는 장소를 들켜버리는 문제가 있다. 물론 이케가미 사토코의 스마트폰을 갖고 있으면 오늘처럼 경찰이 이케가미 사토코의 가족에게 뭔가 연락을 취해올 때, 남자는 가족들로부터 가장 먼저 그 연락을 받게 되는 장점도 있다.

무슨 좋은 방법은 없을까?

남자는 컴퓨터를 켜고 쓸 만한 프로그램이 없을까 검색을 해 보았다. 그러던 중 의외로 쉽게 남자가 필요로 하는 앱을 발견했다.

그것은 스마트폰의 위치 정보를 위장하는 앱이었다.

애인의 외도를 밝혀내기 위해 스마트폰의 위치 정보를 추적하는 앱이 개발되었다면, 이번에는 거기서 도망치기 위해 위치 정보를 위장하는 앱도 개발되었다. 이런 종류의 기술이 빠르게 진보되는 것은 정말 놀랍기만 하다.

바로 이케가미 사토코의 스마트폰에 이 위장 앱을 설치해 보자.

만약 그것이 잘 작동된다면, 사체가 발견되어 경찰에게 감시당할 가능성이 높은 여자의 스마트폰마다 전부 이 앱을 깔자.

아직 초조해할 필요는 없다.

스마트폰을 처분하는 것은 정말로 마지막에 써도 될 카드이다.

B

"있잖아, 도미타. 전에 카드 사기 당했을 때 나 돈 안 빌려줬는데 결국 그 돈 누구한테 빌렸어?"

고야나기 마모루로부터 이상한 말을 들은 주말, 아사미는 도미타의 집에 도착해 그를 만나자마자 그렇게 물었다. 고야나기가 보낸 그 메시지가 아무래도 머릿속을 떠나지 않았기 때문이다.

"어? 아아. 예전 친구한테 빌렸어. 고등학교 때 친구 중에 부자인 녀석이 있어서 그 녀석한테 부탁했더니 이자는 달라고 했지만 돈은 빌려줬어. 그 덕분에 천만다행이야."

"그 친구는 여자야? 아니면 남자?"

"어, 물론 남자야."

"정말이야?"

"어어. 새삼 왜 그래?"

이 말을 믿어도 될까? 아사미는 가만히 도미타의 얼굴을 쳐다본다.

"그리고 말이야, 나한테 도미타랑 둘이서 찍은 사진을 보내온 예전에 그 가슴 큰 여자 말인데."

"어어? 그 애가 보낸 건 아니지만 말이지."

"그 가슴 여자랑 도미타는 정말 과거에 아무 일도 없었어? 솔직하게 말해줘."

아사미는 도미타를 똑바로 응시하며 그렇게 물었다. 이 남자는 아사미의 눈을 보고 거짓말을 하지 못한다. 그러니까 도미타가 아사미에게서 시선을 돌린다면 그 발언은 신뢰할 수 없다.

"어, 진짜 갑자기 왜 그래?"

"됐으니까 빨리 내 질문에 대답해."

"으~음. 뭐 고등학교 때 사이는 좋았고 잠깐 사귄 시기도 있었던가?"

"그게 뭐야. 그럼 섹스 파트너? 역시 야한 짓 했구나."

"섹스 파트너라니."

"하지만 둘이 사귀었다면 분명 그런 짓을 했을 거 아니야?"

"고등학생 때니까, …아직 그런 짓은 안 할 때였어."

도미타는 오른쪽 위로 비스듬히 시선을 피하며 그렇게 말했다.

"그런데 내가 왜 그런 옛날 얘기를 해야 하는 거야? 아사미도 나랑 사귀기 전에 남자 한둘은 사귀었잖아."

드물게 도미타의 억양이 높아진다.

정말일까? 만약 도미타와 그 여자 사이에 육체관계가 있었다면, 고야나기가 보낸 그 메시지의 신빙성은 높아진다. 돈 때문에 곤란했던 도미타가 전 여친에게 돈을 구하러 갔다. 그리고 다시 이전 사이로 돌아갔다?

"저기, 카드 사기로 당한 돈 말인데, 사실은 그 가슴 여자한테 빌린 거 아니야?"

"아니야."

도미타는 불쾌하다는 듯 부정했다.

"뭐가 아닌데? 너 그 여자랑 역시 야한 짓 했지? 그리고 돈까지 빌리고서 안 갚으니까, 나한테 그런 문자가 온 거야."

"뭐야 그게? 맘대로 상상해서 지껄이는 것도 좀 작작 해! 아니면, 누군가로부터 그런 말을 듣기라도 한 거야?"

도미타가 드물게 거친 말을 뱉어서 내심 놀랐다. 아사미는 믿는 도끼에 발등을 찍힌 듯한 강한 충격과 분노를 느끼고 있었다.

"상상 따위가 아니야. 나한테 분명 그렇다고 말한 사람이 있어."

"그게 뭐야? 대체 누군데?"

"당신 회사의 고야나기 씨."

"고야나기? 고야나기라니, 그 우리 회사 인사부?"

"그래. 그 가슴 여자가 직접 인사부에 전화를 걸어왔대."

"어, 진짜?"

순간 도미타의 표정이 흐려졌다. 그 순간 아사미는 이제 이 남자와는 오래가지 못할 듯한 기분이 들었다. 늘 남자와 헤어질 때는 이런 느낌이었다. 그렇게 사이가 좋았는데도, 어느샌가 도미타가 먼 존재가 되어버린 듯한 기분이 들었다.

"응. 고야나기 씨, 내 페이스북의 팬인 것 같아서 종종 메시지를 보내. 그런데 요즘에는 인터넷 스토커 같이 느껴져서 나 남자 친구가 있다고 말했어. 그랬더니 상대가 도미타라고 생각하고 일부러 그런 정보까지 보내줬어."

"그래서 그런가?"

"뭐가?"

"있잖아, 아사밍. 다케이 유야가 누구야?"

아사미의 심장이 크게 고동쳤다.

"어, 도미타가 어떻게 다케이 씨를 아는 거야?"

"아니, 그 고야나기가 말이야. 아사밍은 M상사에 근무하는 다케이 유야라는 남자랑 결혼하는 것 같다고, 페이스북으로 나한테 일부러 메시지를 보냈어."

"어어, 정말로?"

"정말이야."

아사미는 이게 대체 무슨 일인가 싶었다. 도무지 이해할 수가 없었다.

"아무튼 그 다케이라는 사람이 누구야?"

도미타는 아사미를 똑바로 쳐다보고 그렇게 물었다.

"그냥 대학 선배야. 하지만 결혼 같은 건 그다지…."

아사미는 왼쪽으로 비스듬히 눈을 내리깔며 말끝을 흐렸다.

C

"이케가미 사토코가 살아 있다?"

부스지마가 흡연실에서 혼자 담배를 피우고 있을 때 카가야가 불쑥 그렇게 말하며 들어왔다.

"수사본부가 본인 확인을 하기 위해 이케가미 사토코의 본가에 연락을 취했던 것 같습니다. 그랬더니, 그녀의 엄마가 우리 사토코는 살아 있으니까 그건 다른 사람일 거라고 한 것 같아요."

"어떻게 된 거야?"

"경찰이 딸이 살해당했을지도 모른다고 말했을 때는 깜짝 놀란 것 같은데, 그 후에 바로 본인이 전화를 걸어왔다고 한 것 같습니다. 최근까지도 연락을 착실히 주고받고 있으니, 그 사체는 자기 딸인 이케가미 사토코와는 다른 사람이라고요. 사토코는 이케부쿠로에서 계약직 사원으로 근무하고 있다고 했답니다."

"그 부모는 이케가미 사토코와 전화로 이야기했다고 진술하고 있는 건가?"

"네. 그런 것 같습니다."

"그래. 계약직으로 일하고 있다는 건 틀림없이 출장 마사지 업소에서 일하는 걸 몰라서 하는 말이겠지만, 어쨌든 엄마가 본인과 직접 이야기했다고 하니 그 이케가미 사토코는 틀림없이 살아있는 거겠지?"

"그렇겠지요? 하지만 만약 그렇다면 그 산에서 사체로 발견된 것은 누구였을까요? 저도 방금 전에 수사본부에 갔다가 이케가미 사토코의 엄마와 통화했다는 이야기를 얼핏 들은 거라서 뭐가 진실인지 도통 모르겠네요."

카가야는 고개를 갸우뚱하며 그렇게 말했다.

"그러고 보니 치아 치료 흔적은 어떻게 됐어? 이케부쿠로 주변에서 세 번째 사체와 같은 치아 치료 흔적이 있는 진료 기록은 찾은 건가?"

"아직인 것 같습니다."

"그래. 하긴 이케부쿠로에 있는 치과에 다녔다는 보장도 없고 말이지."

"다른 지역으로도 범위를 더 넓혀서 일치하는 치아 치료 흔적을 찾고 있는 것 같습니다."

처음 이케가미 사토코의 이야기를 들었을 때는 이것으로 수사도 진전이 있을 거라고 생각했지만, 또다시 사건이 원점으로 돌아갔다.

"이케가미 사토코의 실종신고서를 제출한 건 애인이기도 한 그 출장 마사지 업소 점장이었지?"

"네, 그렇습니다."

부스지마는 의자에 앉아 있고, 손에 든 담배에서는 하얀 연기가 곧게 피어오르고 있다. 카가야도 주머니에서 자기 담배를 꺼내 입에 문다.

"그 출장 마사지 업소 점장에게 N시스템에 찍힌 하타노 아츠시의 사진을 보여준 결과는 아직 명확히 못 들었나?"

"그게 듣긴 들었는데, 점장의 답변이 애매해서요. 비슷한 손님이 있었던 것 같기도 하지만 그렇지 않은 것 같기도 하다. 뭐, 그런 모호한 느낌이랍니다."

"그 선글라스를 낀 사진으로는 뭐라 단정하기가 어려운 걸까?"

"네."

부스지마는 길어진 담뱃재를 재떨이에 떨어트리고, 담배를 다시 입가로 가져간다. 그것을 보며 카가야도 재빨리 입에 문 담배에 불을 붙인다.

"그 점장 연락처는 모르는 건가?"

"왜 그러세요?"

"아니, 내가 본인과 직접 이야기를 나눠보면 좀 더 확실해질 것 같은데, 혹시 힘들려나?"

"네. 어쨌든 이케부쿠로에 거주하는 사람이니까요. 본청 관할이고요."

"뭐, 그렇긴 하지."

부스지마는 짧아진 담배를 재떨이 가장자리에 꾹 눌러 끈다.

"실종신고서가 제출된 이케가미 사토코의 DNA와 사체의 DNA는 일치했나?"

"아직입니다. 홋카이도 본가의 유류품으로 DNA 판정을 하려고 했는데, 엄마가 단호히 딸의 사망을 부정하고 있어서요."

"그렇겠지. 실제로 전화로 이야기를 했으면, 사체의 주인이 그 이케가미 사토코는 아닐 테니 말이지. 그런데 그 출장 마사지 업소 아가씨는 어쩌다가 이케가미 사토코라는 이름을 썼을까?"

"뭐, 출장 마사지 업소 같은 곳에 다니는 여성들은 본명을 숨길 때가 많다고 합니다. 가게에 제출하는 서류도 어디까지가 진실인지 아무도 모르죠."

"하지만 흔한 이름도 아닌데 굳이 이케가미 사토코라는 가짜 이름을 썼을 때는 뭔가 이유가 있겠지."

"혹시 두 사람이 아는 사이였다든가?"

"뭐, 그럴지도 모르지. 하긴 그 정도는 도쿄 수사본부 쪽에서도 알아보고 있겠지. 이케가미 사토코는 그 출장 마사지 업소에서 어떤 예명으로 활동하고 있었지?"

"어 보자, 캐서린입니다."

카가야는 수첩을 보며 그렇게 답했다.

"캐서린이라. 그게 본명일 가능성은 없겠네."

"그러네요."

부스지마는 짧아진 담배를 재떨이에 눌러 끄고 작게 신음한 뒤 자리에서 일어난다.

"좋아, 지금부터 유사 성매매업소 관계자도 탐문 대상에 넣자. 범인은 출장 마사지 업소나 그와 유사한 것들을 자주 이용했을 가능성도 있으니까."

부스지마는 그렇게 말하며 손때가 묻어 지저분해진 하타노 아츠시의 사진을 가만히 쳐다보았다.

B

아사미는 도미타가 다케이 일로 이것저것 묻는 것이 거북해져
그만 도미타의 집을 뛰쳐나왔다. 분함과 슬픔으로 술을 마시고
이불 속에 들어가기는 했지만 몹시 괴로워 쉽게 잠들지는 못했
다.

이대로 도미타와 어색해져서 헤어지고 말 듯한 기분이 들었
다.

그렇다고 해서 다케이 씨와의 사이가 어떻게든 될까 생각해
보면, 그건 그것대로 좀 아닌 것 같았다. 대체 자신은 어떻게 하
고 싶은 것일까? 이불 속에서 마음을 정리한다. 자신은 도미타
와 다케이 둘 중 한 명을 선택해야 하는 것일까? 아니면 다시
혼자서 살아갈 각오를 해야 하는 것일까?

그때, 캄캄한 방 안에서 아사미의 스마트폰에 문자메시지가
도착한 소리가 났다.

도미타일 것 같아 허둥지둥 문자메시지를 확인한다. 평소라면
이 정도의 타이밍이 도미타가 진심 어린 사죄의 문자를 보낼 타
이밍이다.

그렇다면 아사미는 적당히 용서해 줄까 고려하고 있었다.

『아사미 대장의 부끄러운 사진을 가지고 있습니다. 지금부터
이것을 페이스북에 올리겠습니다.』

그런 메시지가 와 있었다.

부끄러운 사진?

번호는 낯설었지만 아사미 대장이라고 말하는 것을 보면 메시지를 보낸 사람은 고야나기일 것이다. 그러나 이제까지 고야나기는 아사미의 페이스북에 메시지를 보내기는 했어도 직접 스마트폰에 문자메시지를 보내온 적은 없었다.

불길한 예감이 들었다.

도미타와 다케이 일로 머리가 가득 차 있었지만, 이 고야나기 마모루의 문제도 해결된 것은 아니다. 다케이와의 결혼 얘기 등으로 자극해 버린 결과, 앞으로 고야나기가 무슨 짓을 저지를지 아사미는 전혀 예상할 수 없었다.

그때 새로운 메시지가 도착한 것이다.

『부끄러운 사진은 대장의 메일 주소로도 보냈습니다.』

그 문장을 읽은 아사미는 서둘러 스마트폰으로 메일 수신함을 확인한다.

그 메일에는 몇 개의 파일이 첨부되어 있었다. 아사미가 쭈뼛쭈뼛 그 파일을 열어보니 거기에는 놀라운 사진이 첨부되어 있었다.

실오라기 하나 걸치지 않은 아사미의 알몸 사진이었다.

사진은 전부 세 장. 상반신만 있는 것, 머리를 쓸어 올리며 허리에 손을 올린 것, 그리고 양 무릎을 바닥에 대고 앉아 있는 것. 마지막 한 장에는 아사미의 중요한 부분도 확실히 찍혀 있다. 다시 한번 그 사진을 보니 분명 도미타와 장난으로 찍은 것이 틀림없다.

이 사진이 왜 유출된 것일까?

게다가 그것을 왜 고야나기가 가지고 있는 것일까?

설마 도미타가 자포자기해서 이 사진을 뿌려버린 것일까?

고야나기는 이 사진을 벌써 페이스북에 올려버렸을까?

아사미는 전신의 핏기가 가시고 당장이라도 쓰러져버릴 것 같았지만 떨리는 손가락으로 키보드를 두드려 자신의 페이스북 페이지를 연다.

그런데 몇 번을 로그인하려고 해도 어떻게 된 일인지 『ID 또는 비밀번호가 올바르지 않습니다.』라는 알림창이 뜨고 만다.

몇 번이고 몇 번이고 비밀번호를 입력한다.

계속 거부당하고 만다.

왜? 어째서? 대문자와 소문자를 잘못 입력했나? 아니면 다른 비밀번호와 착각을 한 것일까? 그렇지만 자주 쓰는 비밀번호를 입력해도, 역시 튕겨 나오고 만다.

모르는 새 아사미의 두 눈에서는 눈물이 흐르고 있었다.

아사미는 너무 슬퍼져서 결국 노트북을 책상에 내팽개쳤다. 큰 소리와 함께 아사미의 바이오(VAIO: 소니 노트북-옮긴이)가 나뒹굴었다.

도미타에게 이런 사진을 찍게 하는 게 아니었다. 너무 간절히 원해서 무심코 허락해 버렸지만 설마 이런 사태가 벌어질 줄은 꿈에도 생각하지 못했다. 바로 도미타에게 전화를 걸었지만, 벨소리가 몇 번이 울려도 전화를 받을 기미는 없다. 여전히 중요한 때에 의지가 되지 않는 남자였다.

『아사미 대장의 부끄러운 사진을 가지고 있습니다. 지금부터 이것을 페이스북에 올리겠습니다.』

스마트폰에 온 짧은 문자를 다시 한번 읽어본다.

그런 사진을 올리면 이제 살아갈 수 없다.

다만, 『지금부터…』라고 했으니까 아직은 올리지 않았는지도 모른다. 이 문자메시지를 보낸 사람은 언제 그것을 실행할 생각인 것일까?

대체 누가 무엇 때문에 이런 짓을 하는 것일까?

고야나기 마모루가 의심스러웠지만, 아사미는 고야나기의 전화번호를 몰랐다. 이 스마트폰에 표시된 낯선 번호가 고야나기의 번호일까? 여기에 직접 전화를 걸어서 목적이 뭔지 캐물어 알아내야 할까? 고야나기에게 뭔가 보상을 하면 이 사진을 유출하지 않을지도 모른다.

하여간 전화를 해야 한다. 아사미는 쭈뼛쭈뼛 그 수수께끼의 전화번호를 터치한다.

한 번, 두 번, …, 통화연결음이 울린다.

상대는 정말 고야나기일까? 아니면 고야나기 행세를 한 다른 사람인가? 대체 어떤 인물이 이 전화를 받을까? 그리고 이 사진의 보상으로 무엇을 요구할까? 그것은 역시 돈일까? 아니면 아사미 자신일까?

그러나 몇 번이 울려도 전화를 받을 기미는 없다.

어떻게 하란 말인가? 이대로 공포 속에서 상대가 다음 요구를 할 때까지 가만히 기다리고 있으라는 것인가?

목이 바짝바짝 말라 있었다. 그런데 스마트폰으로 자세히 메일을 살펴보니, 메일에는 네 장의 사진이 첨부되어 있었다. 처음 세 개는 아사미의 전신사진이었다. 하지만 마지막 하나는 아까 터치했을 때는 열리지 않았다. 그 마지막 첨부파일을 다시 한번 터치해 보지만 역시 열리지 않는다. 이 네 번째 파일에는 무엇이 첨부되어 있는 것일까?

그때 갑자기 손에 들고 있던 스마트폰이 울렸다.

심장이 멎을 만큼 놀랐지만 거기에는 처음 보는 번호가 떠 있었다. 마침내 범인이 직접 전화를 걸어온 것일까? 그리고 드디어 이 전화로 몸값 등의 요구를 전하려고 하는 것일까? 아사미는 떨리는 손가락으로 스마트폰의 「통화」 버튼을 터치한다.

"…여보세요."

『여보세요, 다케이인데 아사미, 너무 하잖아. 대체 무슨 생각이야?』

전화 속 목소리는 다케이였다.

"어, 뭐가요? 여보세요, 다케이 씨. 무슨 일이 있었나요?"

『있잖아, 아사미. 페이스북의 그 사진 삭제해. 대체 무슨 생각으로 그 사진을 올린 거야? 게다가 여기저기 내 욕을 쓰고 있는 것 같은데, 작작 좀 해.』

다케이는 마치 다른 사람이 된 것처럼 화내고 있다.

"어, 무슨 얘기예요?"

아사미는 다케이가 하는 말을 전혀 이해할 수 없었다.

『뭐, 나도 결혼했던 걸 비밀로 했던 건 미안하다고 생각하지만, 그래도 불쑥 페이스북에 그런 걸 올리는 건 규칙 위반이야.』

다케이가 결혼? 점점 더 무슨 뜻인지 알 수가 없다. 그런데 그 말투로 보아 전화를 건 사람이 상당히 짜증이 나 있는 것은 분명했다.

"다케이 씨, 잠깐만…."

『아무튼 당장 삭제해. 안 그러면 나도 법적인 수단을 취할 테니까. 그럼 끊는다.』

다케이는 그렇게 내뱉고 일방적으로 전화를 끊어 버렸다.

역시 페이스북이다. 아사미의 페이스북에서 틀림없이 뭔가가 일어나고 있다.

당장 다시 한번 페이스북에 로그인하려고 했지만 역시 『ID 또는 비밀번호가 올바르지 않습니다.』라는 문구가 뜨고 만다.

어떻게 된 걸까?

아사미는 바로 카나코의 스마트폰에 전화를 건다. 이 시간에 깨어 있을까? 주말 밤이기도 한 이 시각에 아사미가 건 전화를 받을까?

"여보세요."

통화연결음이 여덟 번 울렸을 때 스마트폰에서 카나코의 나른한 듯한 목소리가 들렸다.

"여보세요, 카나코. 저기 내가 페이스북에 들어갈 수가 없는데…."

『아아, 역시.』

"역시? 지금 다케이 씨한테도 이상한 전화가 걸려오고, 저기 카나코, 내 페이스북에 들어가 볼 수 있어?"

『지금, 마침 보고 있어.』

"어떤 상태야?"

『네 페이스북에 다케이 씨랑 네가 키스를 하는 사진이 올라와 있어.』

"어, 어떻게 된 거야?"

아사미의 머릿속은 패닉상태가 되었다. 왜 그런 사진이, 그것도 자신의 페이스북에 올라가 있는 것일까?

『이건 역시 네가 올린 게 아니지?』

"당연하지. 그런 사진을 찍은 적도 없어. 올리기는커녕. 아까부터 페이스북에 로그인하려고 해도 도저히 들어갈 수가 없어."

『페이스북에 로그인을 못 해?』

"어, 그래. 아까부터 몇 번이나 로그인을 시도하고 있는데 몇 번을 해도 안 돼."

『아사미, 분명 네 페이스북을 누군가가 빼앗은 거야.』

"빼앗아?"

『응. 게다가 말이지, 나한테도 아사미 이름으로 위험한 메시지가 잔뜩 와 있어.』

"위험한 메시지?"

『다케이 유야는 부인이 있음에도 불구하고 내 몸을 가지고 놀았다든가, M상사의 다케이는 애인이 열 명이나 있는 카사노바라든가 그런 거.』

"뭐야 그게? 나 그런 메시지 안 보냈어."

『그러니까 빼앗긴 거라니까. 누군가가 아사미의 페이스북을 빼앗고 아사미 대신 키스 사진을 올린 거라고. 아사미가 페이스북에 로그인할 수 없는 건 빼앗은 누군가가 멋대로 비밀번호를 변경해 버렸기 때문이야.』

"카나코, 이제 어떻게 하지?"

『잠깐만 있어 봐. 페이스북을 되찾을 방법을 빨리 알아볼게. 알게 되면 이따가 전화할게.』

카나코는 그렇게 말하고 전화를 끊었다.

아사미의 머릿속은 완전히 혼란스러워져 있었다. 고야나기가 보내온 알몸 사진. 다케이가 건 항의 전화. 그리고 다케이의 결혼? 더욱이 빼앗긴 아사미의 페이스북! 거기에 올라온 듯한 다케이와의 키스 사진과 수수께끼 같은 메시지.

그때 원룸 1층 현관 바깥에서 큰 소리가 들려왔다.

쿵쿵 누군가가 계단을 올라오는 소리가 난다. 그것이 하이힐 소리가 아닌 것은 바로 알 수 있다. 방에 걸린 시계를 확인하니 새벽 1시가 다 되어가고 있었다.

이윽고 발소리는 계단을 다 올라왔고, 천천히 아사미 집으로 가까워져온다.

아사미의 오른쪽 옆집은 혼자 사는 학생의 집이었다. 그리고 왼쪽 옆에 최근에 누군가가 이사를 왔다.

아사미는 아직 그 인물과 만난 적이 없었다.

설마.

설마, 이사 온 그 인물이 고야나기일 가능성은 없는 것일까?

아사미는 허둥지둥 주방으로 뛰어가 싱크대 아래 선반을 열었다. 거기에 있던 가장 큰 부엌칼을 꽉 쥐고, 현관문 자물쇠를 응시한다. 열쇠는 꼭 잠겨 있지만, 이렇게 보니 정말 미덥지 않다. 얇은 문 따윈 몸집 큰 남자가 부딪치면 쉽게 부서져 버릴 듯했다.

복도를 쿵쿵거리는 큰 구두소리가 들린다. 한 걸음, 그리고 또 한 걸음. 그 발소리는 천천히 아사미의 집에 가까워진다. 그리고 그 소리가 아사미의 집 앞에서 딱 멈췄다.

이제 아사미는 허리에 힘이 빠져 서 있을 수도 없었다.

양손으로 쥔 부엌칼만이 의지할 물건이었지만 손이 너무 떨려서 자칫 자기 자신에게 상처를 입혀 버릴 듯하다.

아사미는 몸이 굳어진 채로 가만히 귀를 기울인다. 만약 문에 달린 잠금장치가 해제되어 버리면 어떡하지? 그러면 상대가 고야나기 같은 허약해 보이는 남자라도 도저히 저항하지 못할 거라고 생각했다.

시간이 말도 안 되게 느리게 지나가는 것 같았다.

5초 정도의 시간이 5분 정도로 느꼈다.

아사미의 심장은 크게 고동치고, 공포심에 무심코 눈이 감겼다.

짤그랑.

마침내 자물쇠 열리는 소리가 들렸다.

눈을 다시 살짝 뜨니, 아사미의 원룸 문은 잠긴 상태 그대로였다.

그 소리는 옆집에서 나는 소리였다. 이어서 옆집 문이 열리는 소리가 들렸다.

아사미는 바닥에 털썩 주저앉아 부엌칼을 바닥에 내려놓고 숨을 몰아쉬었다. 온몸에는 불쾌한 땀이 잔뜩 흐르고 있었다.

지금 당장 경찰서에 가야 할까?

하지만 뭔가 폭력을 당한 것이 아니다. 페이스북에 들어가지 못하는 것은 경찰이 상대해주지 않을 것이다.

그러나 누드 사진에 의한 협박은 엄연한 범죄이다. 그런데 그걸 신고하려면 이 사진도 보여주어야 하는 것일까?

달리 무슨 좋은 해결방법은 없을까? 다시 한번 도미타에게 전화를 해봤지만 여전히 받을 기미는 없다. 정말 못쓰겠다.

다시 카나코에게 전화를 걸어보려고 생각했지만, 모처럼 해결방법을 찾고 있는데 방해를 하면 도리어 미안하다. 그렇다고 해서 이대로 아무것도 하지 않는 사이에 그 사진이 페이스북에 올라가는 건 참을 수 없다.

문득 컴퓨터로 메일을 다시 체크해보자는 생각이 들었다.

『아사미 대장의 부끄러운 사진을 가지고 있습니다. 지금부터 이것을 페이스북에 올리겠습니다.』

컴퓨터로 메일 수신함에 접속해 보았더니, 역시나 스마트폰에서 확인한 것처럼 메시지와 함께 4개의 첨부파일이 도착해 있었다. 아까 스마트폰에서 볼 수 없었던 네 번째 첨부파일도 컴퓨터에서라면 열 수 있을지도 모른다.

주소를 보니 yanagi라는 문자열이 있었다.

역시 고야나기 마모루이다. 그 남자가 분명 이것을 보낸 것이다.

그 고야나기는 아사미와 같은 유텐지의 어딘가에 살고 있다. 어떡하지? 이 사진을 페이스북에 올리는 것도 두렵지만, 그런 짓을 하려고 하는 사람이 아사미의 집 근처를 어슬렁거리고 있을지도 모른다.

역시 당장 경찰서에 가자.

그렇게 결심하면서 네 번째 파일을 클릭한 순간이었다.

"아."

아사미는 작게 소리를 질렀다.

『이 디바이스는 잠겼습니다. 잠금을 해제하고 부끄러운 사진이 올라가길 원하지 않으면 24시간 이내에 30만 엔을 지불하시오.』

C

"이 사진 속 인물을 보신 적 있습니까?"

검정색 옷에 나비넥타이를 맨 점원에게 N시스템에 찍힌 하타노의 사진을 보여줬지만 고개를 옆으로 저을 뿐이었다. 패션 Passion 안마 시술소라고 적힌 현란한 네온사인 간판 아래에는 누군가가 구토한 잔해가 있었다.

"그럼 이 사진은 어떨까요?"

이번에는 위조면허증에 쓰였던 증명사진을 보여준다.

"아뇨, 제 기억에는 없네요."

결국 오다와라에 있는 퇴폐업소를 전부 돌아봤지만 하타노를 본 기억이 있는 사람은 없었다.

안마 시술소 같은 점포형 유사 성매매업소는 그래도 이렇게 가게를 찾아가기만 하면 탐문수사를 할 수 있었다. 그러나 정작 중요한 것은 이케가미 사토코가 일했던 것과 같은 출장 마사지 업소였다. 출장 마사지 업소는 모두가 전화를 걸어서 아가씨를 부르기 때문에 사무소의 소재도 모호해서 좀처럼 수사가 진전되지 않았다.

"역시 이쪽에는 출몰을 안 하는 게 아닐까요?"

카가야의 그 한마디를 무시하며 퇴폐업소가 가득한 거리의 화려한 네온사인을 뒤로 한 채 걷고 있을 때 부스지마의 눈에 작은 PC방 간판 하나가 들어왔다.

"어이, 카가와. 이번에는 저기다."

부스지마가 그렇게 말하면서 가리킨 상가건물 3층 외벽에는 「레인보우 PC방」이라고 적힌 간판이 있었다.

"글쎄요, 짚이는 사람은 없는데요. 알바! 이런 손님 본 적 있어?"

PC방 점장이 「레인보우」라고 적힌 갈색 앞치마를 두르고 있던 아르바이트 직원 남자에게 물었다. 실제 접객과 접수는 아르바이트생인 그 갈색 머리 청년이 하는 것 같았다.

"이 사람 말인가요?"

"네. 어떤 사건의 열쇠가 되는 인물입니다만, 혹시 보신 적 없을까요?"

"으~음."

갈색 머리칼의 아르바이트생은 고개를 갸웃거리며 뭔가를 생각해내려 노력한다.

"어딘가에서 본 것 같기도 한데, 선글라스를 쓰고 있는 사진이라 잘 모르겠네요."

"그럼, 이 사진은 어떻습니까?"

부스지마는 그렇게 말하면서, 이번에는 위조면허증 속 하타노 아츠시 사진을 보여준다.

"으~음."

"어떻습니까?"

"이 사람과 아까 그 사람은 같은 사람인가요?"

"다른 사람일지도 모르고, 좀 전의 인물이 변장하고 있는 건지도 모릅니다."

"그렇습니까? 하지만 지금 이 사진 속 조폭 같은 사람이 가게에 들어오면 잊을 리는 없지요. 이 사람은 본 적이 없는 것이 확실합니다."

남자는 그렇게 말하며 부스지마에게 위조면허증 사진을 도로 내민다.

"그렇습니까?"

"한 번 더 아까 차를 운전하면서 찍힌 사진을 보여주실 수 있을까요?"

갈색 머리칼의 아르바이트생이 묘한 표정으로 그 사진을 쳐다본다. 그 옆에서 점장도 무언가를 생각해내려고 고개를 갸우뚱거리고 있다. 벽에 걸린 시계는 오후 8시를 가리키고 있었다. 부스지마는 무언가를 생각해내려 하는 아르바이트생의 옆모습을 쳐다보며 가게에서 준 자판기 커피를 한 모금 마신다. 그저 따뜻하고 검은색인 물처럼 별 맛이 느껴지지 않는다.

"어떻습니까, 본 기억은 있습니까?"

"으~음, 본 것 같기도 하고, 아닌 것 같기도 합니다."

본 것 같기도 하다? 갈색 머리 아르바이트생은 본 적이 없다고 명확하게 말하지 않았다.

"손님 중에 이 남자를 닮은 사람이 있었다는 겁니까?"

부스지마는 그렇게 재차 다그쳤지만, 아르바이트생은 계속해서 고개를 갸웃거리며 그 사진을 쳐다보고 있다.

"어딘가에서 본 것 같기는 합니다. 그렇지만 이런 타입은 저희 가게에 자주 오기 때문에 그저 그런 사람들과 닮은 것뿐인지도 모릅니다."

부스지마는 그 대답에 내심 실망한다.

"그런데 이 가게에서는 회원가입을 할 때 어떻게 개인을 특정하고 있습니까?"

미성년자의 심야 이용을 규제하기 위해 PC방 출입시 신분증을 제시하는 것이 의무사항이다.

"면허증이라든가 학생증, 그리고 그 외 그와 유사한 여러 가지요."

아르바이트생이 점장을 힐긋 본다.

"그 자료들은 있지요?"

"네, 물론입니다."

아르바이트생에게 물었는데 점장이 큰 소리로 그렇게 대답했다.

"그것을 보여주실 수 있습니까?"

"엇, …지금 말인가요?"

점장이 곤혹스러운 표정을 지었다.

"네. 무슨 문제가 있습니까?"

"경찰이 요청하면 못 보여드릴 이유는 없지만, 아직은 정리가 안 되어 있어서 당장 보여 달라고 하시면 좀 곤란합니다만."

카운터 안쪽이 어수선한 걸 보니 분명히 고객 관리 같은 것은 꽤 설렁설렁 하는 모양이다.

"그렇습니까? 그렇다면 이 가게의 손님 중에 하타노 아츠시라는 인물은 등록되어 있습니까? 그것만 먼저 확인해주십시오. 아마도 이십 대 정도의 젊은 남성입니다만."

"하타노 아츠시 씨인가요? 잠시만요."

점장이 카운터 안쪽의 컴퓨터를 만지기 시작했다. 고객 성명

만큼은 그래도 정확히 컴퓨터로 관리하고 있는 듯했다.

"어, 하타노…, 뭐였지요?"

"아츠시입니다. 하타노 아츠시."

"하타노, 아츠시 씨요. 아니요, 저희 가게에는 등록되어 있지 않네요."

B

아사미의 컴퓨터가 랜섬웨어에 감염된 후 아사미는 바로 우라노 요시하루의 명함을 찾기 시작했다. 새벽 1시에 그 번호로 전화를 건다는 것이 무척 망설여졌지만 아사미는 이제 요시하루에게 매달릴 수밖에 없었다.

다행히도 우라노와 연락이 닿아서 그가 컴퓨터를 봐 주는 것은 흔쾌히 승낙을 받았지만 내일도 모레도 일 때문에 아사미의 컴퓨터를 봐줄 시간이 없다고 했다.

"누구 대신할 사람을 찾아보겠습니다."

우라노는 그렇게 말하고 전화를 끊었지만 몇 분 후에 "적임자가 없어서 택시비를 내주신다면 지금 그쪽으로 가겠습니다."라는 전화가 걸려왔다.

아사미는 이렇게 늦은 시간에 젊은 남자를 방에 들이는 것에 거부감이 들기는 했지만, 그토록 성실해 보이는 청년이라면 이상한 사고도 일어나지 않을 거라고 생각했다. 게다가 무엇보다도 더 이상 지체할 시간이 없다.

이러고 있는 동안에도 범인이 그 누드사진을 페이스북에 올려버릴지도 모른다.

"얼마 전 도미타 씨의 스마트폰을 덮친 것과 같은 랜섬웨어라면 복원 수단이 있으니까 바로 해제할 수 있습니다."

뜨거운 커피를 타 주었더니 우라노는 빙긋 미소를 짓고 그렇게 말했다.

"정말 이렇게 늦은 시간에 미안해요."

"괜찮아요."

우라노는 그렇게 말했지만 아사미는 신경 쓰이는 것이 있었다. 만약 이대로 잠긴 컴퓨터를 해제한다고 쳐도 나머지 문제들은 해결된 것이 아니다. 범인의 손안에 그 사진이 있고, 아사미의 페이스북을 빼앗긴 이상 언제 그 사진이 뿌려질지 모르는 상황이다. 이 시점에서 차라리 우라노에게 솔직하게 모든 것을 이야기하는 편이 나을지도 모른다.

"실은 우라노 씨, 지난번과는 사정이 좀 다를지도 몰라요. 사실은 이런 협박 문자가 왔어요."

『아사미 대장의 부끄러운 사진을 가지고 있습니다. 지금부터 이것을 페이스북에 올리겠습니다.』

아사미는 우라노에게 그런 문장이 떠 있는 스마트폰을 보여주었다.

"사진요? 무슨 사진인가요?"

우라노가 그렇게 물어서 아사미는 순간 망설였지만 사진을 보여주지 않으면 아무것도 해결되지 않을 거라는 생각이 들어, 상반신만 찍힌 그나마 가장 무난한 누드 사진을 우라노에게 보여주었다.

우라노는 눈이 휘둥그레져서 스마트폰의 누드 사진과 아사미의 얼굴을 말똥말똥 번갈아 쳐다본다.

곧 그의 시선은 핑크색 티셔츠로 가려진 볼록한 가슴과, 다시 좀 더 아래 부분으로 이동했다. 아사미가 저도 모르게 그 시선을 견딜 수 없어져 얼굴을 숙이자 동시에 뺨이 뜨거워지는 것도 느껴졌다.

"이건, …이나바 씨지요?"

우라노의 그 한마디가 겨우 긴 침묵을 깼다.

"맞아요. 그러니까 이 컴퓨터가 복원된다고 해서 사건이 완전히 해결되는 것이 아니에요. 차라리 30만 엔을 내는 편이 나을까요?"

"이 사진은 어디서 찍은 겁니까?"

"도미타가 나 모르게 비밀로 찍었어요. 하지만 설마 그게 이런 식으로 유출될 줄은 몰랐어요."

사실은 합의하에 찍은 것이었지만, 우라노 앞에서 아사미는 좀 거짓말을 했다.

"으~음, 그러면 이 랜섬웨어를 보낸 장본인이 다른 루트를 통해서 도미타 씨로부터 이 사진을 손에 넣었다는 거네요."

"글쎄, 도미타랑 지금 연락이 안 돼서 그건 잘 모르겠지만, 경찰에 연락하는 편이 좋을까요?"

"뭐, 그게 제일 나을 것 같기는 한데, 이 사진을 보낼 만한 인물로 짐작되는 사람은 없나요?"

우라노가 그렇게 묻자, 아사미는 고야나기 마모루에 관한 이제까지의 경위와, 아사미의 빼앗긴 페이스북 계정에 대해 설명했다.

"그럼 아직 페이스북을 빼앗긴 사실은 신고 안 했나요?"

"네."

"그건 큰일이네요. 지금 당장 페이스북에 신고하세요."

"그렇지만 그게… 이게 이렇게 되어 버렸으니까요."

아사미는 그렇게 말하면서 먹통이 되어 전혀 반응하지 않는 자신의 노트북을 가리켰다.

"아, 그랬지요. 그럼 제 노트북을 빌려드릴 테니 지금 당장 신고만 하세요."

우라노는 그렇게 말하며 자신의 노트북을 아사미 쪽으로 돌린다. 페이스북에서 이나바 아사미를 검색해 본다. 그중에서 자신의 페이지를 찾아내자 거기에는 다케이와 한잔했을 때의 사진이 올라와 있었다. 그리고 그 마지막 한 장은 돌아가는 길에 다케이가 억지로 키스를 종용했을 때의 사진이다. 그러나 다른 사람이 보면 그 내막은 모른 채 사랑하는 두 사람이 남의 눈을 꺼리지 않고 포옹하고 있는 걸로 생각할 것이다.

"제 말대로 하면 바로 페이스북에 신고할 수 있어요."

우라노는 다케이와 아사미의 사진을 못 본 것일까? 아사미는 우라노가 그 사진에 대해 특별히 언급하지 않는 것을 고맙게 여기며 우라노의 지시를 따라 노트북을 조작한다.

"이걸로 신고는 됐습니다. 바로 차단해주는 것은 아니지만요."

"그렇구나."

과연 대단한 기술자 우라노라도 그 정도까지 손쓸 방법은 없는 듯했다.

"저기 이나바 씨, 혹시 이 랜섬웨어를 보낸 사람이 도미타 씨일 가능성은 없나요? 아니면 도미타 씨가 누군가와 짜고 이나바 씨를 함정에 빠뜨렸다든가요."

우라노가 그런 것을 물어왔다.

"설마요."

"하지만 이나바 씨의 누드사진을 촬영한 건 도미타 씨였지요?"

"그건 그렇지만."

분명히 도미타와의 사이가 어색해지기는 했지만 그 바보가 이렇게 품이 드는 형편없는 짓을 하리라고는 도저히 생각할 수 없었다.

"도미타 씨와 연락은 됐나요?"

"아니…, 그게 아직 안 됐어요."

우라노는 잠시 뭔가를 생각하더니, 곧바로 키보드를 두드리기 시작했다.

"일단 다른 무엇보다 아사미 씨의 노트북부터 부활시키는 게 좋겠어요. 놈이 보낸 몸값 링크 주소는 적어뒀으니까, 만에 하나 복원이 안 되었을 때 몸값은 언제든지 낼 수 있습니다. 그런데 문자메시지의 발신번호가 있으면 범인을 잡을 수 있는 단서가 될 것 같습니다. 게다가 이야기를 들어보니 십중팔구 범인은 그 고야나기라는 남자겠지요."

"그러네요."

"이나바 씨, 눈에는 눈이라는 건 아니지만, 차라리 이 발신번호에 다른 랜섬웨어를 보내서 그놈의 컴퓨터와 스마트폰을 인질로 잡는 방법도 있어요. 그것과 교환조건으로 사진 유출을 막는다든가 하는 겁니다."

우라노는 갑자기 손을 멈추고 아사미를 쳐다보았다. 은색 안경 너머의 그 눈빛이 묘하게 자신감에 가득 차 있었다.

"하지만 그건, 오히려 그 사람을 욱하게 만들지 않을까요?"

"뭐, 그것도 그러네요. 이나바 씨가 전면에 나서면 곤란하니까, 그럼 제가 경찰을 가장해서 얌전히 사진을 돌려주지 않으면 체포하겠다는 메시지를 보내볼까요?"

"그런 게 가능해요?"

"네. 놈은 어설픈 기술에 기대고 있을 가능성이 큰데, 그보다 기술이 뛰어난 해커에게는 무력해요. 게다가 경찰의 존재를 넌지시 비추면 깔끔하게 백기를 들지도 모릅니다."

이 피부가 하얀 청년은 어떤 기술을 가지고 있는 것일까?

그 성실해 보이는 옆모습을 쳐다본다. 첫인상은 허약한 오타쿠 청년 이미지였지만, 이렇게 보니 꽤 듬직하고 좋은 남자 같기도 하다. 그러나 연애 상대로는 너무 연하일까? 그런 생각을 하며 그의 옆모습을 쳐다보고 있을 때 갑자기 우라노가 아사미 쪽으로 얼굴을 돌려서 아사미는 가슴이 덜컥했다.

"역시 도미타 씨의 스마트폰을 습격한 것과 같은 놈이었네요. 기다려보세요. 바로 복원할게요. 아사미 씨는 이 노트북의 백업 같은 걸 하고 있었나요?"

"아니요."

아사미는 스마트폰은 물론이고 노트북의 백업 같은 건 단 한 번도 한 적이 없었다.

"지금 복원 작업은 하고 있고요. 일단 또 표적이 되었을 때를 대비해서 백업해둘게요. 그런데 어떻게 하실래요? 복원이 된다고 하더라도 그 사진 때문에 놈이 요구한 몸값을 낼 건가요?"

어떻게 할까? 범인의 손에 그 사진이 있는 한 걱정은 사라지지 않는다. 그런데 주려고 한다고 해서 30만 엔이라는 돈이 하늘에서 툭 떨어지는 것도 아니다. 그리고 무엇보다 30만 엔을 냈다고 해서 범인이 그것으로 포기할 거라 단정할 수도 없다. 오히려 이것이 돈줄이 된 거라고 믿고 제2, 제3의 요구를 할 가능성이 더 크다.

"아니요, 게다가 지불할 돈도 없고요."

그렇게 대답하는 사이 우라노는 깔끔하게 랜섬웨어를 해제해버렸다.

"그렇습니까? 그럼 몸값은 안 내는 걸로 하면 되겠지요?"

"네."

"그럼 다음으로 이나바 씨의 페이스북을 되찾지요. 적어도 거기에 그 사진을 올리지 않으면 지인들이 볼 일은 없을 테니까요."

"그럴 가능성이 높겠네요."

그것도 그나마 하나의 방법이 된다는 생각이 들었다. 최소한 아사미의 지인이 그 사진을 보는 것만은 피하고 싶었다.

"그럼 나머지는 제게 맡겨주세요. 제게 생각이 하나 있어서, 잘하면 범인을 알아낼 수 있고, 두 번 다시 이런 짓은 못하도록 할 수 있을지도 모릅니다."

자신만만한 듯한 우라노의 옆모습을 보고 있으니, 이 청년에게 맡겨두면 노트북과 스마트폰에 관해서는 뭐든지 해결해줄 것 같은 기분이 들었다.

"성말로요?"

"네. 그리고 도미타 씨더러 그 고야나기라는 남자에게 연락을

취해서, 지금 일어나고 있는 일의 진상을 물어보도록 하라고 전
해주세요."

A

남자는 지난번에 이나바 아사미에게 보낸 피싱 메일을 토대로 아사미의 페이스북 비밀번호를 알아냈다. 기존 비밀번호에 포함되어 있던 sayuri라는 문자열에 아사미의 생일인 0118을 조합해 보기로 한 예상이 적중한 것이다.

그렇게 되자 언제든지 아사미의 페이스북 계정에 로그인하는 것이 가능해졌지만, 그것이 최종 목적은 아니다. 남자는 지금까지도 그랬듯이 아사미의 페이스북 계정에 몰래 잠입해 들어가 아사미의 인간관계와 생활 정보를 신중히 또한 대량으로 얻고 있었다.

특히 아사미의 애인, 친구, 가족, 그리고 직장 내 인간관계는 꼼꼼히 살펴볼 필요가 있었다. 어차피 계약직 사원이었기 때문에 직장 내 인간관계는 담백했다. 회사의 매니저와 부장의 연락처를 알아두면 아사미가 결근하게 될 때 그 통보를 할 방법은 충분히 마련되었다. 그리고 아사미가 다니는 직장은 20대 초반의 젊은 여성이 꽤 많은 듯, 그들과 나이 차이가 좀 나는 아사미는 특별히 친한 친구가 없는 듯했다.

가족 구성은 돗토리에 엄마와 여동생이 있는 것은 원래 알고 있었다. 고교 동급생을 사칭해 아사미의 본가에 전화를 걸어보니, 근래 몇 년 동안 귀성하지 않은 것을 알 수 있었다. 그리고 엄마의 말 한 마디 한 마디에서 모녀 관계가 원만하지 않은 것이 느껴졌다.

아사미의 애인인 도미타는 남자가 스마트폰을 주운 단계에서 이미 남자의 올가미에 빠져 있었다.

아사미의 친구 중에는 카나코라는 여성이 있고, 아사미는 그 인물과 자주 만나고 있었다. 카나코는 페이스북을 열심히 하고 있었기 때문에 아사미와 주고받은 메시지를 통해 두 사람 사이의 정보도 꽤 모았다. 남자는 유일하게 이 친구만이 성가시다고 생각했지만, 무슨 일이 있으면 최악의 경우 죽여 버리면 된다고 생각했다.

그런데 중간 단계부터 갑자기 다케이라는 남자가 나타날 것은 전혀 예상하지 못했었다.

다케이에게 몇 개의 악성코드를 보내봤지만 상당히 엄격한 보안 소프트웨어를 사용하고 있는 듯 모조리 차단당해 버렸다. 회사의 개인정보 취급도 엄격한 듯, 「추석 선물 세트를 보내고 싶다」고 총무부에 전화를 걸어봤지만, 회사 앞으로 보내라고 해서 집 주소조차 알아낼 수가 없었다.

남자는 각오를 다지고 일주일 동안 퇴근하는 다케이를 미행하기로 했다.

주소는 첫날 바로 알아냈다.

알게 된 주소로 그의 가족 구성을 조사해봤더니 그에게는 이미 아내가 있었다. 그런 주제에 다케이는 평일 밤마다 젊고 아름다운 여성과 데이트를 하고 있었고, 그 여성들과 종종 호텔에 가기도 했다.

그러던 어느 날, 아사미와 다케이가 데이트를 할 것이라는 사실을 아사미의 페이스북을 훔쳐보고 알게 되었다. 두 사람을 미행했더니 아자부의 한국요리점에 들어갔다. 얼마 지나 그 가게에서 나온 두 사람은 택시를 잡는 동안 잠시 함께 걸었는데, 불쑥 다케이가 이나바 아사미를 꽉 껴안았다. 그리고 길에서 키스를 했다. 남자는 미행을 할 때 반드시 고성능 카메라를 휴대하고 있기 때문에, 불행인지 다행인지 우연히도 그 사진을 찍고 말았다.

그렇게 되면 남은 것은 이 키스 사진을 뿌리는 일뿐이었다.

만반의 준비를 하고 아사미의 페이스북 계정에 로그인해 비밀번호를 변경했다.

그리고 다케이의 얼굴을 태그로 달아 그 키스 사진을 「친구」 전부가 볼 수 있도록 올렸다. 다시 다른 여성과 다케이의 밀회 사진과 가족들과의 사진도 올렸다. 그리고 아사미가 다케이에게 희롱당해 기분이 나쁘다는 듯 아사미가 쓴 듯한 코멘트를 써넣었다.

나아가 남자는 결정타로 이 키스 사진 외에 다케이가 여러 여성과 호텔에 들어가는 사진을 다케이의 아내와 상사 앞으로 우송했다.

이것으로 다케이의 사회적 신뢰는 크게 실추될 것이다. 경우에 따라서는 이혼이라는 사태에 직면하게 될지도 모른다. 그리고 아마도 다케이는 자신의 페이스북 계정을 폐쇄할 것이다. 그렇게 되면 이것으로 두 번 다시 다케이는 아사미에게 접촉하지 않을 것이고, 아사미도 다케이를 만날 생각은 하지 않을 것이다.

다케이와 아사미가 수상한 관계인 것은 이미 도미타에게 흘려 놓았다. 도미타가 이 키스 사진을 봐버리면, 두 사람 사이는 더욱 싸늘하게 식을 것이다. 나머지는 마무리 작업으로서 아사미의 알몸 사진을 뿌리고 도미타와의 사이를 결정적으로 찢어놓으면 된다. 이 사진을 도미타가 뿌렸다고는 생각하지 않겠지만, 그 원인을 만든 장본인을 이나바 아사미는 결코 용서하지 못할 것이다.

그런데 한 가지 예상치 못한 일이 일어났다.

왜 이런 동영상이 여기 있는 것일까?

남자는 컴퓨터로 그 동영상을 쳐다보며, 팔짱을 낀 채 곰곰이 생각해 보았다.

C

"이만큼 탐문을 해도 유력한 정보가 없는 걸 보면, 역시 하타노 아츠시는 이 주변에는 출몰하지 않는 게 아닐까요?"

부스지마와 카가야는 변함없이 오다와라를 중심으로 탐문을 계속하고 있었다. 렌터카 업체와 PC방, 그리고 유사 성매매업소뿐만 아니라 최근에는 등산용품, 낚시도구를 파는 가게 등에도 매일매일 N시스템에 찍힌 사진과 위조면허증에 붙어있던 사진을 가지고 탐문을 계속하고 있었다.

"하지만 달리 우리가 살펴볼 중요한 단서가 있는 것도 아니잖아?"

"뭐, 그건 그렇지만요. 행동이 굼뜬 사이토 수사본부장이 이제서야 하타노 아츠시를 용의자로 공개수사를 시작했기 때문에 이제 곧 좋은 정보가 날아들 거예요."

카가야는 이마에 맺힌 땀을 닦으며 그렇게 말했다. 아스팔트에서 반사되는 후끈한 공기가 두 사람을 감싸고 있었다.

"하지만 공개된 사진은 면허증에 붙어있던 사진이니까 별로 소용이 없지 않을까…."

수사본부장은 위조면허증에 붙어있던 사진으로 공개수사를 결단했다. 다섯 명의 사체가 발견된 이래, 한동안 새로운 정보가 없었던 만큼 언론은 이 정보에 목을 맸다. 그리고 예상대로 수사본부에는 어중이떠중이 하타노 아츠시에 대한 제보가 빗발쳤다.

"그런데 결국, 그 세 번째 사체의 신원은 찾았나?"

"아니, 그게 아직도 확실하지 않은 것 같습니다. 출장 마사지 업소 점장은 그 사체야말로 이케가미 사토코의 것이라고 물러서지 않고 있어요."

부스지마는 손수건을 꺼내 이마의 땀을 닦았다. 마치 장마가 막 걷힌 것이 아닌가 생각될 정도로 여름 햇살이 눈부시게 쏟아지고 있었다.

"그러고 보니 그 점장이 묘한 말을 하는 것 같더군요."

"뭐라고 하는데?"

"이케가미 사토코의 스마트폰이 아직 살아 있다고요."

"이케가미 사토코의 스마트폰이 아직 살아 있다? 어, 이상할 것도 없잖아? 이케가미 사토코의 본가에서도 그녀와 계속 연락이 되었다고 했으니까 스마트폰이 살아 있는 건 당연하잖아."

"아니, 그건 이해가 갑니다만, 출장 마사지 업소의 점장이 살아있다고 말한 스마트폰은, 이케가미 사토코라는 가명을 대고 출장 마사지 업소를 다녔던 아가씨의 스마트폰이란 말이지요. 즉, 본가와 연락이 되는 이케가미 사토코와 출장 마사지 업소에 다녔던 이케가미 사토코가 별개의 사람이고, 사체의 주인이 출장 마사지 업소 아가씨라면, 죽은 사람의 스마트폰이 몇 달이나 지났는데도 전원이 켜져 있는 건 이상하잖아요."

지하철역 앞에는 손님을 기다리는 택시가 두 대 서 있었다. 부스지마는 망설임 없이 그곳을 향해 발길을 재촉한다.

"그 세 번째 사체가 정말로 그 출장 마사지 업소 아가씨였다면, 그것은 분명 이상하네. 하지만 그거야 어딘가에서 스마트폰이 전원에 계속 연결되어 있을 가능성도 있어."

"그런 일이 있을 수 있을까요? 그게…, 출장 마사지 업소 아가씨였던 이케가미 사토코는 벌써 예전에 살던 아파트에서 나갔어요."

부스지마는 손님을 태우지 못한 빈 택시 운전석 창문을 두드리고 기사에게 하타노의 사진을 건넸다.

초로의 기사는 안경을 벗고 그 사진을 보았지만, 곧 고개를 갸우뚱하며 사진을 돌려주었다.

"피해자 다섯 명의 스마트폰과 휴대폰은 하나도 발견되지 않았지?"

"물론입니다."

부스지마는 뒤에 있는 택시 기사에게 사진을 건네며 말을 건다.

"홋카이도의 본가와 줄곧 연락이 되는 이케가미 사토코의 스마트폰을 뭔가 사정이 있어서 이케가미 사토코라는 이름으로 살았던 출장 마사지 업소 아가씨가 빌렸던 건 아닐까?"

두 대째 택시 기사가 고개를 옆으로 젓고, 부스지마는 카가야에게 좀 전의 이야기를 계속한다.

"그런데 그렇게 보더라도…, 살해당하기 직전에 그 스마트폰을 진짜 이케가미 사토코에게 반납했다고 해야 말이 되네."

"그렇군요. 그렇게 생각하면 앞뒤는 맞네요. 하지만 왜 그런 짓을 하지요?"

"글쎄. 그렇지만 수사본부에서도 벌써 이케가미 사토코의 스마트폰 위치정보는 추적해 봤잖아?"

"네. 그런 것 같습니다."

"그래서 그 스마트폰의 소유주가 살아 있다고 판단했겠지. 그러니까 그쪽은 별로 중요하게 여겨지지 않는 거 아닌가?"

"뭐, 그렇겠지요."

"또 하나 더 생각해 볼 수 있는 가능성은, 업소 아가씨였던 죽은 이케가미 사토코의 스마트폰은 벌써 예전에 해약됐고, 지금은 다른 누군가가 그저 같은 번호를 쓰고 있는 것뿐인 경우도 있겠지만 말이야."

B

"미안해, 이번 일은 정말 미안해. 30만 엔은 내가 낼게."

도미타의 열몇 번째 사과를 들으면서 아사미는 이제 화낼 기력도 잃었다. 애초에 이 남자에게 사진을 찍게 한 것은 자신이니 일방적으로 탓할 수만도 없었다.

"그런데 어떻게 사진을 훔친 걸까?"

"으~음, 역시 그 카드 사기 사건이랑 관련이 있겠지. 뭔가 바이러스로 스마트폰의 데이터를 몽땅 가져가버렸는지도 몰라."

이전이라면 그런 도미타를 심하게 질책할 상황이지만, 지금은 아사미도 랜섬웨어에 걸린 장본인이다. 사이버 범죄는 실로 교묘하게 사람의 약점을 이용한다.

작정하고 노리면 아무리 조심해도 도망칠 방도가 없다고 생각했다.

"이번 일을 계기로 새로운 스마트폰으로 기종을 변경하기로 했어. 아이폰이 바이러스에 강한 것 같은데 전화번호는 옮길 수 있으려나?"

이제 와서 기종을 변경해봤자 이미 늦었지만, 그렇다고 해서 언제까지고 같은 스마트폰을 계속 가지고 있는 것도 찜찜하다. 또 새로운 유출사건이 일어나지 않는다는 보장도 없다.

"가능할 것 같긴 한데, 차라리 번호도 바꾸지? 있잖아, 그보다도 고야나기 씨한테 뭐 좀 물어봤어?"

아사미는 얼음 때문에 묽어져버린 아이스라떼를 빨대로 마시며 그렇게 물었다. 도미타의 아이스커피는 꽤 오래전부터 얼음만 남아 있다.

"아아. 그거 말인데. 고야나기는 그런 문자메시지를 안 보냈대."

"정말이야?"

"애초에 그런 문자메시지는커녕, 페이스북 자체를 요 몇 달 동안 안 하고 있대. 그래서 아사미 얘기를 해도 무슨 일인지 전혀 모르겠대."

"거짓말이야. 그게 벌써 몇십 번이나 페이스북으로 메시지를 주고받았어. 나한테 식사하자는 소리까지 했다니까."

"아니, 나도 고야나기한테서 M상사의 다케이 일로 문자메시지를 받았었기 때문에 처음에는 고야나기가 거짓말을 한다고 생각했었어. 하지만 자세히 봤더니 내 페이스북 친구에 고야나기 마모루라는 녀석이 2명이나 있었어."

"뭐? 무슨 뜻이야?"

"페이스북에 고야나기 마모루라는 친구가 두 명이 등록되어 있고, 그중 한 명은 분명 휴면상태로, 인사부 고야나기 마모루의 말 그대로였어. 나한테 다케이 유야가 아사미와 결혼한다고 고자질한 건 다른 한 명의 고야나기 마모루였어."

"그렇구나."

두 사람 사이에 침묵이 퍼졌다.

분명 휴면상태가 아닌 또 한 명의 고야나기 마모루가 가짜일 것이다.

아사미는 범인의 교활함에 혀를 내둘렀지만, 그것과는 별도로 한 가지 신경 쓰이는 것이 있었다.

　도미타는 아사미의 페이스북 페이지에 올라와 버린 다케이와 아사미의 키스 사진을 보았을까? 평소라면 큰 싸움이 날 상황이지만, 도미타의 스마트폰에서 아사미의 누드 사진이 유출되어 버렸기 때문에, 키스 사진을 따질 상황이 아니라고 생각한 아사미가 일단 강하게 나가고 있었다.

　아무튼 최근의 가장 큰 문제는 그 아사미의 누드사진이었다.

　아사미의 페이스북은 되찾았지만 그 사진이 범인 손에 있다는 사실은 변함이 없다. 예를 들어 가짜 고야나기 마모루의 페이지에 그 사진이 올라올 가능성도 있는 것이다.

　물론 요즘 세상에 여성의 알몸 사진 같은 건 산더미처럼 유통되고 있다. 아사미보다 더 미인이고 스타일 좋은 알몸도 많다. 그런 알몸 사진의 바다에 아사미의 사진이 한 방울 섞여든다고 하더라도 세상에 무슨 대단한 영향을 미치지도 못할 것이다. 그렇지만 그것을 가까운 인물이 보게 되면 아사미로서는 견딜 수가 없다.

　"저기, 그 사진이 만약 페이스북 같은 데 올라오면 어떻게 삭제하면 돼?"

　"아마도 삭제 의뢰 같은 걸 하는 데가 있는 것 같은데, 다음에 알아볼게."

　"다음이 아니라 지금 당장 알아봐."

　도미타는 허둥지둥 스마트폰을 꺼내서 진지한 표정으로 화면을 터치한다.

　"아마도 성가신 건 그 사진에 태그를 다는 것 같아. 그 사진

속 내 얼굴에 태그가 달려버리면 내가 페이스북에 부탁한 것도
아닌데, 그 사진이 올라오는 순간 내 지인들한테 정성껏 연락이
가버린다고 하잖아."

이렇게 무서운 일은 없었다.

할리우드 스타나 인기 기상 캐스터의 누드 사진은 한번 유출
되어 버리면 그들의 인기 때문에 멈출 방법이 없다. 마찬가지로
아사미를 아는 지인들의 세계에서는 아사미의 누드 사진이 그
나름대로 가치가 있을 것이다. 게다가 아사미의 페이스북 「친구」
들은 진정한 친구들도 아니다. 보고도 못 본 척하면 그나마 낫
지만, 몰래 저장해두거나 재미있어하며 확산시키는 패거리가 분
명히 있을 것이다.

"아, 여기 있다. 이거야. 페이스북에서 태그 달린 사진을 삭제
하는 방법!"

"어떻게 하는 거야?"

"우선 프로필로 이동해서 커버 사진 밑에 있는 활동 로그를
누른다. 그리고 뭔가 이 체크 버튼 같은 것을 누르고, 이래저래
하면 태그는 제외되는 것 같아."

"빨리 해 봐."

"응. 알았어. 하지만 이걸로 태그는 삭제시킬 수 있지만, 사진
자체는 올라가 버렸기 때문에 볼 수 있는 사람은 보게 되어 버
린대."

"그럼 다른 사람이 올린 사진을 삭제하려면 어떻게 하면 돼?"

"잠깐만. 어디 보자. 아, 이거다. 타인이 올린 사진 자체를 보지
못하게 하기 위해서는, 올린 그 본인에게 삭제의뢰를 해야 한다."

A

남자가 처음 사람을 죽인 것은 미야모토 마유라는 출장 마사지 업소 아가씨였다.

처음 남자의 집으로 미야모토 마유를 불렀을 때, 그 흑발과 시원스런 눈매에 매혹되었다.

그러나 미야마토 마유는 통통한 체형에 좀 촌스러운 여자였다. 나이도 세 살 위이고, 솔직히 그 출장 마사지 업소에도 마유보다 예쁜 여자는 많았다.

하지만 룸살롱에서도, 그런 가게에서도 단순히 외모가 좋다고 해서 인기가 있느냐 하면, 그렇게 간단하지 않다. 미야모토 마유는 하카타 출신으로 서글서글하고 밝은 성격을 가지고 있었다. 늘 상대를 감싸 안는 듯한 웃음이 끊이지 않아 남자는 그런 마유에게 정신없이 푹 빠져 들어갔다.

"당신은 다른 손님이랑은 전혀 달라요. 당신이랑 같이 있으면 시골에 있는 동생이랑 함께 있는 것 같아서 정말 마음이 평온해."

아직 숫총각이었던 당시의 남자는 마유의 그런 말을 진심으로 받아들였다.

『기분 나쁜 일이 있으면 뭐든지 문자해!』

『다음에 만나면 무릎베개 해줄게.』

『파이팅! 당신은 정말 재능이 많으니까 분명 잘될 거야.』

『어제는 싫은 손님을 만나서 오늘은 좀 우울해.』

마유가 보내주는 문자메시지의 한 글자 한 글자가 남자의 마음을 위로해 주었다.

남자는 결코 이성으로서 미야모토 마유에게 빠진 것은 아니었다. 아동학대를 했던 엄마의 손에 자란 남자는, 마유에게 처음으로 모성을 느꼈다. 어릴 때 그토록 동경했던 것을 출장 마사지 업소 아가씨인 미야모토 마유 안에서 그제서야 발견한 것이다.

"있잖아, 엄마라고 불러도 돼?"

마더 콤플렉스를 그대로 드러낸 남자의 부탁에도 마유는 흔쾌히 응해주었다.

곧 마유는 성적인 대상은 아니게 되었다. 섹스 따윌 하는 것보다도 남자를 인정해주는 것만으로 기뻤다. 뭐든지 이야기를 들어주고, 그리고 자신을 긍정해준다. 이십몇 년을 살아왔지만 그것은 남자가 처음 겪는 경험이었다.

마유에게 빠지면 빠질수록 가진 돈은 줄어들었다.

아직 사이버 범죄에 본격적으로 손대지 않았던 시절이었기 때문에, 순식간에 매일 필요한 밥값도 부족해져 버렸다. 그렇지만 마유를 만나고 싶은 충동을 억누르지 못했다. 1분 1초라도 더 마유와 함께 있고 싶었다. 마유와 함께 있으면 이제 아무것도 하지 않아도 포만감이 느껴졌다. 그리고 마침내 돈이 없는데도 마유를 집에 부르고 말았다.

그러나 마유의 모성은 어디까지나 영리 목적의 모성에 지나지 않았다.

마유는 돈을 위해서라면 뭐든지 참을 수 있었지만, 그렇기 때문에 금전적인 대가가 없다는 것은 자신이 모욕당하는 것이라고 생각했다.

"엄마, 미안해. 오늘은 돈이 없어."

그 한마디에 마유의 태도가 싹 달라졌다.

"엄마, 엄마! 징그러워, 이 마더 콤플렉스 자식아. 돈도 없는데 왜 불러!"

그리고 남자의 집에 곧바로 무서운 남자가 찾아왔다.

남자는 출장 마사지 업소의 블랙리스트에 올라가서 마유와 일절 연락을 할 수 없게 되어 버렸다. 수차례 전화를 걸어도 상대해 주지 않고, 예약은커녕 업소 트위터와 페이스북에서도 차단당했다.

남자가 가장 싫어하는 것은 다른 사람에게 무시당하는 것이었다. 엄마에게 학대받은 괴로운 기억이 되살아났기 때문이다.

애정과 증오는 종이 한 장 차이다.

좋아하는 여자에게 무시당할 바에는 차라리 미움 받는 편이 나았다. 그러나 현실적으로는 미움 받기 전에 애초에 거절당해 버리기 때문에 관계가 시작되는 여자도 없었다. 남자의 스트레스는 하루하루 심해져갔다. 그리고 이대로 계속 무시당할 바에는 차라리 자신의 손으로 죽여 버리자는 생각에 이른 것이다. 스토커들에 의한 살인사건을 떠올리지 않아도 남자의 심리는 명백했다.

이미 그 무렵에 남자는 보통 사람 이상의 해킹 기술을 가지고 있었지만, 그것을 범죄에 이용하는 것은 아직 망설이고 있었다. 그러나 이때, 남자 안에 뭔가의 스위치가 켜졌고, 그 냉철한 사고가 보다 선명해졌다.

남자는 우선 출장 마사지 업소의 서버에 침입해 마유를 비롯한 업소 직원 모두의 신상정보를 털었다.

그 후에도 SNS에서 미친 듯이 마유의 인간관계를 조사하고, 반년이 걸려 마유의 지인으로 위장했다. 해킹 기술을 이용해 나쁜 친구와 공모해서 큰돈을 뜯어내게 된 것도 이 무렵이었다. 그리고 종국에는 교묘한 말로 마유를 꼬여냈다.

남자는 교외에 빈집을 빌리고, 마유를 한 달 동안 그곳에 감금했다.

감금이 시작되자 마유의 생사는 남자의 것이 되었다. 고문을 하는 것도, 식사와 물을 주는 것도, 나아가서는 배변배뇨의 자유까지 모든 것은 남자의 기분 나름이었다.

남자는 그렇게 마유에게 없어서는 안 될 존재가 되었다. 마유는 남자를 만나면 필사적으로 목숨을 구걸했다. 뭐든지 할 테니까 목숨만은 살려달라고 애원했다.

그리고 그때, 남자는 깨달아 버렸다. 사람은 호의를 표한 정도로는 진지하게 상대를 돌봐 주지 않지만, 죽을 정도의 공포심을 안겨주면 24시간 내내 남자 생각만 해준다는 사실을.

어린 시절, 그토록 엄마에게 잘 보이려고 울기도 하고, 웃어보기도 하고, 말을 잘 들어보기도 했지만, 사실 엄마가 자신을 정말로 잘 돌아봐주길 원했다면 마유에게 한 것처럼 차라리 엄마에게 공포를 주는 방법이 더 빨랐을 거라고.

그렇지 않아도 마지막에 엄마는 어차피 자살해 버렸으니까, 차라리 자신의 손으로 죽여줄 걸 그랬다고.

칼로 아랫배를 찔러도 사람의 목숨은 금방 끊어지지 않는다.

남자는 이왕이면 사랑하는 여자가 괴로워하는 모습을 가능한 한 오래 보고 싶었다. 마유가 괴로워하고 약해지면서 목숨을 구걸하는 모습에 남자는 이제껏 경험해 보지 못한 쾌감을 느꼈다. 그 쾌감은 성적 쾌감을 훨씬 능가했고, 그 후로 남자의 내면에서는 사람을 사랑하는 것과 사람을 죽이는 것이 동의어가 되고 말았다.

사람을 죽이고 난 뒤, 사체를 어떻게 하면 좋은지는 인터넷 세계에서 습득했다. 어떻게 하면 효율적으로 흙 웅덩이를 팔 수 있는가, 묻어야 할 흙 웅덩이의 깊이, 그리고 어떤 곳에 흙 웅덩이를 파야 하는가? 경험자들이 정확하고 상세하게 가르쳐 주었다. 야생 동물은 흙 웅덩이를 30센티미터 정도만 파헤칠 수 있다고 들었기 때문에, 뉴스에서 사체가 발견되었다는 말을 들었을 때 남자는 정말로 의외였다.

B

"이나바 씨, 도미타 씨. 사건은 완전히 해결되었습니다, 안심하세요."

우라노는 자리에 앉자마자 빙긋 미소 지었다.

"해결? 정말?"

검은색 유니폼을 착용하고, 허리에 묶는 앞치마를 한 웨이트리스가 주문을 받고 떠나자, 아사미는 반신반의하며 그렇게 물었다.

"네, 이제 괜찮습니다. 범인은 이제 두 번 다시 이나바 씨를 협박하지 않을 겁니다."

우라노의 그 말투는 자신감에 차 있었다.

"그런데 도미타 씨, 분명 몇 달 전에 스마트폰을 잃어버렸었다고 하셨지요?"

청바지와 티셔츠를 입은 도미타에게 우라노가 그렇게 물었다. 우라노는 휴일인데도 오늘도 감색 정장에 파란색 넥타이를 빈틈없이 메고 있다.

"네."

"범인은 그때 도미타 씨의 스마트폰에서 데이터를 빼낸 것 같습니다."

"비밀번호를 설정했는데도 그런 일이 가능한가요?"

"생일이라든가, 뭔가 특정하기 쉬운 비밀번호를 쓰고 있지 않았나요?"

우라노의 말에 도미타는 말없이 끄덕였다.

"그래서일 겁니다. 그리고 예전에 말씀하신 고야나기 마모루 씨 있잖아요, 이나바 씨의 집 근처로 이사 온 페이스북 친구."

"네."

"그 사람 행세를 하고 있던 게 도미타 씨의 스마트폰에서 이나바 씨의 누드 사진을 빼낸 범인이었습니다."

"그렇습니까?"

아사미는 그런 말을 들어도 전혀 실감이 나지 않았다. 그 허스키 보이스의 주인이 고야나기 마모루 행세를 하고, 더욱이 아사미의 페이스북까지 빼앗았다는 말인가? 그가 그런 위험인물인지도 모른 채 지유가오카의 커피전문점에서 만나려 했고, 더욱이 수차례 페이스북으로 메시지를 주고받았단 말인가!

그때 웨이트리스가 뜨거운 커피를 가져왔다. 웨이트리스가 김이 모락모락 피어오르는 커피 잔과 뒤로 엎은 전표를 두고 자리를 떠나자, 우라노는 두 사람에게 얼굴을 좀 가까이 가져갔다.

"이번에는 제가 그놈의 페이지를 빼앗았습니다. 다양한 비밀번호를 입력해봤는데, 그 로그인용 비밀번호와 이나바 씨의 스마트폰에 랜섬웨어를 보낸 전화번호가 일치했습니다."

"그런 걸 알 수도 있나요?"

"네. 결과적으로는 잘됐습니다. 덧붙여 두 분의 페이스북 친구 중에는 아직도 몇 명쯤 범인이 진짜 행세를 하려고 만들어둔 가짜 친구가 있으니까 나중에 꼭 차단하세요."

"몇 명이나 있다고요?"

두 사람은 동시에 그렇게 물었다.

"네. 몇 명이나 있습니다."

"그런데 범인은 페이스북에서 왜 다른 사람 행세를 하고, 그렇게 귀찮은 짓을 했을까요?"

도미타는 의아하다는 표정으로 그렇게 물었다.

"직접적으로는 금전적인 목적이겠지요."

"그런가요?"

"나머지는 역시 이나바 씨가 타깃이었다고 생각해요. 그런 누드 사진을 보았기 때문에 눈이 뒤집혔는지도 모르겠네요."

아사미는 우라노의 그런 말을 듣고서 도저히 우라노를 똑바로 쳐다볼 수 없었다. 저도 모르게 뺨을 두 손으로 가리며 책상 위에 있는 커피로 시선을 떨군다.

"모든 것은 그날 내가 스마트폰을 떨어뜨린 게 원인이었구나."

도미타가 툭 그렇게 중얼거렸다.

"범인이 페이스북을 빼앗기고 동요하고 있을 때, 제가 범인의 것으로 파악하고 있는 모든 이메일 주소와 휴대폰 번호에 랜섬웨어를 설치했습니다. 또 범인의 휴대폰에서 자택 주소를 알아낼 수 있었기 때문에 이 이상 뭔가 조치를 취하면 이쪽에서도 가만히 있지 않겠다고 위협을 해줬습니다."

"주소까지 알 수가 있나요?"

"네. 아슬아슬 위법 직전이지만요."

어떤 방법을 쓴 것일까? 아사미는 상상도 가지 않았다.

"그래서 범인은 뭐라고 하던가요?"

"이나바 씨의 사진은 삭제했고, 이제 두 번 다시 그런 짓을 하지 않겠다고 사죄를 했습니다."

"그럼 정말로 괜찮은가요?"

아사미는 아직도 걱정이 되어 그렇게 물었다.

"네. 여하튼 그 주소를 경찰에도 신고했으니까요."

"정말이에요?"

"네. 만약 경찰이 움직였다면 지금쯤 매운맛을 보고 있을 겁니다."

C

"오오야마 테츠지 씨지요?"

부스지마가 연립주택 현관에 얼굴을 빼꼼히 내민 장발의 남자에게 말을 걸었다.

"네."

"오오야마 씨는 하타노 아츠시 씨와는 어떤 관계입니까?"

연립주택 문패는 분명 오오야마 테츠지라는 이름이 걸려 있고, 하타노 아츠시는 아니었다.

하타노 아츠시라는 가명으로 인터넷 사기를 저지르고 있는 인물이 있다고, 마츠다 경찰서로 익명의 제보 전화가 걸려왔다. 언론을 통한 공개수사가 시작된 이래, 하타노 아츠시에 관한 정보가 모이기 시작했지만 이번 제보가 가장 구체적이었다. 부스지마는 그 남자의 집으로 허둥지둥 달려갔다.

"네?"

남자의 얼굴이 확연하게 굳어졌다. 원래 하얀 그 얼굴이 더욱 창백해진 것처럼 보인다. 신고에 의하면 그 인물은 하타노 아츠시 명의의 위조면허증을 가지고 있다고 한다. 언론에는 위조면허증 얘기까지는 공표하지 않았으니, 제보의 신빙성은 컸다.

"경찰입니다만, 잠시 시간을 내주실 수 있을까요?"

부스지마는 경찰 신분증을 힐긋 보여준다.

"가능하면 서까지 동행해주셨으면 하는데요."

이 남자의 싸구려 연립주택 앞에는 경찰차를 세워 두었다. 부스지마가 재촉하듯 차로 시선을 돌리자 남자의 시선도 그것을 좇았다. 부하가 운전석에서 엔진을 켠 채 기다리고 있다.

"죄송합니다. 경찰 신분증을 다시 한번 잘 보여주세요."

남자가 그렇게 말하자, 부스지마는 자신의 사진이 붙은 경찰 신분증을 남자의 눈앞에 들이댔다.

"임의동행입니까, 강제구인입니까?"

"오늘은 임의동행입니다."

"잠시만 기다려주세요. 바로 준비를 하겠습니다."

남자가 그렇게 말하며 문을 닫았다. 그리고 얇은 문 너머로 덜 그럭거리는 소리가 들려왔다.

그때였다.

"창문으로 도망쳤어요!"

카가야가 크게 외치는 소리가 들렸다.

부스지마가 당황한 나머지 눈앞의 문을 걷어차니, 창문이 전 부 열려 있고 놈은 이미 빠져나간 뒤였다.

"카가야, 쫓아!"

부스지마는 초조한 나머지 크게 소리쳤다.

카가야는 부스지마가 그렇게 말하기 전부터 이미 뛰고 있었 다.

이곳 지리를 잘 아는 그 남자는 좁은 골목 쪽으로 필사적으 로 도망친다. 인상은 약해 보였는데, 의외로 준민하게 움직여서 카가야도 좀처럼 따라잡지 못한다. 물론 부스지마도 뒤를 따랐 지만 젊은 두 사람과의 거리는 순식간에 벌어진다.

남자는 골목에서 큰 길로 뛰쳐나와 도로를 가로지르려 하는 차 앞으로 몸을 던진다.

급브레이크와 커다란 경적 소리가 울렸다.

순간 남자가 차에 치였는가 싶었지만, 남자는 아슬아슬하게 그 앞을 구르면서 무사히 도로 건너편에 도착했다. 남자가 이쪽을 돌아본다. 그리고 반대차선의 차에 방해를 받아 건너지 못하는 부스지마 일행을 힐긋 쳐다보고는 희미하게 웃더니 다시 안쪽 골목으로 사라지려고 했다. 지나가는 차 때문에 남자를 놓쳐버릴 상황이었지만, 곧 카가야와 부스지마도 도로를 건너 남자의 뒤를 밟는다.

중년인 부스지마에게는 힘든 추격전이었다. 금세 숨이 차오르고 골목에서 골목으로 도망 다니는 남자의 뒷모습을 몇 번이나 놓쳤다. 그러나 젊은 카가야는 침착하고 착실하게 남자와의 거리를 좁혀 간다.

남자는 처음에는 움직임이 좋았지만 역시 지구력은 없는 듯했다.

남자가 수차례 뒤를 돌아볼 때마다 카가야와의 거리가 좁아졌다. 이내 남자가 돌부리에 발이 걸려 넘어질 뻔하고, 발이 뒤엉켜 잘 뛰지 못하게 되었을 때 카가야가 맹렬하게 덤벼들었다. 카가야는 유도로 전국체전에도 나간 적이 있는 강한 사람이다. 태클을 당한 남자는 마침 벽에 있던 쓰레기봉투 쪽으로 처박히고, 두 사람이 나가떨어지면서 쓰러지자 쓰레기봉투 속 쓰레기가 사방으로 흩어졌다.

"공무집행방해혐의로 체포한다."

카가야가 그렇게 말하면서 남자에게 수갑을 채우려고 했을 때, 겨우 부스지마가 따라붙었다.

어깨를 크게 들썩거리며 남자를 보니, 눈물과 콧물로 뒤범벅이 된 남자가 눈을 부릅뜬 채 부스지마를 잔뜩 노려보고 있었다.

B

사건은 해결됐지만 아사미의 마음은 개운하지 않았다.

다케이가 결혼을 했고, 10년이 지나서도 또 같은 남자에게 속았다. 그런 이유로 화도 났지만 어차피 다케이를 그렇게까지 좋아한 것도 아니었다. 그보다는 그 키스 사진이 올라온 탓에 도미타와의 관계가 더욱 어색해지고 말았다.

최근에는 도미타와 만나도 대화가 활기를 띠지 않고 결혼을 화제로 삼는 일도 없어졌다.

아사미는 순수한 마음으로 원래 도미타라는 남자를 좋아했다. 결혼해도 크게 상관없고 지금도 도미타는 그럴 마음이 있는 듯했다. 하지만 그렇다고 해서 지금 이대로 도미타와 결혼해 버리는 것도 좋은 생각 같지는 않았다. 그러기에는 아사미의 양심이 견딜 수 없었다.

만약 지금 상황이 다케이와의 상황이었다면 도리어 괜찮았을 것 같았다. 다케이가 정말로 독신이고 아사미에게 프러포즈를 해주었다면, 분명 자신은 고개를 끄덕였을 것이다. 왜냐하면 다케이는 아사미와 같은 속물 냄새가 나기 때문이었다. 그에 비해 도미타는 너무 착하고 순수하다. 그래서 자신은 분명 도미타를 불행하게 만들어버릴 것 같은 기분이 들었다.

자신은 도미타를 사랑한다. 그렇기 때문에 도미타와는 결혼할 수 없다.

결혼한다면 도미타가 행복해질 수 있을까?

아사미는 「예스」라고도, 「노」라고도 하지 못하는 상황에 둘러 싸여 괴로워하고 있었다.

집에 있어도 아사미의 생각은 다람쥐 쳇바퀴를 돌 뿐이어서, 기분전환을 할 겸 단골 바의 문을 두드렸다.

집에서 걸어서 5분 거리에 있는 그 가게는 한 잔 더 하고 싶을 때 어쩌다 가던 곳이었다. 카운터 구석 자리에서 모스코 뮬 (Moscow Mule; 칵테일의 종류-옮긴이)을 마시고 있으면 한가한 손님과 점원이 말을 걸어온다. 오늘 같이 답답할 때는 의외로 그런 사람들과의 실없는 대화에 구원받은 적도 있었다.

그렇지만 오늘은 그렇게 간단하지 않았다.

아사미는 드디어 서른 살이다. 아직 초조해할 나이는 아니라고 생각했지만, 평생 독신으로 살 것인지 선택해야 할 때가 다가온다. 도미타와의 관계를 회복할 수 있을까, 새로운 만남을 찾을까? 아니면 역시 평생 독신주의를 관철해 버릴까? 칵테일 세 잔을 다 마셔도 취하지도 않고 머릿속은 맑기만 했다.

카운터에서는 가게 주인인 콧수염을 기른 바텐더가 묘한 표정으로 셰이커를 흔들고 있었다. 아사미는 눈앞에 있는 잔을 기울여 그 안에 든 것을 단숨에 마셔 버렸다. 시계를 보니 벌써 새벽 1시였다. 슬슬 집으로 돌아가야 한다고 생각했다.

"마지막으로 같은 걸로 한 잔 더 줘요!"

아사미는 그 마지막 한 잔을 마시고 오늘은 그만 돌아가자고 결심했다.

"어라, 이나바 씨 아니에요?"

뒤에서 그런 목소리가 나서 돌아본다.

"어머, 우라노 씨."

의외의 인물이 거기에 있었다. 우라노는 바로 며칠 전에 누드 사진 유출 건을 해결해주었다.

"이나바 씨는 이 가게에 자주 오나요?"

"네에. 가끔요. 우라노 씨도요?"

"전 처음 왔습니다. 우연히 이 근처에서 오늘 친구랑 한잔했거든요. 한 잔 더하고 싶어서 홀쩍 들러봤어요. 그런데 설마 이나바 씨가 이런 곳에 있을 줄은 꿈에도 몰랐습니다."

우라노는 그렇게 말하며 바 좌석에서 아사미의 옆자리에 앉고는 진토닉을 주문한다.

"이런 한밤중에 무슨 일인가요? 도미타 씨와는 같이 안 계셨어요?"

아사미는 도미타 이름을 듣고 기분이 좀 우울해진다.

"오늘은 도미타와는 안 왔어요. 고민거리가 좀 있어서 혼자 머리를 식히고 있던 참이에요."

"허어, 이나바 씨 정도의 미인도 고민이 있나요?"

"어머, 의외로 아부를 잘하시네요?"

파란색 정장에 반듯하게 넥타이를 매고 있는 우라노가 그런 농을 건넬 줄은 몰랐다.

"아부가 아니에요. 진심입니다. 그런데 고민이라는 건 뭔가요? 궁금하네요."

"뭐, 서른이 된 미혼 여성이니까요. 역시 그 나름 고민은 있지요."

"아아아. 역시 그렇습니까? 여러 사람한테 프러포즈 받는 바

람에 해답이 좁혀지지 않아서 망설이고 있다든가 그런 건가
요?"

"그런 거라면 좋겠지만 말이지요."

이 젊은 남자가 흔들리는 아사미의 마음을 이해할 수 있을
까?

"이나바 씨, 아사미 씨라고 불러도 되나요?"

"그래요. 그 편이 익숙하니까, 그럼 나는 우라노 군이라고 불
러도 될까?"

"그러세요."

우라노는 고개를 끄덕였고, 주문한 진토닉이 테이블 위에 놓
였다. 둘이서 잔을 부딪치자 쨍그랑 하는 유리잔 소리가 났다.

"있잖아, 우라노 군은 지금 몇 살이야?"

"24살입니다."

"24살이라…, 저기, 남자는 사귀는 여자의 과거를 얼마나 신
경 써?"

이왕 만났으니 이 젊은 엔지니어에게 여러 가지 상의해보자.
컴퓨터와 스마트폰 문제를 해결했던 것처럼 논리정연하게 현재
자신의 마음을 정리해줄지도 모른다.

"과거 말인가요?"

"응."

"어떤 남자랑 사귀었다든가, 첫 남자가 누구였나, 같은 거 말
인가요?"

"뭐, 그렇지."

"신경 쓰이기는 하지만, 아사미 씨 정도 되는 미인이라면 이런

저런 일이 있겠지 하고 각오는 하겠지요."

"그럼 어떤 일까지라면 견딜 수 있어?"

"예를 들면요?"

"예를 들면, 그러네. 불륜을 저질렀다든가 그런 건?"

"그건 상관없어요. 불륜 상대가 자신의 직속상사였다든가 하면 싫지만요. 저랑 전혀 접점이 없는 사람이라면 전혀 신경 안 쓰여요."

"그럼 예전에 아이를 지웠다는 건?"

"으~음, 그건 좀 무거운 주제네요. 뭐 나랑 만나기 전의 이야기라면 그걸 탓할 생각은 없지만요."

"그럼 만약 그랬다 치고, 지금부터가 중요한 포인트인데, 남자 입장에서는 그 일을 솔직하게 듣고 나서 결혼하는 것과, 결혼한 후에 그 이야기를 듣는 것 중 어느 쪽이 나아?"

"으~음. 제가 한쪽을 선택하라면, 저는 전자네요. 전자는 그 이야기를 미리 해주었다는 성의를 느끼겠지만, 후자는 배신당했다는 생각만 들 것 같습니다. 하지만 가장 행복한 것은 절대로 저한테 들키지 않게 해주는 거네요."

"역시, 그렇지?"

아사미는 빙긋 웃고 "잠깐 화장실 좀 다녀올게."라며 자리를 떴다.

아사미는 화장실 거울 앞에서 자신의 얼굴을 가만히 쳐다보았다.

차라리 도미타에게 전부 이야기해 버릴까? 그래도 도미타가 아사미와 결혼하고 싶다면, 아사미의 마음은 한결 가벼워진다.

『하지만 가장 행복한 것은 절대로 저한테 들키지 않게 해주는 거네요.』

좀 전에 우라노가 한 말이 되살아난다.

도미타도 분명 같은 생각을 할 것이다. 진심으로 도미타를 사랑한다면 비밀은 죽을 때까지 비밀로 해두자. 역시 그것이 정답일 것이다. 어쨌든 아사미는 자신이 철저히 악인이 되기로 각오했다. 그것은 어쩔 수 없는 일이다. 자신은 이미 그만한 짓을 저질러 버렸으니까.

아사미가 화장실에서 돌아오니 테이블 위에 새 잔이 놓여 있었다.

"같은 걸로 주문해버렸는데 괜히 그랬나요?"

"아, 아니 괜찮아. 그런데 이거 마시면 그만 집에 갈게."

"네, 저도 이게 마지막 잔이에요."

우라노가 그렇게 말하며 갈색 잔을 들어 올리자, 아사미도 가볍게 잔을 부딪친다. 오래된 재즈 음악이 흐르는 가게 안에 다시 그 유리잔 부딪히는 소리가 작게 울려 퍼진다.

"그런데 아사미 씨가 간직한 과거의 비밀이란 건 뭔가요? 궁금하네요."

아사미가 생각에 잠기며 모스코 뮬을 한 모금 마셨을 때, 우라노가 그렇게 물어왔다.

"뭐, 별거 아니야. 적어도 아이를 지우거나 하지는 않았어."

"그렇습니까? 그 말을 들으니 좀 안심이 되네요."

아사미는 모스코 뮬을 한 모금 더 마셨다. 라임 향이 입 안에 퍼졌지만 역시 다섯 잔이나 마시자 미각이 좀 이상해진다.

"아사미 씨는 R대학 출신이지요? 거긴 미인 여대생이 많기로 유명한데, 아사미 씨도 예전부터 인기 많았지요?"

"안 그래. 캠퍼스에는 예쁜 애들이 잔뜩 있었지만, 나 같은 건 시골 출신이니까 촌티를 전혀 벗지 못했어."

"그럼 아사미 씨가 그렇게 예뻐진 건 사회인이 되고 나서인가요?"

"으~음, 뭐 확실히 다소 금전적으로 여유가 생겼으니까 멋 부리는 걸 즐기게 되기는 했지. 역시 옷이라든가 미용실이라든가, 여자는 어느 정도 투자가 필요하니까 말이야."

"그러네요. 아사미 씨의 그 아름다운 생머리도 꽤 손질하기 힘들겠지요."

"맞아. 이런 생머리가 매일 손질하느라 꽤 시간이 걸려. 미용실 비용도 무시 못 하고."

정신을 차리니 우라노의 얼굴이 바로 옆에 다가와 있었다.

"아사미 씨 머리칼은 좋은 냄새가 나네요. 뭔가 특별한 샴푸 같은 걸 쓰고 있나요?"

"별로, 그냥 보통 샴푸야."

아사미는 조금 얼굴을 떼고 그렇게 대답한다.

아사미가 모스코 뮬을 한 모금 더 마시자 쓴 액체가 목구멍을 흘러 내려갔다.

"슬슬 집에 가야 하니까, 여긴 내가 내도 될까?"

랜섬웨어의 사건으로 너무 신세를 졌기 때문에 하다못해 그 정도는 내 주고 싶다고 생각했다.

"아니아니, 더치페이로 하지요."

우라노는 좀처럼 고개를 끄덕이지 않는다. 아사미는 슬슬 수마도 덮쳐오고, 귀찮아져서 결국 더치페이에 동의하고 콧수염 바텐더에게 계산을 부탁했다.

"그런데 아사미 씨. 아사미 씨는 왜 비밀번호에, sayuri라는 이름을 썼나요?"

"sayuri?"

요전에 컴퓨터를 봐주었을 때 키보드에 비밀번호를 치는 것을 봐 버린 것일까?

"아사미 씨가 간직한 과거의 비밀이라는 건 역시 그 사유리 씨와 관계가 있는 게 아닌가요?"

아사미는 제정신이 번쩍 나, 은테 안경을 쓴 하얀 피부의 청년을 정면으로 쳐다보았다. 혹시 뭔가를 알아채 버린 것일까?

"아사미 씨의 페이스북 비밀번호는 sayuri0118이잖아요. 1월 18일은 아사미 씨의 생일이지요?"

우라노에게 생일을 가르쳐 준 적이 있었나? 확실히 이나바 아사미의 생일은 1월 18일이었다.

"사유리 씨는 누군가요? 역시 미나요 씨인가요?"

아사미는 순간 귀를 의심했다.

"무슨 말이야?"

"야마모토 미나요 씨 말이에요. 아사미 씨 친구로 예전에 룸메이트였던 야마모토 미나요 씨! 야마모토 미나요는 그 자살한 성인물 여배우 나기사 사유리 씨의 본명이지요?"

"어떻게 당신이, …그 이름을 아는 거야?"

아사미는 심장이 멎는 듯한 기분이었다.

"미안하지만, 아사미 씨의 노트북 데이터를 봐버렸어요. 왜 아사미 씨같이 참하고 예쁜 여성이 성인 동영상을 저장하고 있는 걸까, 처음에는 그게 의문이었어요. 여자도 사실은 이런 걸 보는 걸 좋아하는 걸까, 생각했지요. 그런데 그렇게 유명하지도 않았던 AV배우인 나기사 사유리의 작품만 있는 게 이상하다 싶어서, 과거 아사미 씨의 메일도 봤습니다. 그리고 인터넷으로 나기사 사유리를 검색하는 동안 모든 걸 알아 버렸어요. 아사미 씨와 나기사 사유리, 그리고 야마모토 미나요의 비밀을."

아사미는 의식이 몽롱해져가는 가운데서도 우라노의 목소리에 집중하고 있었다.

얼굴에 어울리지 않게, 우라노는 허스키한 목소리를 가졌다.

그러고 보니 이 목소리! 처음 만났을 때부터 어딘가에서 들은 듯한 기분이 들었다. 왜 지금까지 알아채지 못했을까? 아사미는 자신의 멍청함에 질려버렸지만, 무엇 때문인지 강렬한 수마가 그녀를 덮쳤다. 설마 아까 화장실에 갔을 때 우라노가 모스코뮬에 수면제를 넣었을까? 그것은 알 길이 없었다.

"아, 여기 택시 한 대를 불러주시겠습니까? 그리고 일행 여성이 만취해 버려서 그러는데 같이 옮기는 걸 도와주시겠어요? 아마도 이 분이 한동안은 못 일어날 것 같거든요."

C

부스지마 일행이 붙잡은 오오야마 테츠지는, 하타노 아츠시라는 이름의 위조면허증을 가지고 있었다. 하지만 그 면허증에는 부스지마가 쫓고 있던 그 빨간색 렌터카를 빌린 하타노 아츠시의 사진은 없었다. 거기에는 피부가 창백한 오오야마 테츠지 본인의 사진이 붙어 있었다. 게다가 면허증에 기재된 주소에는, 하타노는 물론 오오야마도 산 적이 없었다. 더욱이 오오야마는 올해 25살로, 면허증에 적힌 생년월일조차 엉터리였다.

"오오야마는 언제 하타노 아츠시 명의의 위조면허증을 샀지?"

"일주일쯤 전이랍니다. 사채 빚을 계속 지고 옴짝달싹하지 못하게 되었을 때, 갑자기 위조면허증을 싸게 판매한다는 문자메시지가 왔다고 합니다. 그래서 무심코 그것을 사고 말았다고 진술하고 있고요."

그렇게 위조면허증을 사채업자에게 제시하고 돈을 빌린 것이 사기행위에 해당한다고 생각해서, 부스지마의 불심검문을 피해 무심코 도망치고 말았다고 진술했다.

"우리가 헛다리를 짚었다는 건가?"

부스지마는 신음하듯 그렇게 말했다.

마침내 관동지방도 장마전선이 뒤덮여 오늘은 아침부터 계속 비가 내렸다. 오늘 아침 일기예보에서는 올해 장마가 예년보다 길고 강수량도 많을 것 같다고 전하고 있었다.

"그러네요. 그럼 그 빨간색 렌터카를 빌린 진짜 하타노 아츠시가 오오야마에게 자신의 위조면허증을 판 것일까요?"

"그럴 가능성은 크지. 우리가 하타노 아츠시를 쫓고 있는 것은 당연히 눈치채고 있었을 테니까 말이지."

경찰이 하타노 아츠시를 용의자로 쫓고 있다는 사실은, 위조면허증에 붙어 있던 스포츠머리에 수염 난 남자의 증명사진과 함께 언론에서 대대적으로 보도하고 있었다.

"하타노 아츠시는 현재 일본에서 유명인사니까요."

"어쩌면 범인은 자신이 아닌 가짜 하타노 아츠시를 많이 만들어서 우리의 수사를 교란시키려고 하는 건지도 몰라."

"그럴 가능성도 있네요."

부스지마는 의자 등받이에 몸을 맡기고 팔짱을 꼈다.

"오오야마에게 위조면허증을 판매하는 문자메시지가 왔다고 했지?"

"네."

"그러면 그 문자메시지를 보낸 놈을 알아볼 방법은 있겠지?"

"그렇군요. 그건 가능하겠네요."

카가야는 그렇게 말하며 부스지마의 얼굴을 보려 했지만, 부스지마는 유리창에 닿아 흘러 떨어지는 빗방울을 멍하니 바라보고 있었다.

"하긴 문자메시지를 보낸 메일 주소도 처음 만들어서 한 번밖에 쓰이지 않은 메일 주소인 데다가, PC방 같은 데서 지냈을 가능성도 높으니, 문자메시지를 보낸 놈을 찾기도 쉽지는 않겠지만 말이지."

"그럴까요?"

"어어, 게다가 문자메시지를 보낸 인물이 연쇄살인범이 아니라 위조면허증을 파는 패거리이더라도 자신의 위치가 노출되지 않도록 조심할 테지."

B

한동안은 몽롱해져 있었다.

의식이 간신히 또렷해져서 무심코 일어서려 했을 때 아사미는 몸이 잘 움직이지 않는 것을 깨달았다.

침대에 엎드린 자세로 손발이 꽉 묶여 있었다. 거듭 자세히 살펴보니 SM결박 도구 같은 것으로 네 손발이 모두 묶여 있고, 각각이 10센티미터 정도 간격의 짧은 사슬로 연결되어 있었다. 그래서 손발은 그 사슬 길이인 10센티미터 정도밖에 자유롭게 움직이지 않았다.

방에 불빛은 없고 멀리서 뭔가가 창백하게 빛나고 있었다. 자세히 응시해 보니, 우라노가 작업하는 컴퓨터 화면의 빛이었다.

"깨셨습니까?"

우라노가 기척을 눈치채고 돌아보았다.

"그 수면제는 즉효성이 있는 데다 기분 좋을 만큼 숙면을 취할 수 있습니다. 너무 깊이 잠들어버려서 오줌을 싼 사람도 있어요."

"여긴 어디야?"

아사미는 엎드린 상태로 얼굴만 겨우 우라노 쪽으로 돌린 채 말했다.

주변을 둘러보니 방은 낡은 창고 같은 콘크리트 벽이고, 생활의 흔적이 없는 넓은 공간이었다. 그 방 중앙에 침대가 놓여 있고, 아사미의 손발을 묶은 도구는 그 침대 밑에 연결되어 있었다. 창문으로는 희미하게 동물의 울음소리가 들리고 있었다.

"제 아지트 같은 곳입니다."

"이걸 풀어줘."

아사미는 의연하게 말해보기는 하지만, 엎드려 있는 탓에 끔찍하게도 엉덩이를 쑥 내민 상태로 방치되어 있다. 덧붙여 옷은 전부 벗겨져 버렸고, 지금 아사미가 몸에 걸치고 있는 것은 검은색 얇은 팬티와 브래지어뿐이었다.

"아, 걱정 마세요. 회사에는 부장 앞으로 병가를 낸다는 취지의 메일을 보냈으니까요. 그리고 도미타 씨와 카나코 씨에게는 잠시 동안 여행을 다녀오겠다고 전했습니다. 다케이 씨와는 이대로 연락을 끊는 걸로 하면 되겠지요."

"당신이 어떻게 그런 걸 아는 거야?"

"그야, 아사미 씨의 모든 걸 조사했기 때문이지요. 오늘 이후 아사미 씨는 다다음주 쯤에 집안 사정 때문에 갑작스럽게 본가로 돌아가는 것으로 될 겁니다. 다른 친구에게 뭔가 전해둘 것이 있으면 말해주세요."

"당신, 나를 어쩌려는 거야?"

우라노는 컴퓨터를 끄고 아사미를 돌아보았다.

창문으로 어렴풋이 빛이 비쳐들고 그 창백한 얼굴이 점점 하얗게 보인다. 우라노는 두세 걸음 천천히 아사미에게 다가와 침대에 앉는다. 그리고 왼손으로 아사미의 엉덩이를 살짝 쓰다듬더니 코를 그 엉덩이에 가까이 댄다. 아사미는 섬뜩함에 몸을 비틀지만 손발이 심하게 꽉 묶여 있어서 생각대로 움직이지 못한다. 우라노의 코는 그대로 엉덩이에서 등, 그리고 마지막에는 검고 긴 생머리 너머 귓전으로 이동해 아사미의 냄새를 만끽한다.

"으~음, 역시 생각한 대로야. 아사미 씨는 좋은 냄새가 나네요."

우라노는 마지막에 아사미의 검은색 긴 생머리를 잡더니, 그것을 입 안에 넣고 눈을 감는다.

"뭘 할 생각이야? 나를 어쩌려는 거냐고?"

아사미는 몸을 크게 비틀어 보았지만 한심할 만큼 자유롭지 못하다. 우라노는 계속 황홀한 표정을 짓고 있고, 아사미의 그 질문에 대답할 기미가 없다. 그리고 다시 귓전에 얼굴을 가까이 가져다대고 아사미의 귓구멍을 할쭉 핥는다.

"하지 마, 이걸 빨리 풀어줘."

아사미는 그렇게 외쳐보긴 하지만 온몸이 묶여 있어 목을 비트는 것이 고작이었다. 그 목마저 남자가 힘으로 꽉 눌러 버리면 만족스럽게 비틀 수조차 없을 것이다.

분명 이대로 능욕당할 것이 틀림없다.

"우라노 군, 부탁이야. 이걸 풀어줘."

울음 섞인 목소리로 그렇게 외쳤다. 그래도 아무런 대답도 하지 않는 우라노가 너무 무서워 아사미는 억지로 고개를 비틀어 그 얼굴을 보았다.

우라노와 똑똑히 눈이 마주쳤다. 희미하게 웃고 있는 것처럼도 보이지만 이제 아사미는 이 남자가 대체 무슨 생각을 하는지 전혀 알 수가 없었다.

"우라노 군. 당신 대체 나한테 무슨 짓을 할 생각이야?"

"뭘 한다? 그러네요, 뭐든지 다예요."

우라노는 그렇게 말하더니, 뭐가 웃긴지 혼자 웃기 시작했다.

미쳤다.

아사미는 눈앞의 인물이 진심으로 두려워졌다.

"왜, 돈을 원하는 거 아니야? 아니면 내 몸? 하지만 목숨까지 빼앗을 필요는 없잖아."

"당신 계좌에 있는 돈은 이미 사실상 제 돈입니다. 물론 이 몸도 듬뿍 즐길 겁니다. 그렇지만 나는 당신 그 자체를 원해요."

"부탁이야. 목숨만은 살려줘."

"살려줘? 웃기지 마요. 당신은 제재를 받아야 하는 여자입니다."

우라노는 오른손에 칼을 들고 있었다.

"제재?"

"그렇습니다. 당신 같은 매춘부가 이대로 사회에 섞여서 살아남아서는 안 되는 겁니다. 하물며 누군가와 결혼하거나 아이를 낳거나 했다간 당치도 않은 불행이 시작됩니다. 당신도 사실은 알고 있을 겁니다. 자신은 살아 있어서는 안 되는 여자라는 걸요. 그러니까 제가 대신해서 당신에게 제재를 가하는 겁니다."

우라노는 그렇게 말하며 아사미를 똑바로 눕게 한 뒤, 손에 든 칼을 아사미의 뺨에 꽉 눌렀다. 그리고 마치 면도라도 하는 것처럼 칼의 날을 세운 채 천천히 목으로 이동한다.

"이 칼, 의외로 잘 잘려요."

우라노는 히죽 웃고 그렇게 말했다. 이대로 목을 베어버리는 것일까? 아사미는 침을 꿀꺽 삼킨다.

강간당할 거라는 생각은 했지만, 설마 이렇게까지 미쳐 있을
줄은.

"살려줘. 뭐든지 할 테니까 부탁이야."

우라노는 아사미의 목을 밀어붙였던 칼을 아래쪽으로 내리고,
아사미의 몸을 희롱하듯 칼을 가슴골에 밀어붙인다.

"뭐든지 할 테니까? 흠, 나는 당신 같은 사람들의 그런 점이
너무 싫습니다."

우라노의 눈동자에 증오가 비쳤다. 말없이 칼을 아사미의 배
꼽 근처에서 아랫배에 밀어붙인다. 서늘한 감촉이 팬티 안쪽 깊
숙이 나아가고, 이윽고 수평이었던 나이프의 날이 세로가 된다.

"나, 나를 죽이면 당신 살인죄야."

있는 힘을 다해 센 척하고 말했지만, 목소리는 말이 되지 않
을 만큼 떨리고 있었다.

"알고 있어요. 지금까지 이렇게 죽여 버린 여자도 한둘이 아니
니까요. 그러니까 이제 몇 명을 죽이든 제 사형은 확정입니다. 그
러니까 사형 따윈 전혀 무섭지 않습니다."

아사미는 할 말을 잃었다.

칼날은 점점 더 날카로워지는 것 같았고, 아사미는 이제 눈조
차 뜨고 있을 수 없었다. 다음 순간 아사미는 아랫배에 칼이 꽂
힐 것을 각오해야 했다.

"아사미 씨. 유감스럽지만 나는 지금부터 나가야 합니다."

"나간다? 어디에?"

"흠 웅덩이를 좀 파러 가야 해요. 지금까지 이용했던 곳을 쓸
수 없게 되어 버려서, 새로 찾아야 합니다."

"흙 웅덩이? 뭣 때문에?"

"뻔하잖아요. 아사미 씨를 묻기 위해서예요."

우라노의 눈이 괴이하게 빛났다.

"아마도, 한나절 정도는 돌아오지 않을 것 같은데 그때까지 참을 수 있나요?"

"뭘?"

그때 아랫배 위의 나이프에 힘이 들어가고 아사미의 온몸이 굳어졌다.

"화장실 말이에요, 화장실. 그 꼴로는 아무 데나 싸야 하니까요."

어느샌가 아사미의 검은색 팬티가 찢겨 있었다.

C

"그 출장 마사지 업소는 몇 년 전에 접었습니까?"

관할 내의 모든 출장 마사지 업소를 탐문 수사했지만 뚜렷한 정보는 얻지 못했다.

부스지마는 탐문 대상을 이미 망해버린 출장 마사지 업소까지로 넓혀서, 지금은 안마시술소의 삐끼를 하고 있는 전직 출장 마사지 업소 점장에게 질문을 하고 있다.

"딱 1년 전이네요. 가게 에이스였던 여자애가 갑자기 사라져버렸고, 그 때문에 도저히 만회를 하지 못했어요."

"1년 전입니까?"

환락가의 한가운데 있는 오래된 찻집은 대낮이기도 해서 손님이 뜸했다.

맞은편 자리에서 샐러리맨인 듯한 중년 남성이 지루한 듯 스포츠 신문을 읽고 있었다.

"이 사진 속 남자는 본 적이 있습니까?"

그렇게 말하면서 이제는 완전히 유명해져버린 하타노 아츠시의 위조면허증 사진을 보여주었다.

"아아, 요즘 언론에서 떠들고 있는 그 사건인가요?"

"네."

"이 사진이 공표되고 신경이 쓰이기는 했어요. 어딘가에서 좀 본 것 같아서요."

"정말입니까?"

옆에 있던 카가야가 무심결에 몸을 앞으로 내밀며 그렇게 물었다.

"아니, 하지만 착각일지도 몰라요. 여기저기서 보도를 하고 있으니까 뉴스에서 본 걸 원래 알던 사람으로 착각하는 건지도 모르고요."

실제로 그런 사례가 적지 않았다. 공개수사를 하면 정보 그 자체는 대량으로 모이지만, 그 정밀도는 현격하게 떨어진다.

"이 사진은 어떻습니까?"

이번에는 N시스템의 사진을 보여준다.

"이건 아까 그 사람과 동일인물인가요?"

"그럴지도 모르고, 아닐지도 모릅니다."

"으~음."

"어떻습니까?"

"왠지 어딘가에서 본 것 같기는 합니다."

전직 출장 마사지 업소 점장은 비교적 확신하는 듯한 말투로 그렇게 말했다.

"정말입니까?"

"누구였지? 어딘가에서 본 것 같기는 한데 말이지요."

"출장 마사지 업소의 손님입니까?"

부스지마가 전직 점장의 얼굴을 들여다보며 그렇게 물었다.

"글쎄요."

"점장님은 출장 마사지 업소의 고객과 직접 만나기도 합니까?"

"네. 처음 등록을 할 때는 가게 시스템을 설명해야 하기 때문

에 가능한 한 제가 가서 만났어요. 사실은 위험한 손님이 아닌
지를 간파하기 위해서였기 때문에, 이렇게 스포츠머리를 한 조
폭 같은 손님이라면 반드시 기억할 겁니다."

"그럼, 손님이 아닌 누구일까요?"

"글쎄요, 누구였지?"

전직 점장은 그렇게 말하면서도 두 장의 사진을 빈번히 번갈
아가며 살펴보고 있다. 부스지마는 눈앞에 있는 커피를 천천히
마시며, 전직 점장이 뭔가를 생각해내기를 가만히 기다렸다.

"아, 역시 생각이 안 나요."

아까까지 스포츠 신문을 보고 있던 중년 샐러리맨이 계산을
끝내고 가게를 나갔다. 이것으로 가게 안에는 부스지마 일행 세
사람과, 검정색 유니폼을 입은 웨이터 한 명이 달랑 서 있을 뿐
이었다.

"그렇습니까? 그런데 점장님의 가게에서 갑자기 여자가 실종
되거나 한 적은 없습니까?"

부스지마는 내심 좀 실망하면서도 질문의 방향을 바꿔본다.

"으~음, 이런 업계가 원래 그러니까요. 다른 가게에서 빼앗아
가거나, 문자메시지 한 통 달랑 보내고 그만두는 아이는 종종
있었어요."

"그렇습니까? 그래도 혹시 홀연히 없어지거나, 그 후에 연락이
뚝 끊어지거나 한 아가씨는 없었습니까?"

"그만두는 아이는 대개 그러니까요. 문자메시지 한 통 보내는
애는 그나마 제대로 된 애예요."

"으~음. 역시 그렇습니까?"

카가야가 포기한 듯 신음했다.

"점장님. 그런 아가씨들 중에서 흑발을 가진 사람은 있었습니까?"

부스지마가 문득 생각나서 그렇게 물었다.

"흑발요? 그건 없지 않을까요? 고급 업소라면 모르지만, 우리 가게는 갈색이라든가 금발이라든가, 머리를 염색한 아이가 압도적으로 많았으니까요. 아, 하지만…, 한 명 있었다."

"누구입니까?"

"그러니까, 애초에 우리 업소가 망하게 된 계기가 된 인기 넘버원 아가씨였어요. 지방출신이고 머리가 검정색인 아가씨예요. 그 아가씨를 지명하는 오타구 같은 살찐 손님이 몇 명이나 있었어요. 이름은 마유. 본명인지 어떤지는 알 수 없지만 업소 직원에게는 이름이 미야모토 마유라고 말했어요."

"미야모토 마유. 그 아가씨는 언제쯤 없어졌습니까?"

"2년쯤 전이었나?"

"2년…, 입니까?"

부스지마는 무심결에 그렇게 말하고 신음했다. 산속에서 발견된 다섯 명의 피해자는 모두 근래 1년 이내에 살해당한 사람들이다.

"키는 컸습니까?"

"아니요, 체격이 작았어요. 140센티미터 정도였나?"

"140센티미터? 어이, 카가야. 발견된 다섯 구의 사체 중에서 신장 140센티미터는 있나?"

카가야는 경찰수첩에 써넣은 메모를 보았다.

"아니, 없네요. 게다가 사후 1년 이내인 사체뿐입니다. 물론 벌써 살해당했고, 아직 발견되지 않은 것뿐일 가능성도 있지만요."

부스지마는 그것도 가능한 일이라 생각했다.

"점장님, 한 번 더 이 사진을 봐주시겠습니까. 이 남자가 그 미야모토 마유의 손님 중에 없었나요?"

"으~음."

전직 점장은 진지하게 그 사진을 쳐다본다.

"이 조폭 같은 남자가 변장을 해서 이 고글 모양의 선글라스를 낀 남자가 되었을 가능성이 있습니다. 그렇다면, 눈은 이 조폭 같은 남자라고 생각해주세요. 수염은 없을지도 모릅니다. 그리고 뺨에 솜을 넣고 있을지도 모르기 때문에, 뺨은 더 홀쭉할 가능성이 있습니다. 어떻습니까? 뭐 좀 생각나는 게 있습니까?"

"하지만 코가 좀 다르네요."

확실히 그렇다. 이 두 장이 동일인물로 보이지 않는 것은 코의 모양이 확연히 다르기 때문이었다.

"뭔가 잔꾀를 부렸는지도 모릅니다."

"잔꾀요?"

전직 점장이 의아한 표정으로 그렇게 물었다.

"예를 들면 성형을 했다든가요."

"어쩌면 무슨 포토샵 같은 프로그램으로 수정했을 가능성도 있는 거네요."

옆에서 카가야가 부스지마의 말을 막고 끼어들었다.

"그렇습니다. 그러니 코는 실제로 찍힌 이쪽 사진이 맞는 거라고 생각해주세요."

부스지마는 N시스템에 찍힌 사진을 가리키며 그렇게 말했다.

"으~음. 그렇게 말하면, 이런 오타쿠 같은 얼굴이 마유의 손님 중에 있었던 것 같기도 한데요."

"정말입니까?"

"으~음, 그런데 자신은 좀 없네요."

전직 점장은 확실히 이 같은 남자를 본 기억이 있는 듯했다. 그러나 그것만으로는 사건 해결의 돌파구를 찾을 수 없다.

"어이, 카가야. 어딘가에서 연필이랑 종이 좀 가져다 줘."

"연필이랑 종이요?"

"그래."

카가야는 찻집 웨이터에게 가게에 연필과 종이가 있는지 물었다.

"전단지 종이밖에 없습니다만."

웨이터는 뒷면이 백지인 전단지와 함께 연필 한 자루를 가져왔다.

"충분해. 점장님, 잘 봐주세요."

부스지마는 그렇게 말하더니 그 전단지를 뒤집어 테이블에 놓고 연필로 뭔가 선을 긋기 시작했다.

"얼굴 윤곽은 이런 느낌입니다. 뺨은 좀 홀쭉하고 턱은 이 사진 그대로입니다. 수염은 없었던 걸로 하지요. 그리고 눈 말입니다만 이 인텔리 조폭 같은 안경을 쓰지 않았다고 한다면, 아마도 이런 느낌이었을 겁니다. 그리고 코는 이런 느낌."

부스지마는 그렇게 말하며 사진 두 장의 특징을 섞은 한 장의 초상화를 그리기 시작했다.

"부스지마 선배님. 잘 그리시네요."

"어어. 초상화 강습을 받으면서 철저히 단련했거든."

몽타주 전성기인 시대라도, 사람이 손으로 그리는 초상화 수사가 여전히 성과를 올리고 있었다. 현실적으로 몽타주 사진보다 얼굴의 각 위치를 강조해서 그린 초상화가 잘 그리면 사람들의 기억을 더 잘 불러일으킨다. 어머니가 그림 재능을 발굴해준 부스지마는 신입 시절에 적극적으로 초상화 강습에 참여했었다.

"문제는 머리칼입니다. 만약 이 남자가 미야모토 마유의 단골이었던 오타쿠 중 하나인 남자라면, 분명 이런 느낌의 머리 모양을 하고 있었을 겁니다."

부스지마는 그렇게 말하며 초상화에 스포츠머리 대신 긴 머리칼을 그려 넣었다.

"아, 야마다 타로다!"

전직 점장은 무심코 큰 소리로 외쳤다.

"야마다 타로?"

부스지마는 연필을 움직이던 손을 멈추고 그렇게 되물었다.

"야마다 타로라는 건 물론 가명이겠지만, 분명 이 남자는 마유의 단골손님 중 한 명이었습니다."

"정말입니까? 어떻게 그렇게 단정할 수 있나요?"

"작은 트러블이 있었어요."

"트러블?"

"네. 야마다 타로는 원래 착한 손님이었는데, 결국 돈이 떨어져서 돈도 없는데 마유를 불러내서 말이지요. 그 후 스토커 같은 행동을 하게 되어서 결국 출입을 금지시켰습니다. 그래서 기억합니다. 이 초상화 속 남자는 그 야마다 타로가 틀림없습니다."

"정말이지요?"

"네, 정말입니다."

부스지마와 카가야는 저도 모르게 눈빛을 교환했다.

"그런데 형사님! 형사님은 지금 언론에서 떠들고 있는 사건의 범인과 피해자에 대해 말씀하시는 거지요?"

"네. 그렇습니다."

"그렇다면 미야모토 마유는 죽지 않았어요."

"어, 죽지 않았다? 그럼 어딘가에서 만났습니까?"

"아니요, 그 이후 마유와는 한 번도 만나지 않았습니다."

"만나지 않았다? 그럼 왜 살아있다고 단정하셨습니까?"

"마유의 휴대폰이…."

"휴대폰?"

"네에, 미야모토 마유의 휴대폰은 아직 연결이 됩니다. 이건 마유가 아직 살아 있고, 전화요금을 내고 있다는 뜻이지요."

전직 점장은 그렇게 말하며 자신의 스마트폰을 만졌다.

"2년 전 번호잖아요. 그러니까 벌써 그 번호를 다른 누군가가 쓰고 있는 것뿐이 아닐까요?"

카가야가 바로 그렇게 응수했다.

"아니요, 아마도 예전 손님을 놓치지 않으려고 분명 영업용으로 이 번호만은 남겨두고 있을 겁니다. 이쪽 사람들은 다 그래요."

그렇게 말하는 사이에 전직 점장은 벌써 전화를 걸어, 검정색 스마트폰을 부스지마에게 건넸다.

『…마유입니다. 항상 전화 주셔서 고맙습니다. 지금은 잠시 전화를 받을 수 없으니 메시지를 남겨주세요. 제가 다시 걸겠습니다.』

어리광부리는 목소리로 부재중 응답메시지가 흘러나왔다.

"점장님은 미야모토 마유 씨가 사라지고 나서 이 전화로 본인과 이야기를 한 적이 있습니까?"

"아니요, 몇 번인가 음성 메시지를 남겼지만 도망친 업소의 점장이니까요. 마유가 제게 다시 전화를 걸어오지는 않았습니다."

"그렇군요, 그럼 저나 카가야가 손님인 척하고 전화를 걸면 분명 다시 전화를 걸어오겠지요?"

"뭐, 그럴 것 같긴 합니다만."

B

"아름다운 아사미 씨가 오줌을 무의식중에 방류하는 모습은 보고 싶지 않으니까요."

남자는 그렇게 말하더니 아사미의 양손과 양발의 결박 도구 사이를 벌려 30센티미터 정도 여유를 가지게 해주었다. 이것으로 간신히 앉을 수 있게 됐고, 걸어서 화장실에 갈 수 있게 되었고, 변기에도 앉을 수 있었다.

그렇지만 양손 양발이 묶이고 그 사이가 30센티미터라는 것은, 허리가 굽은 노파가 된 듯한 모습으로, 천천히 이동하는 것이 고작인 상태였다. 특히 한번 넘어져 버리면 일어나기가 힘들고 그대로 가만히 있으면 허리가 저려왔다. 시간과 함께 몸도 굳어지고, 상상 이상으로 신체의 자유를 빼앗기고 말았다. 결박 도구가 끈으로 침대에 연결되어 있기 때문에 방 밖의 모습을 살펴볼 수도 없었다.

결박 도구를 풀려고 애써봤지만 튼튼한 고무에 빈틈없이 사슬로 연결되어 있어서 예리한 칼날이라도 있지 않는 한 절단하는 건 불가능했다. 열쇠가 있으면 수갑을 풀 수 있지만, 아마도 우라노가 가져가버렸을 것이다. 하다못해 책상이 있는 곳까지 이동할 수 있으면 좋겠다고 생각했지만, 우라노가 정확히 계산을 하고 있는 건지 걸어갈 수 있는 범위의 끝은 거기까지 가는 것을 허락하지 않았다. 끈을 동여맨 침대 다리도 살펴보았지만, 거기도 사슬로 튼튼하게 고정되어 있었다. 끈 자체도 튼튼한 로

프 같은 소재여서 여간해서는 끊을 수 있을 것 같지 않았다. 아사미는 홧김에 그 끈을 이빨로 갉아봤지만 이빨이 아파질 뿐이었다.

우라노가 나가고 이제 몇 시간이 지났을까?

밖은 이제 완전히 밝아졌을 것이다. 우라노가 돌아오기 전에 어떻게든 이곳을 탈출해서 도움을 요청해야 한다.

그 후에도 아사미는 결박 도구의 열쇠를 찾거나 몇 번이나 침대에서 끈을 풀려고 했지만 전혀 소용이 없었다. 방을 오줌으로 더럽히지 않을 수 있을 정도이고, 마지막에는 무력하게 방 안에서 옆으로 쓰러질 뿐이었다. 그만큼 이 손발의 방비는 엄격했다.

절망적인 마음으로 침대에 누워 있자 정말 비참한 기분이 들었다. 눈물이 끝없이 흐른다. 하지만 지금의 아사미는 그 눈물조차 손으로 닦을 수 없었다.

『이게 의외로 도움이 돼요.』

아사미는 우라노가 나갈 때 했던 말을 떠올렸다.

우라노가 그렇게 말한 후에 방에 있던 기계의 스위치를 켰다. 그러자 굉음과 함께 그 드릴이 빙글빙글 돌기 시작했다.

『혈굴기라고 하는데 말이지요, 이게 있으면 50센티미터 정도의 흙 웅덩이는 쉽게 파낼 수가 있어요. 예전에는 전부 사람의 힘으로 했기 때문에 힘들었지만, 이제는 인터넷에서 찾으면 이걸 2만 엔 정도에 살 수 있어요. 인터넷 세상은 정말 찾아보면 뭐든지 있네요.』

그 드릴이 있으면 분명 흙 웅덩이를 1시간이면 팔 수 있을 것이다. 나머지 문제는 어디에 그 흙 웅덩이를 파고 올 것인가 하는 것뿐으로, 우라노가 이곳으로 돌아오는 것은 이제 시간문제에 지나지 않는다고 생각했다.

그때, 아사미는 뭔가 소리를 들은 듯한 기분이 들었다.

처음에는 무슨 소리인지 알아채지 못했다. 하지만 어딘가에서 들어 본 적이 있는 소리였다.

스마트폰 소리일지도 모른다.

세 번, 네 번….

틀림없다. 저건 스마트폰의 진동 소리다.

아사미는 간신히 몸을 일으켜 소리가 나는 쪽으로 몸을 돌린다. 그 소리는 컴퓨터가 놓여 있는 책상 쪽에서 들린다. 책상 안에 들어있을까? 아니, 아마도 책상 다리 밑에 있는 보스턴백 안에서 그 희미한 소리가 울리고 있는 듯했다.

누구의 스마트폰이 울리고 있는 것일까? 우라노는 본인의 스마트폰은 가져갔을 것이다.

그렇다면 아사미의 스마트폰일지도 모른다. 아니면 다른 누군가의 스마트폰일지도 모르지만 아무튼 전화를 받아야 한다. 그리고 그 상대가 우라노만 아니면 도움을 요청할 수 있을지도 모른다.

그 순간 아사미는 굴러 떨어지듯 침대에서 내려와 보스턴백으로 향한다. 그러나 아사미는 결박된 상태임을 잊고 몸을 움직인 탓에 균형을 크게 잃고, 요란한 소리를 내며 얼굴을 세차게 바닥에 부딪치고 만다. 순간 정신이 아찔했지만 간신히 그 아픔을 견디며 구르듯이 책상을 향해 몸을 움직인다.

울퉁불퉁한 바닥 위에서 어깨와 무릎이 까지면서도 필사적으로 몸을 움직인다.

아홉 번, 열 번…, '제발 전화를 끊지 마.' 마음속으로 그렇게 빌면서 아사미는 어떻게든 가방이 있는 곳으로 이동하려고 한다. 하지만 그 1미터 바로 앞에서 침대 다리에 묶인 끈이 팽팽하게 당겨진다.

한 걸음만 더, 이대로 몸을 굴릴 수 있으면 몸이 보스턴백에 닿을 텐데, 매정하게도 끈은 꿈쩍도 하지 않는다. 그렇다면 침대째로 당길까 하고 힘을 주지만, 다시 바로 주저앉게 되는 것이 고작이고 도저히 체중이 실리지 않는다.

아사미가 침대와 무력한 줄다리기를 하는 동안에 어느샌가 스마트폰의 진동 소리는 끊겨 버렸다.

아사미는 크게 한숨을 쉬었다.

그리고 다시 보스턴백을 돌아보았다.

하다못해 발이라도 자유롭다면 어떻게든 되었을지 모르지만, 아무튼 도롱이벌레처럼 굴러가기만 할 뿐 아무것도 할 수 없다. 막대기와 끈, 뭔가 쓸 만한 것은 없을까? 아사미는 어둑어둑한 실내를 둘러보았다.

그때 다시 스마트폰 진동소리가 났다.

아사미는 다시 한번 보스턴백 쪽으로 기어간다. 그러나 결과는 마찬가지였다. 아무리 힘을 내도 무거운 침대는 꿈쩍도 하지 않았고 자신의 무력함만 뼈저리게 느껴졌다.

손발의 자유를 빼앗기고 몸은 알몸이나 마찬가지인 모습이다. 결국 우라노에게 강간당한 뒤 살해당하고 마는 것일까? 아무도 모르게 산속에 묻히고, 그리고 아무도 찾지 않고, 나란 존재가 잊히고 마는 것일까?

울리는 전화는 아사미의 스마트폰일까? 그렇다면 누가 건 것일까? 회사의 동료가 뭔가 모르는 것이 있어서 걸어온 것일까? 카나코가 뭔가를 눈치챘을까? 아니면 역시 도미타일까?

그렇지만 누가 걸었든 아사미는 그 전화를 받을 수가 없다.

아사미는 영문도 모른 채 눈물이 흘렀다. 춥고 비참하고 가엾은 자신에게 눈물이 났다.

확실히 다른 사람에게 말 못할 일을 해오기는 했지만, 여기서 이런 식으로 살해당해야 할 만큼 나쁜 짓을 하고 살지는 않았다.

도미타, 살려줘.

이제 와서 그 미덥지 못한 남자의 얼굴이 떠올랐다. 이것은 도미타를 얕봐온 대가일까?

"도미타, 살려줘!"

소리 내어 말해 본다.

그렇지만 아무리 큰 소리를 내봤자 그 목소리가 도미타에게 닿을 리도 없다.

"도미타, 미안해. 하지만 살려줘."

아사미는 울면서 다시 그렇게 소리쳤다.

도미타는 의지가 되지는 않지만 분명 도와주러 올 것이다. 아사미는 왠지 지금 전화를 걸어온 사람이 도미타인 듯한 기분이 들어 견딜 수 없었다.

"도미타, 나 여기에 있어. 살려주러 와줘. 부탁이야."

아사미의 목소리는 눈물에 섞여서 이제 알아들을 수도 없었다. 그저 어둑어둑한 방 안에서 아사미가 오열하는 소리만이 울리고 있었다.

그런데 그 진동소리도 어느샌가 끊어져 버렸다.

아사미는 눈물도 완전히 말라버렸고, 이제는 포기한 듯 무릎을 끌어안고 바닥에 몸을 뉘였다. 아사미의 얼마 남지 않은 귀중한 시간이 자꾸자꾸 흘러갔다.

도미타가 이곳에 구하러 오지 않는 대신, 마침내 우라노가 이 방으로 돌아온다. 그리고 아사미를 끔찍하게 살해한 다음 쓰레기처럼 묻어버릴 것이다. 이제 저항하는 것은 멈추고 하다못해 아프지 않은 방법으로 죽여 달라고 해야 할까? 그 도마뱀 같은 눈을 한 우라노가 앞으로 자신에게 어떤 처사를 내릴지, 생각만 해도 두려웠다.

그 순간 가방 속에서 또 진동이 울렸다.

그러나 아사미는 완전히 포기한 나머지 이번에는 움직이려고도 하지 않았다. 벌써 아사미는 지나칠 정도로 힘을 쥐어짜 버렸고, 몸이 딱딱하게 굳어 있었다.

도미타, 이제 아무리 애써도 나는 그 전화를 받지 못해. 아사미는 얼굴만 가방으로 향한 채 마음속으로 그렇게 생각했다.

"도미타, 고마워."

마지막으로 하다못해 그 한마디만이라도 전하고 싶었다.

아사미는 이런 마음이 들 줄 알았다면 그렇게 괴롭히지 말 걸 그랬다고 생각했다. 그렇게 생각하자 그 얼빠진 목소리를 다시 한번만이라도 듣고 싶어졌다. 마치 그런 아사미의 마음에 답이라도 하는 것처럼 가방 속에서 진동이 계속 울린다.

"도미타."

진동은 여전히 계속 울린다.

"도미타!"

아사미는 더 큰 소리로 외친다.

그것에 답하듯이 진동은 계속 울린다.

"도미타…."

그런데 그 순간 결국 진동소리가 멈췄다.

끝났다.

이것으로 정말 모든 것이 끝났다고 생각했다.

아사미의 뇌리에 도미타와 보낸 지난 1년 동안의 추억이 주마
등처럼 되살아난다. 만남, 첫 데이트, 둘이서 갔던 몇 번의 여행.
도미타와 서로 장난치던 추억의 날들. 그리고 도미타가 스마트폰
을 잃어버리고 나서 발생한 갖가지 트러블. 결국 도미타가 잃어
버린 스마트폰을 우라노가 주운 것이 불운의 시작이었다. 최근
들어서야 겨우 도미타는 물론 아사미도 스마트폰을 새로 바꾸
기는 했지만, 결국 이런 꼴이 되어 버렸다.

새로운 스마트폰?

아사미는 자신이 중요한 사실을 잊고 있었던 것을 깨달았다.

책상 구석에 있는 보스턴백을 다시 쳐다본다. 꽤 튼튼해 보이
는 가방이었다. 과연 그런 일이 가능할까? 아사미는 잠시 생각
해 본다. 그 가방 속에 자신의 스마트폰은 들어 있을까?

그렇지만 해 볼 가치는 있다고 생각했다.

"시리Siri!"

아사미는 힘껏 그렇게 외쳤다.

최신 스마트폰으로 바꿀 때 CF장면을 흉내 내어 siri, 즉 ISO 용 비서 기능 애플리케이션이 작동될 수 있도록 설정해 두었다.

그러나 보스턴백에서는 아무런 반응도 없다.

"시리~!"

더 큰 소리로 말해본다.

그러나 역시 아무런 반응도 없다. 역시 아사미의 스마트폰은 그 보스턴백 속에 들어 있지 않았던 것일까?

아사미는 절망한 나머지 힘이 빠져 바닥에 눕는다.

이제는 마지막 희망도 무너져 버렸다. 이제는 우라노에게 살해 당하기를 기다리는 일만 남았나?

아니, 잠깐만.

발음이 조금 잘못되었는지도 모른다.

아사미는 다시 벌떡 몸을 일으켜 기도하는 마음으로 그렇게 말한다.

"헤이, 시리~"

피로 탓인지 쉰 목소리가 나온다.

"헤이, 시리~"

그러나 아무 일도 일어나지 않는다.

아직도 뭔가가 잘못된 것일까?

아니면, 보스턴백이 너무 튼튼해서 안에까지 목소리가 닿지 않는 것일까?

"헤이, 시리~!"

아사미는 지금까지 내 본 적 없는 큰 목소리로 그렇게 외친다.

『네, 듣고 있어요.』

억양이 좀 웃기지만 상냥한 여성의 목소리가 보스턴백 속에서 들려왔다.

"시리, 도미타에게 전화해줘."

제 6 장

C

"사이토 본부장님. 미야모토 마유의 스마트폰 위치정보를 추적하는 허가를 내주세요."

"으~음."

"범인은 미야모토 마유를 살해한 다음 그녀의 스마트폰을 소지하고 있습니다. 그 위치정보를 손에 넣을 수만 있으면 범인을 쉽게 체포할 수 있습니다."

부스지마는 수사본부에 있던 사이토와 독대를 했다.

"부스지마, 휴대폰의 GPS정보를 취득하려면 판사의 영장이 필요해. 게다가 본인에게 알려야 한다는 여론도 있어."

"마유라는 여자 본인은 죽고 말았습니다. 그런데도 고지식하게 그 스마트폰으로 연락 따윌 했다간, 눈뜨고 범인에게 도망칠 기회를 주는 겁니다. 그렇지 않아도 젊은 카가야에게 손님인 척하고 몇 번이나 전화를 걸게 했습니다. 이 이상 이상한 전화를 걸면 상대도 수상히 여기고 스마트폰을 파기해버릴 가능성이 있습니다."

"진짜 단골이 전화했을 때에만 다시 전화를 거는 게 아닐까?"

본부장이 팔짱을 끼며 그렇게 대답한다. 배가 불뚝 나와서 감색 스리피스 정장이 빵빵하게 부풀어 있다.

"그렇게 할 이유가 있겠습니까? 마유가 살아있다면 일부러 영업용으로 전화번호를 남겨두고 있는 셈인데, 그렇게 손님을 고르는 짓을 할 리가 없잖아요."

확실히 그렇긴 하지, 하는 표정으로 사이토 본부장은 고개를 갸우뚱한다.

"그러니 위치정보! 꼭 부탁드립니다!"

"으~음. 하지만 미야모토 마유가 죽었다는 증거가 있는 건 아니잖나?"

"하지만 범인은 2년 전에 미야모토 마유의 단골이었습니다. 그 이후 출입금지를 당했으니까 미야모토 마유에게 되레 원한을 품었을 가능성은 충분합니다."

"그건 잘 알았네. 하지만 다섯 구의 시체 중에 미야모토에 해당하는 것은 없잖아. 어딘가에서 건강하게 살고 있는 거 아니야?"

"그렇지 않습니다. 미야모토 마유는 이미 살해당했고, 지금은 그 산속 어딘가에 잠들어 있습니다. 틀림없습니다."

"어이, 부스지마. 그건 논리가 지나치게 비약적이지 않은가? 그래서는 내가 허락을 해도 판사가 영장을 발부해주지 않아. 뭔가 좀 더 객관적인 사실은 없나?"

"출장 마사지 업소가 망해버려서, 미야모토 마유에 관한 자료는 남아 있지 않습니다."

전직 점장은 업소 폐쇄와 함께 출장 마사지 업소 아가씨들의 이력서와 고객 등록정보 등의 모든 서류를 처분해 버렸다고 했다.

"그래선 어렵겠어. 게다가 요전의 오오야마 테츠지, 그건 완전히 오인체포였지."

그때 한바탕 추격전을 벌인 끝에 그를 겨우 붙잡았지만, 실제

죄상은 그저 공문서위조죄와 위조공문서행사죄에 불과했다.

"그건 하타노 아츠시라는 이름이 세상에 나돌아 버렸기 때문에 범인이 수사에 혼선을 빚게 하려고 위조면허증을 팔았기 때문입니다. 범인이 우리 관할인 오다와라 부근에 출몰했던 건 명백한 사실입니다."

"그런데 자네 말을 수용해서 하타노 아츠시의 이름과 사진으로 공개수사를 진행했지만, 오히려 옥석을 가리지 않고 모든 정보가 모여드는 바람에 더 혼란스러워져 버렸잖아."

"그건 이제 됐습니다. 지금 공개수사를 통한 제보 수집보다 중요한 건 미야모토 마유의 스마트폰 위치정보를 추적하는 것입니다. 꼭 허가해주세요."

"으~음, 그런데 영장전담 판사가 뭐라고 할라나?"

"미야모토 마유는 야마다 타로라는 가명을 쓴 남자에게 이미 살해당했습니다. 피해자가 분실한 스마트폰의 위치정보를 원하는 것뿐입니다. 그거라면 법원에 허가를 구할 필요도 없겠지요."

"그렇게는 안 돼. 일본은 법치국가야."

"살해당한 피해자의 스마트폰의 위치정보예요. 그래도 법원 판사가 NO라고 할까요?"

"그러니까…, 살해당했다는 증거가 없어."

"정황증거만으로 충분하잖습니까? 유무죄 판단을 내리는 종국 재판을 하자는 것도 아니잖아요."

"으~음."

본부장은 소파에 등을 대고 팔짱을 낀 채 신음하기 시작했다.

"아무튼 허가를 내주세요. 죽었다는 전제라면, 허가는 받을 수 있겠지요."

"으~으~음."

천장을 올려다보고 등을 소파에 더욱 묻자 사이토의 배가 점점 더 튀어나온다.

"본부장님, 여기서는 각오를 합시다! 무슨 일이 생긴다 해도, 저와 본부장님만 목을 내놓으면 되는 것 아닙니까?"

"으~~~~~~~~~~~~음."

B

창문으로 비쳐드는 햇빛도 이제 완전히 떨어져 방은 캄캄해졌다.

시리가 도미타에게 전화를 연결해준 덕분에 도미타는 분명 이곳으로 달려오려고 생각했을 것이다.

그런데 대체 이곳은 어디일까?

아사미는 이동 중일 때의 기억이 없다. 가끔 들리는 짐승 소리나, 다른 일상생활 속의 소리가 들리지 않는 걸로 보았을 때, 여기가 어떤 산속이라는 것만큼은 추리할 수 있었다. 만약 도미타가 어떻게든 이곳을 알아내어 구하러 와준다고 해도, 과연 도미타가 여기로 오는 것이 빠를지, 아니면 우라노가 돌아오는 것이 빠를지, 아사미는 전혀 판단이 서지 않았다.

문을 두드리는 소리가 났다.

"도미타야?"

도미타이길 바라는 희망에서 아사미는 무심코 그렇게 외치고 말았다.

"아사미 씨, 도미타 씨에게 전화를 걸었습니까?"

우라노가 그렇게 말하며 들어왔다. 방금 내뱉은 한마디 때문에 전화를 건 것을 들켜버린 것일까, 아사미는 시치미 뗀 얼굴로 시선을 피한다.

우라노는 보스턴백에 손을 찔러 넣고 스마트폰 몇 개를 꺼냈다. 한 개, 두 개…, 빨간색과 핑크, 그리고 다양한 스마트폰 케이스에 담겨 있는 스마트폰을 꺼냈는데, 그 대부분은 여성 취향이었다.

"분명 이거였죠?"

우라노는 그중에서 꽃무늬 케이스에 든 아사미의 스마트폰을 집어 들었다. 그리고 아사미의 오른손을 살짝 비틀어 그 엄지손가락 부분을 스마트폰의 홈 버튼에 갖다 댄다.

"싫어."

아사미는 입으로는 그렇게 말했지만 아사미의 손가락은 순순히 그 인증에 답하고 만다.

"내가 사체가 되면 그렇게 해서 내 스마트폰을 쓸 생각이지? 그것 때문에 그때 지문인증으로 설정하라고 권한 거였어. 나한테 비밀번호를 말해달라고 해도 내가 가르쳐주지 않으면 수가 없을 테니까."

"이제 겨우 눈치챘습니까? 하지만 이미 데이터를 백업을 해두었기 때문에 굳이 지문 설정으로 바꿔놓지 않았더라도 이 스마트폰을 공장 초기화해서 구입 당시의 상태로 비밀번호 설정을 복원하면 그뿐입니다. 아, 맞다. 그렇게 번거롭게 할 게 아니라 차라리 지금 설정된 비밀번호를 가르쳐줄래요? 아사미 씨가 없어져도 나는 이 스마트폰으로 아사미 씨를 대신해서 여러 연락을 취해야 하니까요."

우라노는 그렇게 말하면서 아사미의 최근 발신 이력을 확인하는 듯했다.

"비밀번호 따위는 절대 말 안 해."

강한 척하는 아사미의 얼굴을 우라노의 손바닥이 갑자기 습격했다.

"아팟."

"아사미 씨는 아직 자신의 입장을 잘 이해하지 못한 것 같네요."

그 차가운 시선에 등골이 얼어붙는다.

"잘 알고 있어. 여기서 겁탈당하고 살해당하는 거잖아."

아사미는 옆을 보며 씩씩하게 그렇게 내뱉었지만, 목소리는 명백히 떨리고 있었다.

"역시 전혀 모르고 있네요. 지금부터 아사미 씨를 얼마나 아프게, 그리고 얼마나 비참하게 죽일지는 전부 내 기분에 달렸어요. 비밀번호 정도는 순식간에 토해내 버릴 겁니다."

그렇게 말하는 우라노의 눈이 괴이하게 빛난다.

우라노는 아사미를 난폭하게 침대에 밀어 넘어뜨린다. 그리고 엎드리게 만든 뒤, 고정되어 있던 양손을 붙잡는다.

"요즘 여자들은 손톱을 예쁘게 기르고 있어서 떼는 게 무척 쉬워요."

빈틈없이 고정된 아사미의 오른손에서 집게손가락만 힘으로 억지로 펴게 했다.

그리고 그 손톱 밑에 칼을 들이댄다.

"하지 마."

"그럼 가르쳐주세요. 도미타 씨는 여기에 옵니까?"

손끝의 손톱이 크게 휘지만 당사자인 아사미도 뭐라고 답해야 좋을지 알지 못한다. 도미타는 아사미를 구하러 와줄 것이다. 하지만 애당초 도미타는 이 장소가 어디인지 알까?

"모, 몰라. 그게 여기가 어디인지도 모르니까."

다음 순간 아사미의 집게손가락에 격심한 통증이 내달렸다.

"유감입니다. 시간을 듬뿍 들여 즐길 생각이었는데, 시간이 별로 없는 것 같네요."

우라노는 그렇게 말하며 아사미의 흑발을 움켜쥐고 똑바로 눕게 뒤집는다. 아사미는 손발이 묶여 있어 저항도 하지 못할 뿐만 아니라, 이제는 몸이 저려서 생각대로 움직이지도 않는다. 집게손가락에 극심한 통증이 느껴지기도 해서 아사미의 얼굴이 고통으로 일그러진다. 우라노는 아사미의 떨리는 아랫배를 오른손으로 쓰다듬고는 얼굴을 대고 냄새를 맡았다.

"응. 겨우 이 몸을 손에 넣었어. 최고입니다. 아사미 씨, 이제 저는 죽어도 좋을 정도예요."

아무런 소리도 내지 못한 채 아사미의 몸이 굳어져 간다. 우라노는 아사미의 몸에 점점 더 열중해 넋을 잃고 얼굴을 아랫배에 밀어붙인다. 거친 콧숨이 아랫배에 닿고 하반신에 소름끼치는 감촉이 전해져왔다. 그리고 그때 우라노의 머리 너머로 아사미는 믿을 수 없는 광경을 보았지만, 너무나도 엄청난 일에 목소리를 낼 수 없었다.

"나는 상반신은 안 찔러요. 아랫배 전문입니다."

우라노는 칼을 거꾸로 들었다.

"사실은 듬뿍 즐기고 나서 할 생각이었지만, 도미타 씨가 온다면 할 수 없지요. 아사미 씨, 처음에는 좀 아플 거예요."

우라노는 아사미의 복부를 노리고 칼을 드높이 쳐들었다.

그 순간, 뒤에 있던 도미타가 야구방망이로 우라노의 뒤통수를 강타하는 것이 보였다.

A

"열쇠는 어디 있어?"

뒷머리를 세게 얻어맞은 남자는 도미타의 그 목소리에 겨우 의식을 되찾았다.

"저 결박 도구를 풀 열쇠는 어디 있어?"

도미타는 그렇게 말하면서 닥치는 대로 주머니 안을 뒤진다. 남자가 그 물음에 대답하려고 몸을 움직이려고 했을 때, 손이 뒤로 묶여 있어서 몸이 자유롭지 못한 것을 깨달았다.

"주머니에는 없어요. 열쇠는 저 책상 서랍 안에 있습니다."

"어느 책상이야?"

"그 컴퓨터가 놓여 있는 책상이에요."

도미타가 바로 책상 서랍을 뒤지기 시작했다.

"도미타 씨, 어떻게 여기를 알았습니까?"

"스마트폰의 GPS기능이야. 네가 내 스마트폰을 주워서 돌려준 후로 나는 나랑 아사미의 스마트폰 위치정보를 추적할 수 있도록 아사미의 노트북에 앱을 깔아 놨었어."

책상 위에는 남자의 것과는 다른 또 한 대의 컴퓨터가 있었다. 남자는 그것이 자신이 아사미의 랜섬웨어를 퇴치해주겠다고 했을 때 만졌던 아사미의 노트북인 것을 곧바로 알아챘다. 거기에 도미타와 아사미의 스마트폰 위치를 추적할 수 있는 앱이 깔려있었던 것이고, 도미타는 그것을 가지고 온 것이다.

"경찰에 연락은 했나요?"

"당연하지. 여기에 오면서 신고를 했어. 이제 곧 이리로 올 거야."

정말일까? 그렇지만 남자는 아직 기회가 완전히 사라진 것은 아니라고 생각했다.

"도미타 씨, 그리고 아사미 씨. 여기서 하나 거래를 하지 않겠습니까?"

"거래라고? 그런 말을 할 수 있는 입장인가?"

"물론 결박 도구의 열쇠는 건네겠습니다. 그런데 이 묶은 것만은 풀어주세요."

"시끄러. 그런 거래가 성립할 거라 생각하는 거냐?"

도미타는 멱살을 잡으며 그렇게 소리친다.

"열쇠는 좀 찾기 어려운 곳에 숨겨졌습니다."

"어디야? 빨리 열쇠가 있는 곳을 말해."

"열쇠가 어디 있는지는 제대로 말할 테니까 그 전에 그 책상 위에 있는 제 컴퓨터를 좀 봐주시겠습니까?"

"컴퓨터?"

도미타가 책상 위에 있는 두 대의 컴퓨터를 쳐다보았다.

"네, 내 컴퓨터 속에 상당히 흥미로운 동영상이 있습니다. 거래라는 것은 그 동영상입니다. 그 데스크톱 컴퓨터에 있는 동영상을 재생해 보세요."

"동영상?"

"하지 마."

아사미가 소리 지르듯 말했다.

"아사밍, 왜 그래? 이 컴퓨터 속에 무슨 동영상이 있어?"

"도미타 씨, 그 동영상을 클릭해보면 알 수 있습니다."

남자와 아사미는 둘 다 묶여 있어서 움직일 수 없다. 지금 그 동영상을 재생할 수 있는 것은 도미타뿐이었다.

"하지 마!"

"아사밍."

아사미의 심상치 않은 모습에 도미타도 뭔가를 눈치챈 듯했다.

"도미타 씨. 빨리 클릭하세요."

"싫어!"

"아사밍, 뭐가 싫어? 그 동영상이 뭐라는 거야?"

두 사람이 그런 대화를 하는 사이에도 시간은 시시각각 지나가고 있다. 남자는 경찰이 오기 전에 빨리 어떻게든 이곳을 탈출해야 한다.

"뭐, 아무튼 그 동영상을 보세요. 그리고 저는 그 일을 죽을 때까지 비밀로 하겠습니다. 그러니까 도미타 씨와 아사미 씨도 이 자리를 빨리 떠나서 서로 이 일은 없던 일로 하는 건 어떻습니까?"

"아사밍, 무슨 말이야?"

"하지 마."

아사미가 떨리는 목소리로 말했다.

"동영상을 보지 않더라도 여기서 나를 놓아주면 됩니다. 그러면 아사미 씨도 상처받지 않겠지요."

남자가 보기에 그 정도면 나쁘지 않은 제안이라고 생각했다.

"그리고 나는 여기를 나가겠습니다. 그리고 아사미 씨의 비밀은 절대로 입 밖에 내지 않겠습니다. 그걸로 서로 두 번 다시 만나지 말지요."

"아사밍, 어떻게 할까?"

"하지 마, 하지 마…."

아사미는 완전히 사고가 정지된 듯하다. 이대로 살인귀를 풀어줘 버리는 것, 자신의 비밀이 폭로되는 것, 분명 그 어느 쪽도 선택할 수 없었다.

"그럼 그 동영상을 재생해요. 도미타 씨도 그 일에 대해 알 권리가 있으니까요. 그런데 이대로 동영상을 재생하지 않고 경찰서에 가버리면, 나는 아사미 씨의 비밀을 몽땅 이야기할 겁니다."

"무슨 뜻이지?"

도미타는 남자에게 그렇게 묻는다.

"아사미 씨도 언제까지고 그 비밀을 감추는 건 공평하지 않잖아요. 뭐, 아무튼 그 동영상을 봐보지요. 보면 도미타 씨의 마음도 바뀔지도 모르고요."

"아사밍, 어떻게 할까?"

아사미는 아무 대답도 하지 않고 고개를 숙인 채 가만히 있었다.

"아사미 씨, 언젠가는 들킬 일입니다. 차라리 여기서 그걸 보여주는 편이 좋잖아요."

아사미의 얼굴이 점점 어두워진다. 이제 한 번만 더 하면 된다. 남자는 이제 한 번만 더 채근하면 아사미도 그 동영상을 보는 것을 막지 못하게 될 것이라고 생각했다.

"아사밍."

도미타도 아사미의 얼굴을 보았다. 그러나 아사미는 슬픈 듯 고개를 숙인다.

"아사미 씨도 반대할 명분이 없는 것 같은데, 아무튼 그 동영상을 봐 봐요. 보지 않으면 아무것도 설명할 수가 없어요. 열쇠가 있는 곳은 그걸 보면 바로 가르쳐 줄게요."

"무슨 말이야? 도무지 무슨 뜻인지 모르겠네."

도미타가 누구에게랄 것도 없이 중얼거렸다.

"그걸 본 다음에 나를 경찰에게 넘길지 놔줄지를 결정해 주세요. 아니, 그 동영상을 본 다음에 모쪼록 나를 경찰에 넘겨주세요."

그렇게 다투었던 도미타도 완전히 힘을 잃고 말았다. 도미타가 모르는 아사미의 비밀. 이 한마디만으로 두 사람의 신뢰관계는 흔들리고 있는 것이다.

"어쨌든 피차 별로 시간이 없습니다. 적어도 경찰이 오기 전에, 그 동영상은 봐두는 편이 두 사람을 위해서도 좋을 거예요. 증거품으로 압수라도 됐다간 재판에서 공개되어버릴지도 모르니까요."

"아사밍, 동영상을 재생해도 괜찮아?"

아사미는 아무 말도 하지 못하고 얼굴을 숙인 채 가만히 있었다.

"일단 봐 보지요. 도미타 씨가 아사미 씨와 결혼할 거라면 반드시 알아두어야 할 일이니까요."

도미타는 잠시 동안 우라노가 수상한 계략을 꾸미는 게 아닐까 생각했지만 이윽고 책상 앞에 앉아서 동영상 아이콘을 클릭

했다. 그러자 화면 가득 알몸인 남녀의 외설스러운 영상이 흘러
나오기 시작했다. 신음소리를 지르는 한 여배우의 얼굴이 확대
되어 비친다.

"이 야동이 어쨌다는 거야?"

도미타는 의아한 표정으로 남자에게 물었다.

"머리모양도 바꾸고 거기다 성형도 했기 때문에 인상이 좀 달
라져 보이지만, 그 여배우를 잘 보세요."

도미타가 다시 그 동영상을 가만히 본다.

"누구를 닮은 것 같지 않습니까?"

도미타가 숨을 크게 삼키는 소리가 들렸다.

"서, …설마."

도미타의 표정이 순식간에 바뀌어간다.

"얼굴만 보면 잘 알 수 없을지도 모르지만, 그 야동 여배우
의 다리 사이에 있는 점이라면, 도미타 씨도 자주 본 것 아닙니
까?"

두 사람의 시선이 침대 위에 있는 아사미의 다리 사이로 집중
된다.

아사미는 다리를 굳게 오므렸지만 그 가운데 부위의 점을 숨
길 수는 없었다. 도미타가 빌려준 재킷을 어깨부터 걸치고는 있
지만, 아사미는 아직 묶인 채로 하반신에는 아무것도 입고 있지
않았다.

"업계에서 그럭저럭 화제가 된 그 나기사 사유리라는 여배우
는 지금으로부터 5년 전에 자살했습니다. 다시 말하면, 호적상
으로 그녀는 분명 죽었습니다. 그러나 사실 그 영상에 등장하고

있는 그 여배우는 지금 여기에 있는 이나바 아사미 씨입니다."

"무, 무슨 말이야?"

"그러니까…, 진짜 이나바 아사미 씨는 오래전에 이미 자살해 버렸고, 나기사 사유리라는 여배우는 살아 있는 것인데, 야동 여배우였던 나기사 사유리가 이나바 아사미 씨 행세를 하고 있다는 얘기입니다."

남자는 턱으로 아사미를 가리키며 그렇게 말했다.

"아사밍, 정말이야?"

아사미는 아무 말도 하지 않은 채 얼굴을 숙인다.

"나기사 사유리로 활동했던 그녀의 진짜 이름은 야마모토 미나요입니다."

"야마모토? 미나요?"

도미타는 그렇게 중얼거리면서 아사미를 보았다.

남자는 잘 안다. 도미타가 처음에는 경악을 금치 못한 채 패닉에 빠져 아무런 감정도 없겠지만, 사안의 진실을 파악하고 나면 그것은 서서히 경멸로 바뀌어갈 것이다.

B

"아사미 씨도 언제까지고 그 비밀을 감추는 건 공평하지 않잖아요. 뭐, 아무튼 그 동영상을 봐보지요. 보면 도미타 씨의 마음도 바뀔지도 모르고요."

"아사밍, 어떻게 할까?"

도미타가 그렇게 물었지만, 아사미는 아무 대답도 할 수 없었다.

우라노의 말처럼 분명 공평하지는 않다고 생각한다. 그렇지만 그 동영상을 도미타가 보게 되는 것은 견딜 수가 없다. 도미타가 그 동영상을 보면 모든 것이 끝나고 말 것이다.

"아사미 씨, 언젠가는 들킬 일입니다. 차라리 여기서 그걸 보여주는 편이 좋잖아요."

그 동영상의 존재가 알려진 이상, 이제 비밀은 끝까지 숨길 수 없을지도 모른다. 가령 이 자리는 모면하더라도 나중에 도미타가 따지면 아사미는 뭐라고 답해야 할까?

"아사밍."

순간 도미타와 눈이 마주쳤다. 아사미는 그 시선을 견디지 못하고 자기도 모르게 고개를 떨군다.

"아사미 씨도 반대할 명분이 없는 것 같은데, 아무튼 그 동영상을 봐 봐요. 보지 않으면 아무것도 설명할 수가 없어요. 열쇠가 있는 곳은 그걸 보면 바로 가르쳐 줄게요."

이대로라면 도미타가 그 동영상을 보고 말 것이다. 아사미는 필사적으로 머리를 굴려봤지만, 뭘 어떻게 해야 할지 알 수 없었다.

"어쨌든 피차 별로 시간이 없습니다. 적어도 경찰이 오기 전에, 그 동영상은 봐두는 편이 두 사람을 위해서도 좋을 거예요. 증거품으로 압수라도 됐다간 재판에서 공개되어버릴지도 모르니까요."

우라노가 무시무시한 말을 꺼냈다. 만약 일이 그렇게 되어 버리면 아사미는 더 이상 살아갈 기력이 없다.

"아사밍, 동영상을 재생해도 괜찮아?"

이제 다 틀렸나?

하지만 모든 것은 자신이 저질러버린 잘못이다. 지금 일어나고 있는 일은 받아들여야 하는 대가인 것일까?

"됐으니까 봐 보지요. 도미타 씨가 아사미 씨와 결혼할 거라면 반드시 알아두어야 할 일이니까요."

마치 우라노에게 질책당하고 있는 것 같았다. 아사미는 그저 고개를 숙이고 있을 뿐이고 이제는 아무 말도 하지 못했다.

도미타는 결국 동영상 아이콘을 클릭해 버렸다.

곧 컴퓨터 스피커에서 젊은 여자의 요염한 신음소리가 들려온다.

"이 야동이 어쨌다는 거야?"

"머리모양도 바꾸고 거기다 성형도 했기 때문에 인상이 좀 달라져 보이지만, 그 여배우를 잘 보세요. 누구를 닮은 것 같지 않습니까?"

"서, …설마."

두 남자가 계속 이야기를 주고받는다. 아사미는 손발이 묶여 괴롭기도 했고, 점점 정신이 아찔해져가는 듯했다.

"얼굴만 보면 잘 알 수 없을지도 모르지만, 그 야동 여배우의 다리 사이에 있는 점이라면, 도미타 씨도 자주 본 것 아닙니까?"

두 남자의 시선이 자신의 다리 사이에 집중된다.

아사미의 여자로서의 본능이 다리를 굳게 오므리게 한다. 그러나 무슨 의미가 있을까?

그 동영상을 도미타가 봐 버린 이상 이제 모든 것이 아무 의미 없는 것처럼 생각되었다.

"업계에서 그럭저럭 화제가 된 그 나기사 사유리라는 여배우는 지금으로부터 5년 전에 자살했습니다. 다시 말하면, 호적상으로 그녀는 분명 죽었습니다. 그러나 사실 그 영상에 등장하고 있는 그 여배우는 지금 여기에 있는 이나바 아사미 씨입니다."

"무, 무슨 말이야?"

"그러니까…, 진짜 이나바 아사미 씨는 오래전에 이미 자살해 버렸고, 나기사 사유리라는 여배우는 살아 있는 것인데, 야동 여배우였던 나기사 사유리가 이나바 아사미 씨 행세를 하고 있다는 얘기입니다."

남자는 턱으로 아사미를 가리키며 그렇게 말했다.

"아사밍, 정말이야?"

거짓말이지? 도미타는 그런 표정으로 아사미를 쳐다보고 있었다. 미안해. 도미타, 정말로 미안해. 아사미는 마음속으로 그렇게 사죄했지만 아무 말도 하지 못한 채 얼굴을 숙인다.

"그녀의 진짜 이름은 야마모토 미나요입니다."

"야마모토? 미나요?"

아사미는 그렇게 중얼거린 도미타의 눈을 들여다본다. 경악한 나머지 머릿속이 패닉상태에 빠져버린 듯한 눈빛이었다. 그러나 아사미는 바로 눈을 내리깔았다. 왜냐하면 도미타의 눈빛에 조금씩 혐오감과 경멸의 빛이 비치기 시작하는 것을 알아채 버렸기 때문이다.

아사미의 눈에서 커다란 눈물방울이 뚝뚝 흐르기 시작했다.

도미타만은 자신을 그런 눈빛으로 보지 않길 바랐다. 가장 알리고 싶지 않았던 도미타에게 자신의 가장 큰 비밀이 알려져 버렸다. 그리고 그때 아사미는 이제 모든 것이 끝나 버렸음을 깨달았다.

"야마모토 미나요라는 여성은 사실 불쌍한 여자였어요. 그녀가 성인물을 찍은 것은 사실이었지만 그 자체는 주변 지인들이 몰랐기 때문에 그래도 큰 문제가 아니었어요. 그런데 성인물 제작회사의 직원이 별 생각 없이 블로그에 올린 사진 속에 그녀의 신상정보가 같이 찍혀 있었습니다. 그래서 순식간에 그 신상정보가 인터넷에 퍼져 버렸지요."

침묵하는 두 사람 사이에서 우라노의 말만이 울리고 있었다.

"그 소문은 야마모토 미나요의 친구는 물론, 그녀의 본가와 친척에게까지 퍼졌습니다. 그녀의 친 여동생은 그것이 원인이 되어 결혼을 파혼당했답니다. 그래서 같이 살고 있던 룸메이트 이나바 아사미가 평소 앓던 우울증으로 갑자기 자살했을 때, 야마모토 미나요는 이왕 이렇게 된 바에 자신의 인생을 이나바 아사미의 인생과 바꿀 생각을 한 것이죠. 그것도 아주 납득하기 힘든 것은 아닙니다."

아사미는 쏟아지는 도미타의 시선 때문에 너무 쓰라렸다. 아사미는 그 눈을 똑바로 쳐다보지 못하고, 그저 고개 숙인 채 흐느껴 울 뿐이었다.

"도미타 씨, 아사미 씨를 탓하지 말아주세요. 아사미 씨도 피해자입니다. 괜찮아요. 저는 이 사실을 침묵할 겁니다. 나머지는 도미타 씨가 소란피우지만 않으면 모든 일이 원만히 해결됩니다."

"그렇지만…"

도미타는 뭔가 말을 꺼내려 했지만 다음 말이 이어지지 않았다.

"이대로 저를 경찰에 넘기면 저는 몽땅 떠들어 댈 겁니다. 분명 언론도 난리를 치겠지요. 그렇게 되면 아사미 씨는 평생 세상에 얼굴을 들지 못하고 살아가야 합니다. 하지만 이 열쇠만 풀어주면 나는 죽을 때까지 이 비밀을 지킬 겁니다."

아사미는 이제 뭐가 뭔지 알 수 없어졌다.

이대로 우라노가 도망치게 하고 자신의 비밀을 지키는 편이 좋은 것일까? 아니면 우라노를 경찰에 넘기고, 자신의 과거를 드러내고 말 것인가? 하지만 이제는 그런 것보다도 도미타와의 관계가 무너져 버린 것이 더 충격이었다.

"그럼 협상은 성립됐네요. 아사미 씨의 결박 도구를 푸는 열쇠를 내놓을 테니 묶어놓은 이걸 풀어주세요."

도미타는 잠시 생각했지만, 이윽고 말없이 우라노의 두 손을 묶어둔 매직테이프를 풀기 시작했다.

마침내 두 손의 자유를 되찾은 우라노는 약속대로 도미타에게 열쇠를 건넸다.

도미타가 아사미의 결박 도구를 열쇠로 풀려고 했다.

"아사밍, 괜찮아?"

"이제 바로 풀어줄게."

"무서웠지?"

아사미는 그런 말을 기대했지만 도미타의 입에서는 아무 말도 나오지 않았다.

아사미는 무엇보다 그것이 가장 슬펐다. 이렇게 비참해질 줄 알았더라면 차라리 그대로 우라노의 칼이 아랫배를 찌르는 편이 행복했을 것이다. 그렇게 생각하니 눈물이 하염없이 흘러내렸다.

열쇠는 좀처럼 풀리지 않았다.

"그 열쇠를 푸는 건 좀 요령이 있어요."

도미타가 우라노의 그 말을 듣고 열쇠에 신경을 집중했을 때였다.

도미타의 뒤에서 기척을 느낀 아사미가 눈물로 흐려지는 눈을 번쩍 뜨자, 우라노가 야구방망이를 번쩍 쳐들고 서 있는 게 보였다.

"도미타!"

아사미의 외침보다 한순간 빨리 우라노가 휘두른 야구방망이가 도미타의 뒷머리를 세차게 내려쳤다. 도미타는 그대로 아사미의 몸 위로 쓰러진다.

"도미타, 괜찮아?"

아사미는 필사적으로 도미타를 부르지만 반응이 없다. 자유 롭지 못한 몸을 움직여서 도미타를 흔들어 보지만 역시 꿈쩍도 하지 않았다.

"혹시, 죽어 준 건가?"

우라노는 아사미의 몸에서 도미타를 떼어내고 바닥에 바로 눕 게 굴렸다.

"으으~음."

도미타가 희미하게 신음하는 소리가 들렸다.

"그대로 죽어주는 편이 품을 덜게 해서 좋았는데 말이지요."

우라노는 그렇게 말하며 바닥에 떨어져 있던 칼을 주워들었 다.

"우선은 남자부터입니다. 그 후에 바로 아사미 씨도 처리해드 릴 테니, 잠시만 기다려 주세요."

우라노는 칼을 아무렇게나 도미타의 목에 들이댄다. 그러나 그 순간 움직임이 멈췄다.

"거 참, 신기하네요. 여성을 죽일 때는 그렇게 흥분되는데, 남 자를 죽이려고 하니 전혀 흥분되지를 않아. 오히려 좀 안된 느 낌마저 듭니다."

우라노는 아사미의 얼굴을 보며 그렇게 말했다.

"그만둬. 그럼 나만 죽이면 되잖아."

아사미는 진심으로 그렇게 생각했다. 도미타가 그 비밀을 알 아버린 이상, 이제 죽는 것은 두렵지 않았다. 차라리 이대로 칼 에 찔리는 편이 오히려 후련할 듯한 기분이 들었다.

"뭐, 하지만 여기까지 알아버린 이상 살려둘 수는 없어요."

우라노가 칼을 높이 쳐들어 도미타의 목을 찌르려고 한 순간 귀청을 찢는 총소리가 방 안에 울려 퍼졌다.

"꺄아."

아사미의 비명과 함께 창문이 와장창 깨지는 소리가 났다.

"경찰이다. 다음에 쏘는 건 위협용이 아니다."

정면에 있는 문으로 중년 남성이 뛰어 들어왔다. 곧게 뻗은 양손으로 쥔 피스톨 총구는 곧장 우라노와 아사미를 향하고 있다.

"가까이 오지 마!"

우라노는 아사미를 가까이 끌어당기고 목덜미에 칼을 들이댔다.

"칼을 내려놔!"

중년 남성은 총구를 우라노에게 겨눈 채 그렇게 말했다. 그는 목을 오른쪽으로 기울이고 있었고, 총을 든 양손에 얼굴이 가려져 있기 때문에 그 표정까지는 보이지 않았다.

"지금보다 그 이상 움직이면 이 여자의 목을 베어버릴 테다!"

그 말에도 불구하고 중년 남자는 한 발 한 발 아사미와 우라노에게 다가온다. 목덜미에는 칼의 차가운 감촉이 느껴진다. 꽉 끌어안은 팔에 힘이 더해지고, 아사미는 이제 발버둥조차 칠 수 없었다.

"저항하지 마라!"

중년 남성은 낮고 냉정한 목소리로 말했다.

"여자가 죽어도 상관없나?"

우라노도 허스키한 목소리로 그렇게 답했다.

피스톨과 칼, 어느 쪽이 빨리 움직이든 아사미는 자신의 상처 없이 이 상황이 끝날 것 같지 않았다.

칼이 더욱 목덜미를 깊이 파고들고, 아사미는 최대한 몸을 뒤로 젖힌다.

"이미 몇 명이나 죽여 왔어. 한 명 더 늘어난다고 해도 나는 별로 상관없어."

피스톨 총구가 위아래로 움직인다.

아사미는 저도 모르게 눈을 감았다.

"카가야!"

중년 남성이 그렇게 말한 순간, 뒤에서 누군가 엄청난 기세로 아사미를 밀어버렸다.

아사미가 바닥에 얼굴을 부딪치면서 몸을 비틀자, 우라노와 젊은 남자가 뻗은 네 개의 팔이 서로 칼을 빼앗으려고 안간힘을 쓰고 있다.

"부스지마 선배님!"

젊은 남자가 그렇게 소리치자 중년 남성이 칼을 쥔 우라노의 손을 힘껏 걷어찼다. 그 기세에 칼은 아사미의 몸을 스치고 방 안쪽으로 날아간다. 중년 남성은 젊은 남자를 도와 발버둥 치는 우라노의 손을 꺾은 채 주머니에서 뭔가를 꺼냈다.

"살인죄로 체포한다!"

중년 남성은 그렇게 말하며 우라노의 손에 수갑을 채웠다.

C

"피해 여성은 어떻게 됐어?"

"구급차로 바로 이송되었습니다. 얼굴과 오른손에 상처를 좀 입은 것 같습니다."

"그래. 그런데 간신히 사이토 본부장을 구워삶아서 미야모토 마유의 스마트폰 위치정보를 추적할 수 있었지만, 동시에 도미타라는 시민이 신고를 했기 때문에 찾기가 쉬웠어."

"네. 스마트폰 위치 추적을 통해 범인의 위치를 알아도 현행범이 아닌 이상 그것만으로 범인을 체포하기는 힘들 수도 있으니까요."

"어. 그런데 그때 과감히 뛰어들길 잘했어."

"그러네요. 조금만 늦었더라면 피해자가 두 명 더 늘어날 참이었으니까요."

범인은 미야모토 마유 살해 사실도 깔끔하게 자백했다. 역시 사체는 그 산에 묻혀 있는 듯했다. 범인의 보스턴백 안에서는 스마트폰과 휴대폰이 13개나 발견되었다. 부스지마는 피해자가 더는 늘어나지 않으면 좋겠다고 생각했다.

"범인은 어때?"

경찰차의 앞 유리에 비가 끝없이 쏟아지고 있었다. 와이퍼가 바쁘게 좌우로 움직이고, 고무와 유리가 스치는 소리가 들린다.

"고마워요, 라고 했답니다."

"고마워?"

"네. 발견해줘서 고마워. 이대로 말려주지 않았더라면 더 많은 여자를 죽여야 했다고요."

교차로 바로 앞에서 신호가 노란색으로 바뀌고, 카가야는 천천히 브레이크를 밟는다. 그리고 동시에 왼쪽 깜빡이를 켠다.

"피의자 심문은 순조롭게 되고 있는 건가?"

"발견된 사체에 관해서는 일체 자백을 했습니다. 덧붙여 범인은 꽤 수완이 뛰어난 해커로, 살인과는 별개로 인터넷 사기로도 상당한 돈을 가로챈 것 같습니다."

"해커라…? 뭐 정확히 말하면 해커 흉내나 내는 놈일 테지만 말이지."

"그게 너무 잘되어서 현실의 범죄에도 손을 대버린 걸까요?"

부스지마는 체포 당시의 범인의 얼굴을 떠올렸다.

"현실과 가상 세계의 차이가 없어져버렸다는 건가?"

"범인은 스마트폰과 SNS를 통해 피해자들을 철저히 조사했답니다. 그리고 피해자들을 살해한 후에는 피해자 행세를 하면서 피해자들의 가족과 관계자에게 연락을 계속 취했다고 합니다."

젊은 남자가 우산을 쓰고 교차로를 지나간다. 와이퍼의 고무 소리와 깜빡이의 짤깍짤깍 소리가 차 안에 규칙적으로 울려 퍼지고 있다.

"그래서 유기된 사체가 발견되어도 실종신고가 접수되지 않았다는 건가? 그런데 메일만으로 본인 행세를 하는 건 한계가 있지 않나? 언젠가 어디선가는 들키지 않았을까?"

"그런 부분은 상당히 교묘하게 했던 것 같습니다. 사진을 새로운 여행지나 이벤트 장소에서 피해자들이 최근에 찍은 사진처럼 만들어서 가족과 지인들에게 보내거나 SNS에 올리기도 했답니다."

"그런 게 가능한 건가?"

"요즘 사진 편집 프로그램은 대단하니까요. 포토샵 같은 걸 만져본 적이 있으면 그 정도의 합성사진을 만드는 것은 분명 쉬울 겁니다."

"그런가?"

"네. 거기다 피해자들이 원래 혼자 사는 지방 출신이었고요. 또, 부모가 돌아가시거나 가족과 소원해진 여성만을 타깃으로 삼은 것 같으니까요."

"이것저것 신상을 터는 건 누워서 떡먹기라는 건가?"

"나중에는 워킹홀리데이로 해외에 유학을 간다든가 그런 걸로 꾸며서 점점 연락을 하지 않는 자연스러운 상태로 꾸미는 것이 놈의 상투적인 수단이었습니다. 지방에서 도쿄로 상경한 여자는 대체로 답답한 일본을 탈출해 해외로 나가고 싶어 하는 경향이 있으니까요."

보행자용 신호가 점멸하기 시작한다. 우산을 든 여고생 무리가 떠들면서 뛰기 시작했다.

"그런가?"

"네. 그리고 피해자 중에는 술집 아가씨나 출장 마사지 업소 아가씨 등 유흥업소 관계자가 많았답니다. 그런 여성이라면 실종되어도 좀처럼 찾지 않을 거고, 원래 가정환경이 복잡한 여자가 많을 테니 말이지요."

"그런데 어떻게 그런 여자들만 조사한 거지?"

"그것도 SNS인 것 같아요. 술집이나 출장 마사지 업소 아가씨는 영업 목적으로 블로그라든가 SNS를 하니까요. 범인은 그런 그녀들의 개인정보를 철저하게 조사한 것 같습니다. 게다가 돈만 내면 언제든지 만날 수 있으니까요."

"어쨌든 그것도 자꾸 하다 보니 수완이 는 건가?"

"처음에는 그녀들의 약점에 파고들어 공갈협박을 했답니다. 그런데 머지않아 점점 더 심해져버려서 살인에 이른 것 같습니다."

"그 결과가 이 연쇄살인인가?"

"네. 처음에는 업소 여성인지 여부와 무관하게 인터넷으로 자기 취향의 여성을 찾았던 것 같습니다. 아무튼 검고 긴 생머리를 가진 여성이 놈의 이상형이었던 것 같네요."

보행자 신호가 빨간색으로 바뀌고, 앞에 있는 하얀색 차의 브레이크 램프가 꺼졌다. 이윽고 신호가 파란색으로 바뀌자 앞에 있는 차가 천천히 달리기 시작했다.

"범인은 산에서 발견된 사체에 관해서는 완전히 범행을 인정하고 있습니다. 남은 건 여죄가 얼마나 되느냐 하는 것 같네요."

"그러네. 파악한 살인만으로도 6건, 거기다 미수로 그친 게 2건이니까."

"그리고 인터넷 사기로도 상당한 금액을 번 것 같습니다. 본부에서는 적어도 억에 육박하지 않을까, 라고 말했으니까요."

"그건 심문하기가 상당히 어렵겠어. 재판도 꽤 길어지겠지."

카가야가 액셀을 밟고 차는 천천히 달리기 시작했다. 핸들을 왼쪽으로 꺾자 차의 속도는 서서히 높아졌고, 그 가속도로 부스지마의 몸도 의자에 밀어붙여진다.

"그리고 성가신 게 범인은 자신의 진짜 이름을 아직 토해내고 있지 않은 것 같아요."

"자기의 진짜 이름?"

"네. 하타노 아츠시라는 건 가명이고, 우라노 요시하루라는 것도 본명이 아닌 것 같습니다. 위조면허증도 100장 정도 가지고 있었기 때문에 너무 여러 사람으로 행세를 해서, 스스로도 본명을 알 수 없게 되어버린 게 아닐까요?"

"설마. 분명 거기에는 본인의 고집 같은 게 끼어 있는 게 아닐까?"

"그런 걸까요? 저기, 부스지마 선배님. 본명을 묵비한 채로도 재판을 받을 수 있나요?"

"어어, 가능해. 과거에도 절도죄로 이름 없이 교도소에 들어간 예는 있어. 그렇지만 무명으로 사형판결을 받은 놈은 아직 없지, 아마. 놈이 그 첫 번째 사례가 될 수도."

부스지마가 그렇게 말했을 때 앞 유리에 쏟아지는 비가 한층 심해졌다.

B

왜 일이 이렇게 되어 버린 것일까?

아사미가 첫 직장을 그만둔 후 생활은 점점 더 어려워지기만 했다. 거리에서 성인 영상물의 주인공으로 스카우트되었을 때, "많이들 하니까."라든가, "절대 안 들키니까."라든가 하는 말을 아사미는 왜 믿고 말았을까? 그리고 계약서에 도장을 찍고 나서 는, 위약금이 얼마다, 라는 식의 소리에 거절하지 못하게 되었고 순식간에 촬영을 하고 말았다.

그렇지만 거기까지는 각오한 일이었다.

"도쿄에 가면 학비 말고는 한 푼도 못 내준다."

아사미가 몹시 싫어했던 계모에게 그런 말을 듣기 전부터 도 쿄에 가면 자신의 손으로 벌어서 먹고 살아가야 한다고 각오하 고 있었다. 실제 학창시절부터 조금은 위험한 아르바이트를 한 적도 있었다. 그러나 설마 성인물 제작회사의 부주의로 인터넷 에 자신의 본명과 신상정보가 돌아다니게 될 줄은 몰랐다. 그래 서 본가로부터는 절연당하고, 예전 친구에게는 손가락질을 당했 다. 당시에는 몇 번이나 자살을 생각했다.

그런 자신의 고민을 같은 집에 살고 있던 진짜 이나바 아사미 도 당연히 알고 있었다. 그녀가 우울증에 걸려 일을 하지 못하 게 되자, 그 치료비를 구하고자 대부업체에서 돈을 빌린 것이 또 다른 불행의 시작이었다.

성인물 출연 사실을 들키는 바람에 비방과 욕설의 폭풍우 속에서 스트레스가 쌓여가던 그 무렵, 그 불만을 아사미에게 폭발시켜 버린 적이 있었다. 그러나 아사미는 늘 "미안해."라는 말을 반복할 뿐이었다.

그러던 어느 날, 진짜 아사미가 한 통의 편지와 스마트폰을 남기고 돌연 사라졌다.

『내 대신 살아줘. 아사미.』

편지에는 딱 그 한 줄만 적혀 있었다.

집을 비우는 일조차 드물었기 때문에 걱정이 되어 경찰에 연락할까도 생각해 봤지만, 경찰서에서 먼저 전화를 걸어왔다.

"같이 사는 야마모토 미나요 씨가 전철에 뛰어들어 자살을 했습니다. 같은 주소지에 살고 계신 이나바 아사미 씨가 신원을 확인해 주셨으면 하니 급히 경찰서로 와주세요."

자신은 야마모토 미나요인데, 경찰은 자신이 전철에 뛰어들었다고 한다. 자신이 전철에 뛰어들었다면 자신이 지금 이곳에 있을 리가 없다. 불길한 예감과 함께 경찰서의 영안실에 가니 거기에는 무참하게 변해버린 진짜 아사미의 시체가 있었다.

진짜 아사미는 한 통의 유서와 함께 전철에 뛰어들었다는 설명을 들었다.

『살아가는 것이 괴로워졌습니다. 여러분 신세 많이 졌습니다. 안녕히. 뒷일은 이나바 아사미 씨에게 부탁드립니다. 야마모토 미나요.』

유서에는 그렇게 쓰여 있었다.

그리고 그녀의 가방 속에서 실제로는 자신의 것인 야마모토 미나요의 건강보험증이 발견되었다.

사체는 상당히 손상되어서 사실은 그 시체가 아사미의 시신인지 알 수 없었다. 그러나 진짜 아사미가 입고 있던 옷은 자신이 좋아하는 원피스였고, 그 옷을 입고 있다는 것은 누구라도 시신이 당시 함께 살고 있던 자신이나 아사미 둘 중 하나일 수밖에 없다고 생각하게 만들었다.

사체가 누구인지 알 수 없었던 것은 머리카락에도 원인이 있었다. 아무래도 아사미는 자살하기 전에 미용실에서 그녀의 자랑거리이던 흑발을 미나요와 똑같은 길이로 싹둑 자른 것 같았다. 그리고 자신과 똑같은 가벼운 갈색으로 염색도 하고 있었다.

그것을 알아챘을 때 미나요는 각오를 굳혔다.

아사미의 목숨 건 선물을 평생토록 받아들이자.

"돌아가신 분은, 룸메이트였던 야마모토 미나요 씨지요?"

"네."

경찰이 물어본 그 질문에 명확하게 대답했다.

그렇게 야마모토 미나요 명의의 「사체검안서」는 깔끔하게 발행되었다. 미나요의 본가에도 연락은 갔지만, 예상대로 가족은 아무도 오지 않았다. 사망신고서는 「사체검안서」만 있으면 동거인이라도 낼 수 있었기 때문에 문제는 없었다. 유골은 본가에 택배로 보내졌다.

그 후, 진짜 이나바 아사미와 비슷하게 몇 번인가 성형을 하고, 그녀의 트레이드마크였던 흑발로 바꾸기 위해 길게 생머리를 길렀다. 그래서 10년 만에 만난 다케이조차 아사미와 미나요가 바뀐 것은 알아차리지 못했다.

나머지는 시간이 해결해 줄 거라고 생각했다.

이제 앞으로 5년만 지나면 나기사 사유리라는 이름은 누구의 머릿속에도 남지 않는다. 일본에서는 연간 몇천 명의 새로운 성인물 여배우가 탄생하고, 그리고 또 사라져간다. 어쩌면 앞으로 5년만 지나도 성인물 여배우를 하고 있던 일 따위가 아무런 핸디캡도 되지 않을 시대가 올지도 모른다고 생각했다. 요즘은 고급 룸살롱 아가씨가 여자들이 동경하는 직업 중 하나가 되었다.

아사미는 병원을 퇴원한 다음 어디에 갈지 생각한다.

어느 지방도시에라도 가서 견실한 일이라도 찾을까? 아니면 차라리 도쿄에서 다시 다른 계약직 일자리를 찾아볼까? 나무를 숨긴다면 숲 속이 좋다. 의외로 도시가 인파에 섞여서 몰래 조용히 살아갈 수 있다.

병원에 찾아온 경찰들에게 조사를 받았지만 호적에 대해서는 묻지 않았다. 들키면 공문서 위조, 경우에 따라서는 사기죄도 생각할 수 있었지만, 아무래도 우라노는 약속대로 이 일은 묻기로 한 듯하다.

사건 이후 도미타와는 만나지 못했다.

그 비밀을 알아버린 이상 이제까지처럼 대할 수는 없다.

다케이와는 이대로 소식이 끊어져도 괜찮을 것이고, 나머지는 카나코에게 어떻게 설명할지가 문제인 정도였다.

경찰의 보호를 받기 시작한 직후에는 충격을 받아서 순간 자살할까 생각도 했다. 그러나 이제 와서 자살할 정도라면 더 빨리 했어야 했다. 게다가 지금 자살을 해버리면 저 세상에서 진짜 이나바 아사미를 볼 낯도 없다.

병원의 자동문이 열리자 밖에는 꽤 많은 비가 내리고 있었다.

병원 입구에는 택시 한 대가 서 있었고 그 기사와 눈이 마주쳤다. 그러나 쓸데없는 지출은 삼가야 하기 때문에 지하철역까지 걷기로 결심했다. 아사미는 황급히 병원 편의점에서 산 비닐 우산을 펼쳤지만 타이밍이 조금 늦어서인지 그 흑발이 비에 젖어 버렸다.

우산을 펴니 순간 빗방울이 비닐에 부딪쳐서 작은 소리를 내기 시작한다.

아사미는 하이힐이 젖지 않도록 조심하면서 한 걸음씩 내딛는다.

그때 아사미의 스마트폰이 작게 떨렸다.

『아사밍, 새 호적으로 나와 인생을 다시 시작하지 않겠어?』

정신 차리니 도미타가 보낸 라인 메시지가 와 있었다.

아사미의 뺨에 한 줄기 눈물이 흘러 떨어졌다.

해설

무한한 잠재력을 가진 초신성의 탄생에 부쳐

이가라시 타카히사 (일본의 베스트셀러 작가)

예언한다. 이 책을 기점으로 일본 미스터리는 극적인 변곡점을 맞이할 것이다.

10년 후, 출판 관계자는 물론 모든 사람들이 「시가 이전」과 「시가 이후」라는 용어로 미스터리라는 장르를 구분지어 이야기하게 될 것이다.

하나 더, 경고해둔다.

지금 이 책을 손에 들고 있는 당신은 아마도 서점의 선반 앞에 있을 것이다. 그리고 계산대에서 돈을 지불한 뒤, 집 혹은 독서를 할 수 있는 공간으로 이동할 것이다.

페이지를 펴기 전에 우선 시각을 확인해두어야 한다. 적어도 몇 시간 동안 당신은 이 책에서 눈을 떼지 못하게 될 것이다. 첫 장면에서의 충격, 경악스러운 반전, 감동의 마지막 장면까지 식사나 수면은커녕 화장실조차 가지 못하게 될 것이다. 당신의 의식은 작품세계 속으로 깊이 몰입되어 빠져나오지 못하게 될 것이다. 따라서 그만큼의 시간이 확보되어 있는지 확인하고 나서 첫 페이지를 여는 것이 좋다.

본 소설 『스마트폰을 떨어뜨렸을 뿐인데』는 제15회 『이 미스터리가 대단해』대상 최종수상작 『패스워드』의 제목을 바꾸고 고쳐 쓴 작품이다.

이야기는 어떤 남자가 택시 안에서 스마트폰을 주운 것에서 시작된다. 남자는 벨이 울리는 스마트폰의 대기화면을 통해 긴 흑발을 가진 아름다운 여성 이나바 아사미와 스마트폰의 원주인인 도미타 마코토라는 남성을 알게 된다. 남자는 아사미에게 강한 흥미를 느끼고 거기서부터 이야기가 전개되기 시작한다.

이 설정을 생각해 낸 저자 시가 아키라의 비범함에는 놀라지 않을 수 없다. 스마트폰을 택시 안에 깜빡 두고 내린다는, 현대인이라면 누구에게라도 일어날 수 있는 압도적인 현실감!

택시가 아니더라도 학교, 회사, 찻집, 레스토랑, 선술집, 그 외 모든 상황에서 스마트폰을 깜빡 두고 와버린 경험은 대부분의 사람들이 공유하는 접점일 것이다.

매우 특이한 상황에서 매우 특이한 사건이 일어나는 미스터리는 누구나 쓸 수 있다. 평범한 글쓴이라도 그런 상황 설정은 가능하다.

하지만 시가는 다르다. 일상에서 일어나는 아무렇지도 않은 듯한 일에서 서스펜스를 만들어간다. 그 한 가지 점만을 봐도 작가의 센스가 얼마나 날카로운지 알 수 있다.

시가는 일상생활 속에 진정한 공포가 숨어 있다는 것을 이해하고 있다. 그것은 교육을 통해 얻어지는 자질이 아니다. 타고난 글쟁이의 촉이 세포 구석구석까지 널리 퍼져 있다는 것을 작품의 첫 장면에서부터 알아챌 수 있게 해준다.

이야기는 세 가지 시점을 번갈아 가며 진행된다. 스마트폰을 주운 남자, 그 표적이 된 이나바 아사미, 그리고 가나가와의 어느 숲속에서 백골 상태의 여성 사체를 발견한 형사! 독자는 이 세 가지 시점을 동시에 읽어가게 되는데, 여기서도 시가의 탁월한 능력이 형형하게 빛난다. 무려 세 가지 시점으로 이야기하고 있음에도 상황 설명에 과부족이 없다. 그 훌륭한 솜씨는 흡사 숙련된 외과의 혹은 우수한 수학자의 그것에 비견될 만하다.

복수의 시점으로 이야기하는 소설은 아무래도 설명이 중복된다. 그 경우 독자는 기시감을 느끼게 되고, 이야기에 집중하지 못하게 된다. 당연히 재미는 떨어진다.

하지만 시가는 글의 낭비를 완벽히 통제하고 있다. 속도감 넘치는 문체와 말투가 독자의 흥미를 끌어당겨, 책을 손에 쥔 채 어느 한순간도 내려놓지 못하게 한다.

시가는 독자가 매순간 쉽게 흥미를 잃거나 질리는 존재임을 알고 있다. 그래서 한순간도 집중력이 끊어지지 않도록 다양하게 머리를 짜내고 있다. 혼란을 피하고 막힘없이 이야기를 진행해가는 모습은 쾌감을 느낄 만큼 정교하다.

책의 비교적 앞부분에서 스마트폰을 주운 남자가 이상한 사이코패스 킬러라는 것, 경찰이 발견한 사체는 이 남자가 살해한 여성이라는 것, 희생자가 여러 명이라는 것, 그리고 남자가 다음 표적을 이나바 아사미로 정했다는 것을 독자도 파악할 수 있다.

경찰은 수사를 개시하지만 증거가 전혀 남아 있지 않기 때문에 좀처럼 수사의 진척이 없다. 이것은 도서형(倒叙型: 범인과 범행 수법을 미리 독자에게 알려주고 주인공이 해결해가는 과정을 보여주는 전개 방법-옮긴이) 미스터리를 제외한 모든 미스터리의 특징이다. 미스터리 소설이라 하면, 본래 이야기의 마지막 순간까지 범인이 붙잡히지 않아 범인을 알 수 없도록 만들어 놓는다. 그런 의미에서 이 작품은 '미스터리의 교과서'라고 해도 좋다. 에드거 앨런 포가 창시한 이런 스타일의 미스터리를 독자들은 그동안 반복해서 읽어왔다. 그럼에도 계속 읽고 있는 것은 그만큼 이런 스타일이 매력적인 미스터리라는 반증이기도 하다.

하지만 그것만으로 충분한 것일까, 하는 의문은 에드거 앨런 포 이후 모든 미스터리 작가의 가슴속에 있었을 것이다. 더욱 재미있고, 보다 더 오싹하게, 더욱 불가사의한 소설을 쓸 수 없을까?

그 대답이 바로 여기에 있다. 시가는 사이코패스 킬러와 그 타깃인 아사미를 완전히 관계없는 두 사람으로서 설정했다. 남자가 가지고 있는 것은 아사미의 연인이 떨어뜨린 스마트폰, 그리고 아사미의 얼굴 사진과 휴대폰 번호뿐이다.

남자는 어떻게 아사미를 찾아내고 접촉하는가? 이 강렬한 수수께끼가 독자의 마음을 움켜쥔다. 눈을 떼지 못하게 만든다.

남자가 아사미를 찾고 궁지로 몰아넣어가는 과정은 그것만으로 한 권의 장편이 될 수 있고, 걸출한 논픽션으로 발표해도 좋았을 것이다. 남자는 아사미의 개인정보, 인간관계, 그 외 모든 것을 발가벗겨 가는데, 너무나도 구체적이어서 공포를 느끼지 않을 수 없다. 시가는 현대사회를 살아가는 모두가 컴퓨터 혹은 스마트폰에 의존하고 있는 현실을 독자들에게 들이미는 셈이다.

그 취약한 보안, 인간의 나약한 마음, 컴퓨터 시스템의 맹점,

인터넷 공격과 그것에 대한 무력한 방어능력 등 이 모든 위험 요소를 가차 없이 지적해 나간다. 이 세상이 안전하다고 믿고 살아가는 사람들에게 놀랄 만큼 깊은 함정이 도사리고 있음을 경고한다.

소설 속 남자가 사용하는 수단에 대한 구체적인 설명은 작가 자신이 실제로 그런 범법 행위를 한 경험이 있는 것은 아닐까 하는 의문을 불러일으킬 만큼 놀랄 정도로 현실적이다. 시가는 모든 정보를 음미하고, 소화하였으며, 누구라도 이해할 수 있도록 묘사하고 있다. 이것은 무척 어려운 일이다.

소설 속에서 전문 용어를 구사하고 나열해서 설명하는 것은 간단하지만, 그래서는 독자에게 그 느낌이 전해지지 않는다. 그렇다고 해서 간략하게 끝내버리면 이해를 얻을 수 없다. 시가는 훌륭하리만큼 완벽한 순서로 필요최소한의 설명을 하고 있다. 책에 쓰여 있는 대로 하면 누구라도 소설 속 남자가 한 짓을 모방할 수 있는 것은 아닐까? 그런 걱정마저 머릿속에 떠오르게 할 만큼 시가의 묘사는 사실적이다. 이 대목에서도 역시 작가로서의 탁월한 재능을 엿볼 수 있다.

그 외에도 시가는 다양한 수수께끼를 던지고 있다. 왜 인간은 인터넷 상에서 평소와 다른 행동을 하는 것일까? 왜 '좋아요'를 그토록 갈구하게 되는 것일까? 왜 사이버 세상에서 친구 신청을 하고 그에 대한 승인 욕구를 느끼는 것일까? 미스터리 소설에 담기 힘들 질문이라고는 반문할지 모르나, 수수께끼 같은 흥미로운 질문임에 틀림없다.

물론 고전적인 미스터리 요소도 풍부하게 담고 있다. 경찰이 발견된 사체를 철저히 수사했음에도 불구하고 범인과 피해자가 명확하게 파악되지 않는 불가사의, 혹은 범행에 쓰인 차량이라고 생각할 수 있는 차량을 발견하고도 범인이 발견되지 않는 불가사의 등 서커스 묘기와 같은 절묘한 트릭도 십분 활용하고 있다.

그리고 마지막에 독자를 기다리고 있는 놀라운 트릭에는 모두가 경악을 금치 못한 채 자신의 눈을 의심할 것이다. 설마, 그런 일이! 모든 것이 눈앞에 제시되어 있었는데도 왜 알아채지 못했을까?

독자가 책을 처음부터 다시 읽고 한숨을 쉬는 것이 지금 내 눈에 보이는 듯하다.

속도감 있는 전개, 다소 빈정거리는 듯하지만 유머가 가득한 문체, 반드시 독자를 즐겁게 만들겠다는 엔터테인먼트 소설적 재미, 자연스럽게 머릿속에서 영상이 떠오르도록 만드는 이미지 환기력, 현대 사회의 공포를 끄집어내는 동시대성, 그 외 다양한 매력이 이 책 속에 녹아 있다.

억지로 장르를 나누면 본 책은 「미스터리 성향이 강한 서스펜스 소설」이 되겠지만, 그것만으로는 설명이 충분하지 않다. 호러 소설로도, 근미래 SF소설로도, 어떤 의미에서는 청춘소설이나 연애소설로도 볼 수 있다. 잔학하고 에로틱한 냄새도 난다.

얼마나 무한한 잠재력을 가진 작가인지 지금은 작가 본인조차 모르고 있는 듯하지만, 무한한 가능성을 가지고 있는 작가임에 틀림없다.

대체 어떻게 하면 작가가 이 같은 재능을 갖게 되는 것일까?

타고난 재능이라고 단정 지어 버리기 쉽지만, 어쩌면 작가가 처한 환경이 그러한 재능을 키웠는지도 모른다.

시가 아키라는 53세, 현재 닛폰방송(후지 TV의 자회사로 1954년 문을 연 라디오 방송국-옮긴이)의 엔터테인먼트 개발국장이라는 요직을 맡고 있다. 1986년에 입사, 프로그램 편성부 사원으로 시작해서, 디렉터, 프로듀서로서 다양한 방송 프로그램을 담당하며 민완을 발휘해왔다.

나는 출판사에서 20년 넘게 편집자로서 일했는데, 그동안 출판업계의 편집자는 물론, 무수히 많은 TV 방송국 직원, 라디오 방송국 직원, 음반 회사의 디렉터, 신문 기자 등 다양한 매스 미디어 관계자를 접해 왔다.

그 경험을 통해 단언하건대, 가장 원초적이며 영민한 능력을 가진 사람들은 라디오 방송국 직원이다. 라디오 방송은 예나 지금이나 다른 매체와 비교해 보았을 때 예산도 많이 들지 않고 적은 수의 인력으로 해결된다. 제작에 큰 부담이 없기 때문에 다른 매체에서는 하기 어려운 실험적인 방송을 만드는 것이 가능해진다. 그래서 라디오 방송을 통해 그 재능을 찾아낸 사람이 셀 수 없이 많다.

하지만 실험과 모험을 하기 위해서는 끊임없는 호기심과 보통 이상의 정보 흡수력이 필요하다. 그것이야말로 라디오 방송국 직원의 자질이고, 시가는 그것을 가지고 있었을 것이다. 그에 덧붙여 청취자를 즐겁게 하는 엔터테인먼트적인 능력을 갖추고 있어 이 작품이 더욱 세련되게 만들어졌다.

이 책이 엄청나게 재미있는 이유는 바로 거기에 있다. 새로운 정보의 흡수는 또 다시 새로운 정보를 부른다. 새로운 정보의 최전선에서 싸우고 있는 시가가 현대적이고 스타일리쉬한 미스터리 소설을 쓰게 된 것은 필연이라고 해야 할 것이다.

물론 이 책의 단점도 있다. 『이 미스터리가 대단하다!』 대상 최종 심사평에서 「경찰 수사에 대한 묘사가 다소 엉성하다」(오오모리 노조미), 「경찰 수사에 현실성이 부족하다」(지야키 노리오)라고 평하고 있듯이, 그런 부분은 엄밀히 말해 아직 개선의 여지가 있을지 모른다.

하지만 처음부터 완성된 작가가 있을까? 설령 그런 작가가 있다고 한다면, 그 작가에게는 도리어 발전가능성이 없다. 시가는 분명히 지적당한 문제점을 극복해갈 것이고, 그에게 잠재된 작가적 재능은 다양하고 풍부하다.

심사위원 중 하나였던 요시노 진은 「인기 작가가 될 자질이 충분하다」고 평했는데, 나도 틀림없이 그렇게 되리라 단언한다.

그리고 이 책은 분명 영상으로도 만들어질 것이다. 특히 시가는 두 번째 작품 이후에 갈수록 글을 통한 이미지 환기력을 배가시켜 나갈 것이다.

지금 카지노에 있다는 가정을 해본다. 나는 시가 아키라에게 내가 가지고 있는 칩 전부를 걸 것이다.

하나의 새로운 시대를, 새로운 지평을 열어갈 초신성 같은 작가가 지금 여기에 탄생했다. 그의 데뷔 작품 해설을 쓸 기회를 얻은 것을 진심으로 감사하고 싶다.

2017년 2월

옮긴이 김성미

일본 출판물 기획 및 번역가. 번역작으로 《돌이킬 수 없는 약속》, 《기다렸던 복수의 밤》, 《보호받지 못한 사람들》, 《진범의 얼굴》 등이 있다.

스마트폰을 떨어뜨렸을 뿐인데

초판 2022년 5월 15일 초판 16쇄
저자 시가 아키라
옮긴이 김성미
ISBN 978-89-98274-94-8   03830

출판사 도서출판 북플라자
주소 서울시 강남구 논현동 118-13 5층
홈페이지 www.bookplaza.co.kr